江海作家书系

画外音
——李建东文艺评论集

李建东 著

北方文藝出版社

图书在版编目（CIP）数据

画外音：李建东文艺评论集 / 李建东著. -- 哈尔滨：北方文艺出版社，2023.3
　　ISBN 978-7-5317-5814-3

　　Ⅰ.①画… Ⅱ.①李… Ⅲ.①文艺评论-中国-当代-文集 Ⅳ.①I206.7-53

中国版本图书馆CIP数据核字（2023）第033738号

画外音——李建东文艺评论集
HUAWAIYIN LIJIANDONG WENYI PINGLUNJI

作　者 / 李建东

责任编辑 / 赵　芳　　　　　装帧设计 / 书香力扬

出版发行 / 北方文艺出版社　　网　址 / www.bfwy.com
邮　编 / 150008　　　　　　　经　销 / 新华书店
地　址 / 哈尔滨市南岗区宣庆小区1号楼
发行电话 /（0451）86825533

印　刷 / 成都兴怡包装装潢有限公司　开　本 / 880mm×1230mm　1/32
字　数 / 200千　　　　　　　　　　印　张 / 8.375
版　次 / 2023年3月第1版　　　　　印　次 / 2023年3月第1次印刷

书　号 / ISBN 978-7-5317-5814-3　定　价 / 58.00元

目录
CONTENTS

从技术走向艺术的微电影 / 001
呼唤坚挺的艺术
　　——对当下文学平庸化的思考 / 009
贾平凹前期小说的性爱寓言 / 020
忧郁，还是忧郁……
　　——刘剑波小说修辞的现代派回响 / 031
文艺功利观的回顾与反思 / 040
坐实抱虚的艺术高蹈
　　——孙福林书印的文学幻象 / 052
得借瑶池太古篦
　　——文学与艺术结缘的成汉飚 / 059
戏谑与悲怆
　　——评吴芫的"新官场小说" / 068
音乐审美与艺术人格的构建 / 081
岁月如斯亦浪漫
　　——陆汉洲《长岛岁月》的时代意象 / 091

金庸、琼瑶、三毛作品20世纪80、90年代流行大陆的反思 / 096
现代职场中的沉重呼吸
　　——梁凤仪、曾心仪合论 / 111
"虚静"之境与"禅"之境 / 121
20世纪中国文学思潮的理性反思 / 125
早期茅盾"自然主义"观的教学辨识 / 137
逻辑与悬念
　　——评冯新民的象征诗 / 148
镜像中的理论狂欢
　　——现代文论话语的引进与误读 / 158
真情再现自动人
　　——评陈才生笔下的李敖 / 172
丑、滑稽、幽默与喜剧精神 / 184
理性烛照下的艺术感觉世界
　　——新时期文学一面观 / 196
作为小说环境的背景地及其审美内涵 / 206
超越自我：从清纯走向澄明
　　——追寻李洪程的诗艺历程 / 217
"寻根文学"及其历史使命 / 228
小说的"卡尼"分配
　　——王履辉的长篇小说与其"时代"情结 / 236
眼底的迷惘　心中的光亮 / 251
小小说理论三题 / 254

从技术走向艺术的微电影

以数字革命为标志的网络时代，在"娱乐大潮"尚未退场的情势下，来之匆匆的微电影，无疑也经历着"技术"与"艺术"的双重考验。从大众传播的影视，到新媒体传播的微电影，其肇始都是以一种崭新的技术手段展现于接受者面前，逐渐向艺术的巅峰攀登，日趋成熟为新的传播样式。"任何技术的都是艺术的，任何艺术的都是技术的"，此种表述并非人为抹平悖论的等差，而是辩证地看待某种事物的发展进程。当最初的技术登堂入室于自由化境之时，随着表现对象的明朗化、确定化、象征化，其蕴含的意蕴世界就会自然而然地呈现出来。技术便从目的成为手段；赖以支撑的艺术，便从后台走向前台，从小众走向大众。

从微电影特质看其走向艺术的可能

2010年，中国电影集团参与制作的《老男孩》与《一触即发》，被称为中国微电影的滥觞，也一度被称为"微影""网络短片"。而规范的"微电影"（micro movie）是指借助于数字制作技术和新媒体传播技术，运用现代手段生产并传播，具有相对完整情节的微型电影短片。[1] 既称之"微"，有必要以此为主要特质，探索其走向艺术的可能。

微制作，使个体创作更加灵活，更加充满生机。在低成本运作的基础上，整体制作团队与制作成本，相对于大荧幕电影和网络大电影，都呈现"微"的特点，反而更有利于主创人员的个性发挥。从艺术创作心理学的角度看，心灵自由是创作的重要前提，较少的外在制约，能够较大程度地激活主创人员的想象力。较少的资本，较简的制作流程，可以使主创人员淡化制作过程中的技术含量，全力沉潜于艺术创造之中，成为与"大"电影相对又相称的另一种文本方式与传播手段。

微时长，使施受双方在有限之时间、有限之空间、有限之情节中，发生有机之互动，共同创造"新""奇"的视听效果。微电影的最大特质就是放映时间短。1分钟左右为超微短片，3到10分钟为微短片，10到20分钟为微中长片，20分钟以上为微长片，一般不超过半个小时。时间短决定电影结构的相对微小紧凑，采取单线或简单的复线、多线的方式，叙事场景和内容也比较集中。[2] 从某种意义上说，类似于小小说与微型小说，人物、环境、情节，皆以压缩的方式，简单明快地迅速展开。虽然不反对更具象征意义的空镜头、长镜头或远景等技术手段的运用——有时此等运用，或更能突出主题，加深蕴藉，但整体的微时长决定其既不同于大电影，又能"在最小空间容纳最可能的思想"，从而就需以"新""奇"的叙事效果来打动人心。标新立异，出奇制胜，应成为微电影人的主观追求。

微传播，使微电影在多指性、多向性的基础上，强化互动和即时的社会效应。微传播也称泛传播，是指微电影的传播载体主要是网络与新媒体，通过观众自愿观看和转发，具有观看随意、评论自由、传播广泛等特点。[3] 正因具有多向的文化以及商业元素，则更应强调实现审美价值和净化心灵的目的，其社会效果的多元体现更有待于其艺术品位的提升。

技术向艺术的微互动

微电影的制作过程，是在"自由"（如观念、思想、题材等）和"不自由"（如传播方式和视听方式等）的基础上，去拓展属于自己的艺术空间。当历史化的微电影一旦从小众走向大众，从倾向于技术向倾向于艺术的"微"互动，就会成为必然。

没有票房压力虽然给微电影的创作者带来具有辽阔空间的创作自由，"任何题材、任何表现形式都可以尝试。可以反映现实生活，也可以讨论热点话题；可以讲述恋爱故事，也可以讲述成长历程；可以是现代题材，也可以是古代题材；可以追随潮流，也可以背道而驰；可以是系列剧，也可以仅仅只拍几秒钟；可以是励志的，也可以是怀旧的。"[4] 但考虑微电影施受双方总体集中于较年轻一代的网民群体，其创作题材似趋于类型化的特点，虽然可以列出数十种，但比较常见的仍是爱情、青春成长、家庭伦理、惊悚、喜剧等数种。甚至人物、环境、冲突等叙事元素，也都有类型化的倾向。各种矛盾的冲突也常框定在价值观上的对立两极。如青春爱情片的善/恶、美/丑、有情/无情、得意/失意、信任/猜疑、忠诚/背叛。其叙述在两极间不断摆动，失衡—平衡—再失衡—再平衡，最终通过对矛盾冲突的弥合来巩固理想的爱情观。[5] 这种类型化的倾向，与本应更广阔的题材选择形成某种过渡性，特别是随着点击量的激烈竞争，这种类型化的状况已有所改变。

正因电影本身的时间特性，节奏是影视艺术重要的造型手段。微电影的微时长，更是决定在其制作过程中分配节奏频率的重要意义。尽管网络时代"碎片化"的传播，要在极短时间内实现一个完整的叙事过程，其节奏的掌控并不仅以"快""短"为唯一原则，影像的叠加与空镜头、长镜头的运用，同样可以打造高妙而旷远的审美意境；其艺术效果是随着微电影语言的提升而提升的。后者方是其内在节奏的合理元素。诗化与散文化，同样适用于日益发展的微电影创作。讲故事与抒发情志的功能，双向砥砺着微电影创作与传播的审美空间。微电影的审美自由促进了"人人都是艺术家"的心理需求，其接受者不仅可以通过"暂停""快进""回看"等手段打破线性的观看模式，也可以"自由地发表评论，针对电影拍摄提出自己的看法，甚至可以改编电影的情节"。[6] 这种带有技术性的双向互动无疑会有效扩大微电影的期待效应。

微电影的世界，固然不同于其他电影品种，但其内在的共通性，又决定其专业术语与一般叙事文体的某种契合。美国纽约城市大学的丹·格斯基教授在《微电影创作：从构思到制作》一书中，以"流行术语"的视角，对微电影的制作手法做了精到解析，以说明颇具匠心的技术处理，是如何转变为"有意味的形式"的。

寓言："一种电影类型，角色和情节、意念大于主体本身。"其实任何一种艺术形式，都可以理解成一首象征诗或一则寓言。越是成功的作品，越是具备这种特质。比如陈太云导演的《抚摸》，某种程度上就是一部哲理剧。表层的抚摸不能替代深层的抚摸，没有感应的肌肤不能代替没有感应的心。在有限的篇幅里，表达了超越主体本身的象征寓意。

反英雄人物："这些角色可以唤起观众的认同感。即使他并不勇敢高尚或心地善良，也不具备其他的英雄本质，往往是犯罪分子或生活在社会边缘的人。"比如魏民导演的《灵魂中转站》。醉酒的荣先生发生车祸，遭遇死神，被带到灵魂中转站。这里有沉溺于声色犬马的富二代尚先生；有一表人才却具变态癖好的徐律师；有为情所困，割腕自杀的痴女子……原来每一个人此生的所作所为，都会决定其下一辈子的命运。被死神审判的过程，也是每个人自我审判的过程。

弧光："在影片行动中，角色的成长或改变。可参照人物弧光。"比如邝盛导演的《热情》，通过在异乡邂逅的男女主人公从消沉到振奋的变化，勇敢追梦的过程，以此带出对生活、梦想需要百分之百热情的主题。在仅仅 6 分钟的放映时间里，一首主打歌，将人物成长的"弧光"一笔划出。

其他诸如"条件锁""神秘感""前史""红鲱鱼"等流行术语，[7] 都从各个角度，阐释"微"中之"巨"，"巨"中之"微"，无疑成为微电影如何从技术走向艺术的导读。

历史化的意义诉求

传播学家李普曼明确指出，大众传播媒介不是镜子似的对社会现实的再现，而是通过媒体工作者的选取、加工各类事件而构建的"拟态社会"。在这种人为打造的"第二世界"中，主体的各种欲求既可以通过审美来实现，也可以通过"虚幻的消费文化"来实现。正如英国学者费瑟斯通所指出："在消费文化影像中，在独特而直接产生的身体刺激与审美快感的消费场所中，情感的快乐与梦想欲望总是大受欢迎。"[8] 当历史演进到以大数据为标志的网络时代，人们的认识水平与文化取向又发生了翻天覆地的变化。

中国互联网络信息中心（CNNIC）2016年1月22日发布的《第37次中国互联网络发展状况统计报告》显示，截至2015年12月，中国网民规模达6.88亿。互联网普及率50.3%，首次覆盖过半人口。其中，中国手机网民规模达6.2亿。早在2014年上半年，中国网民的手机使用率已达到83.4%，首次超越传统的PC（个人计算机）整体使用率的80.9%。越来越多的用户从PC端向手机端转移，过半手机网民因为使用手机而减少了对电脑的使用。与此同时，另一份调查也耐人寻味。调查显示，释放压力成为受访者在网络直播平台上观看节目的主要原因（47.6%）。其中，73.8%的受访者喜欢娱乐类直播，44.9%偏爱日常生活类，29.4%则倾向于游戏类。在此种情势下，微电影的出路无疑是多向、多元、复合且多变的。同时，大荧幕电影与网络大片，也在不同领域和不同方面对之予以挤压。因此，微电影人应在困窘中寻找一条可供自己发展的有效路径。由于此类文化产品的本质属性，任何时期的微电影，都不应做商业文化和娱乐文化的俘虏，即便冒着边缘化的风险，也只是生存中的探索，探索中的生存，而不会将属于自己的真品行丧失殆尽。

那么，属于微电影的真品行又是什么呢？让我们简单巡礼一番曾获国际大奖的微电影作品。

《红气球》，法国，片长34分钟。内容："男孩与他的魔力气球在巴黎街头游走，他们承受了来自他们碰到的每个人的反对。"获1957年奥斯卡金像奖最佳原创剧本（与四部长篇电影竞争）。

《鹰溪桥上》，法国，片长28分钟。内容："在内战时期，一个被指控的联邦间谍最终在盟军行刑者的索套下认清了自己。但他还是幻想着逃跑。"获1964年奥斯卡金像奖最佳真人短片。

《逃票者》，德国，片长12分钟。内容："探讨了一个深刻的主题：一个拥有多元文化的国家，对外来移民的不可包容性。"获1994年奥斯卡金像奖最佳真人短片。

《交通堵塞》，比利时，片长7分钟。内容："当你中午向家里打电话的时候，请确认你拨出的是否是正确的电话号码。一部俏皮简练的黑色喜剧——只有三个地点和三个说话的角色。"获2003年奥斯卡金像奖最佳真人短片提名。

《等待下一个》，法国，片长4分钟。内容："在巴黎地铁上，一个孤独的女人遇到了一个寻找爱情的男人。起初，你会在不期而遇的高潮处发笑，但数秒钟过后的分手会让你彻底被悲伤震撼。"获2003年奥斯卡金像奖最佳真人短片提名。

以上案例，并非今天意义上的运用"新媒体传播技术"所制作的微型电影短片，与之比较，恰恰是缺失了"完整故事情节"这样的叙事品性，方使今天的微电影走向一个左右为难的窘境，并有可能沦为倾向商业运作的边缘文化产品。导因又是由"审美"与"艺术"的丧失而为标志的。从系统论的视角分析，这同时又是一个社会文化与群体接受心理之间的盟合所导致的必然结果。虽然有待时日，但作为真诚的微电影人，有必要认真思索并做出自己的抉择。中国古人云，"大道至简"；西方也有谚语，"最深刻的道理，是最简单和最朴素的"。今天的微电影，可以从"微"从"简"中，寻找一条属于自己的道路。随着时间的推移，今天作为历史之时，方可洞悉"意义"的永恒价值。

参考文献：

[1] [2] [3] [5] 国玉霞，白喆，郝强. 微电影创作技巧. 北京：清华大学出版社，2014：1, 1-2, 2, 7.

[4] [6] 陈丹，杨诗. 微电影设置技艺. 北京：北京师范大学出版社，2013：5, 5-6.

[7] 丹·格斯基. 微电影创作：从构思到制作. 上海：文汇出版社，2012：172-178.

[8] 陆邵阳，等. 光影中的意识形态. 人民日报，2016-4-15（24）.

（《我国微电影的发展与研究》上海交大出版社2017年出版）

呼唤坚挺的艺术

——对当下文学平庸化的思考

十年前，我曾呼唤过防备文坛平庸化和软化的倾向。[1]迄今，此种倾向并未得到有效遏制。其实，这一问题早在20世纪后半叶的西方哲人那里就有预测。马尔库塞、弗洛姆等对于由后工业社会所带来的传统文化的动荡乃至危机，既表示了深深的忧虑，同时也剖析了其历史发展的必然。随着所谓"私密化""祛魅"写作倾向的流行，当下文学的平庸化已成为事实。其中有着"雅俗互渗"的因素，也有着社会生活"世俗化"的因素，反映了转型后期的社会群体心理，是社会文化发展到一定时期的历史必然。然而，自恋、自娱式的一己情愫，不可能上升到恢宏大气的人类情感。为了文学的理想，我们有必要呼唤坚挺的艺术。

世俗生活的"乌托邦"

应该说，当文学跨入2000年之后，文学的回归，才真正宣告着"五四"文学时期由周作人首倡的"平民文学"理念的最后完成。周作人的"平民文学"论，是对"人的文学"的补充和具体化。他认为平民文学之所以异于贵族文学，要义在"普遍与真实两件事"：写普遍的思想与事实；记真挚的思想与事实。这是周氏"平民文学"论的主要核心，其实也是晚清启蒙思想者"我手写我口"文学观的赓续，新内容并不很多，而且是以取消"文学性"为代价的。然而1990年后，沐浴了近百年历史风云的中国文坛，在一个众声喧哗的时代，仍然能够感受到热闹下面的寂寞、繁华背后的枯涩、多向深处的单一……在以所谓"私密化""祛魅"为高标的当下文坛，同样是以取消"文学性"为代价的事实，使得失语的悲悯者、无奈的守望者，仍然面临着当下文学平庸化的无情煎熬……

　　文化社会学家阿诺德·豪泽尔说："娱乐、放松、无目的玩耍是生活不可缺少的一部分，从心理学、生理学上说来，是保持和焕发旺盛的精力，刺激和加强活动能力所必需的。从另一方面看，纯艺术对许多人来说可以是纯粹的自我实现，但不一定是一种现实必需品。"同时，他指出："真正的、高雅的艺术中的严肃性和严谨性到了通俗艺术，便成了一种快娱、轻佻的情感或完全的刺激。"[2] 在当代中国，随着经济体制的转型，社会意识形态也随之转型。然而，社会意识形态的指标体系不同于可以用数字来衡量的纯粹的物质生产，其转型，也只是针对经济体制的变动而呈现出适应性的文化与社会心理的相应调整而已，并不一定会带来更为理想的精神文明。比如现阶段所呈现出的文学平庸化与世俗化的倾向，它既是社会发展的必然产物，又预示着必须有更高尚、更理想的精神文明的提领，才能保持社会经济与社会意识形态的健康、良性的发展。

有学者指出，文学平庸化是社会世俗化的必然表征。在这里，所谓"世俗化"并非一个贬义的概念。比如，西方社会学家韦伯认为，所谓世俗化的过程，就是自文艺复兴以来，西方社会和文化从中世纪的宗教中逐渐摆脱出来的过程。从社会学意义上看，世俗化的概念有两个基本意义：其一是指随着科学的发展，理性原则取代了神学；其二是指一种消费主义和享乐主义，注重现世生活和"善的生活"，而不是来世的生活方式。可见，在西方社会理论中，世俗化完全是一个值得肯定的积极趋向，甚至被当成现代性的一个重要标志，一个传统社会向现代社会转变的尺度。而中国的世俗化，显然没有一个与宗教对立的意义参照，却表征了中国文化从一个乌托邦的理想主义形态，向实用主义、现世观念和消费社会的转变。

文学本身就是由各种途径指向的精神"乌托邦"。凯伯特说得好："乌托邦强大的动力就在于它能从绝顶的混乱和无秩序中拯救世界。乌托邦是个关于秩序、安宁、平静的梦幻。其背景是历史的噩梦。与此同时，秩序每每都被认为是人间事物所能达到的完善，或者近乎完善。"[3] 而当一个新的秩序大致建立的时候，回归世俗的生活，就将成为一个必然的社会趋向和社会的群体心理趋向，而以感官文化为标志的"欲望的解放"，便沿着"快乐原则"的航线，无所阻拦地驶向消费与享乐之海。可见，大众文学既然是市场经济体制下都市文化的必然产物，那它就需遵循市场商品交换与流通的原则，在创作上重视接受者的娱乐、消遣、宣泄功能等精神需要；艺术的鲜明个性、原则性、深刻性、超越性，将被符合接受者心理需要的娱乐性、复杂性、直白性、当下性所取代。

滑向边缘的"精英"诸相

世俗化文学的倾向，反映了转型后期的社会群体心理，使"大众文学"在与"精英文学"的较量中，占据了暂时的强势地位。然而，我们也看到，大众文学存在的合理性，并不掩饰其明显的负向效应。"我们看到在大众文学使大众获取艺术民主化、抚慰他们灵魂焦灼的同时，也必须看到它给他们带来的伪民主、伪快乐、伪幸福、伪真实、伪审美。"[4] 那么，就必须由精英的高雅文学来作为主导或调适。从语义学的角度，我们可以看到：在大众文学产品中，意义被相对虚化、弱化甚至同质化了。不同的大众文化产品却"复制"着相同的趣味和主体，形式上的花样翻新超出了内容上的必然需要。符号的能指变为时尚的象征。能指的变化不是为了意义的需要，而是掩盖意义的不足和缺失。这样便导致了大众文学中常见的能指游离于所指的状况。而精英文学，恰恰相反，其符号的能指和所指则相对地处于一种较为均衡的状态，意义与符号之间充盈着一定的张力，使得其文学产品在内在构成上具有较高的话语蕴藉与审美品质。与大众文学产品相比，其能指的构成不是对意义的弱化，而是出自意义表达的内在需要，并想尽办法对意义的强化。[5] 从此意义看，高雅文学是一种倾向于实践理性的审美文化，通俗文学则是一种倾向于感性欲望的娱乐文化——即使悲剧样式的通俗文学，也只是为了满足一个情感宣泄的需要，而无须上升到形而上的思辨。

适者生存，从20世纪90年代以来，国家文化产业背景下，精英文学与精英文学家们，何尝不想在蓦然而至的市场经济的夹缝中另辟蹊径？比如他们有意识地在外在形式和内在文本中向通俗文学讨要一些经营谋略之道。一些出版社推出的"布老虎""红蜘蛛""红茶馆""红罂粟""蓝袜子"丛书，从策划、制作到出版、销售等各个环节动用了许多商业手段，尤其在文本内容上有意吸取那种属于刺激性和诱惑性的情节要素，以图生存。同时，有些文学刊物与批评家联手，频频标"新"立"异"树旗号，借以包装推销自己，在竞争激烈的文化市场和学界杀出一条血路，找到自己的立足之地。[6] 然而，与市场经济及文化产业相适应的，不仅是少数的文学家，而且是一个庞大的摒弃了深度思考的接受群体。在这样一个特殊的社会群体心理的制导下，或许已经不是文学家在塑造着接受大众，而是接受大众在塑造着文学家。即便如此，文学家作为知识分子的一员，有必要重新审视现代哲人所提出的知识分子的重要两性，即真正含义的知识分子，必须具备超越任何时代的启蒙性、批判性，只有"铁肩担道义"，才能"妙手著文章"。早在1921年6月，陈独秀在《新青年》9卷2号上发表《反抗舆论的勇气》："舆论就是群众心理的表现，群众心理是盲目的，所以舆论也是盲目的。古今以来这种盲目的舆论，合理的固然成就过事功，不合理的也造过许多罪恶。反抗舆论比造成舆论更重要而却更难。投合群众心理或激起群众恐慌的几句话，往往可以造成力量强大的舆论，至于公然反抗舆论便不是一件容易的事了。然而社会的进步或救出社会的危险，都需要有大胆反抗舆论的人，因为盲目的舆论大半是不合理的。此时中国的社会里正缺乏有公然大胆反抗舆论的勇气之人！"[7] 这种"大胆反抗舆论的勇气之人"，才是我们真正需要的，在社会转型期也必须挺身而出的文学精英。

退一步分析，此时的"精英"已不同于彼时的"精英"，世纪末的"精英"不同于新时期初期的"精英"；那时的"精英"与文学主流话语也许基本上是一致的，而此时的"精英"，则出现了反差。

"第一，它不再有一个全面覆盖文学的价值中心，尽管这个价值中心因社会/历史因素的变化常呈现为不同的形态，但这个中心却始终存在并发挥巨大的影响；第二，它不再以民族/国家为价值主体；第三，它不再是民族/历史/大众的代言和对民众的'强制性启蒙'，它不再具有拯救历史的权威性；第四，它不再与社会/政治/历史进程完全同步，不再为了其实现'使命'牺牲个体的自由。当然，它立足于边缘，享受着边缘的自由，也承受着边缘的局限。"[8] 然而，这只是"精英"以主流话语为基准的，向"边缘"滑动的一个方向；另一个方向，则是向超现实的"非人化"（dehumanization）倾向滑动的趋势。西班牙哲学家奥尔特加·伊·加塞特概括说："现代艺术家不再笨拙地面向现实，而是往相反的方向挺进。他明目张胆地将现实变形，打碎了人的形态，进而使之非人化……通过剥夺'生活'现实的外观，现代艺术家摧毁了把我们带回到日常现实的桥梁和航船，并把我们禁锢在一个艰深莫测的世界中，这个世界充满了人的交往所无法想象的事物。"[9] 这种双向的滑动,处于尴尬地位的"精英文学",既有着"边缘的自由",又有着"边缘的局限",但毕竟无法战胜过渡时期大众的通俗文化的汹涌巨潮,有时也不得不采取一种"俯就"的权宜之策,虽然这些都要以"人文精神"的部分丧失为代价。然而,雅俗的对立与转化,从社会发展的宏观来说,就是一场此长彼消,互为印证的对立统一的矛盾循环过程。只不过在世纪之末,凸显得更为典型罢了。

思想的力度与反抗的勇气

文学平庸化的倾向,无可避免地受着后工业时代所带来的工具理性的至深影响。弗洛姆则表示了更深沉的忧虑,在工具理性泛滥的时代,人们"用做作的微笑替代了真正的笑声,用无聊的饶舌替换了坦诚无私的交谈,用阴沉的失望取代了真正的悲痛"[10]。正是在这样一种工具理性的压迫下,处在世纪边缘的作家,特别是一些有志冲击世界文学峰顶的作家,或潇洒地精心侍弄自己的一方文学园地,或踌躇满志地遑论所谓与全球接轨的"大文学观",却缺乏一种对日新月异的当今社会和发展中的当下生活,以及飞速发展的社会心理变化的主流趋势及其复杂性、多样性的热情和审美感知;缺乏对个体生命在社会情境中尊严、良知、正义的承担和彰显;缺乏对社会历史进程中苦难意识、悲悯情怀的深切关注和体恤,只是以个人的琐碎感觉来掩盖对社会生活的整体把握。从而导致他们的作品"缺乏思想的穿透力,缺少一种人生纯粹、清洁、澄明的精神向度"[11]。这是 21 世纪之初的批评家的由衷感慨。

在那样一个文学艰窘的时期，有良知的艺术家和思想家才会有一种真正的苍凉感和孤独感。王安忆在接受采访时表达了她对当代文化状况的忧虑，自称"是一个严肃的作家，对大多文化人丧失理性决不原谅"，并对商业转型期的文化生态环境及文化人的急功近利感到压力，她感到了"寂寞，真是寂寞"。[12] 感到寂寞，就要设法改变这一令人"寂寞"的状况。思想家顾准说得好："不设想人类作为主人，这个世界就无须认识。人类认识世界，就是为了改进人类的处境。"[13] 而改变这个世界，就需要建立信心，需要不被暂时的"现象"及所谓公众的"舆论"所迷惑。新的"启蒙"或许是必要的。雅斯贝尔斯曾深刻地分析道："'公众'是一种幻象，一种被认为存在于一群为数众多，而彼此间并无实际关系的人之中的幻象。而他们的那种意见，便是所谓的'舆论'，这是被个人或团体用来支持其特殊观点的虚构的东西。它是很难感知的，会让人引起错觉，短暂而变化无常的；它一下这样，一下那样，一下又消逝了；它是一种能暂时赋予群众提升或毁灭力量的空无。"[14] 因此，来自"公众"，超越于"公众"，就成为有作为、有志向文学家必需的精神操守；在超越中融合，在融合中超越，从而构建新时代的文学精神。

那么，文学精神究竟是什么呢？机智灵动、犀利明快、繁复华丽的语言与此相关，生动曲折、波澜起伏的情节结构安排与此相关，敏锐、细微的点滴生活感受与此相关，正确的立意与思想观点也与此相关，但这些都加在一起，也不等于文学精神。托尔斯泰在他的《文艺论》里说："艺术是一种人类活动，其中一个人有意识地用某种外在标志把自己体验的情感传达给别人，而别人被这种情感所感染，同时也体验到这种情感。艺术既不是形而上学者所说的某种神秘的思想、美或上帝的体现，也不是生理美学者所言的人们借以消耗过剩精力的游戏……而是为追求个人及全人类幸福的道路中所必需的一种交际手段，它把人类联结在同样的情感中。"我们可以不同意托尔斯泰关于文学主要是情感的传达的说法，但是我们似乎不能不同意他说的真正的文学艺术不在于"外在的标志"，不只是一般的情绪的表达，不是游戏和享乐，而是作家生命的投入和为了个人和全人类的幸福，从而把人类联结在"同样的情感中"的活动。这"同样的情感"当然是指一种美好的情感。[15] 这种"美好的情感"，才是文学赖以生存的支撑点及其所传达出的精神乌托邦。

文学平庸化的倾向，无疑是历史上曾经有过的"现世主义"的折光，自恋、自娱式的一己情愫，不可能上升到恢宏大气的人类情感。诚然，文学的低层面是"自我言说"，高层面则是"代人言说"，由一己而公众，由个体经验而普遍情感，由忧愤深广而悲天悯人。《中国现代小说史》的作者、美籍华裔教授夏志清也曾举西方例子：西洋文学三大黄金时代的代表作家索福克勒斯、莎士比亚、托尔斯泰、陀思妥耶夫斯基虽然也是"借用了小说式说教"，"但同时也写出了人间永恒的矛盾和冲突，超越了作者个人的见解和信仰"。[16] 任何大家大作皆是如此。正视当下，心存高远，我们应有"仰望星空"的理想和憧憬。我们不是悲观主义者，尽管当下文学的平庸化是一道绕不过去的坎儿，它的必然趋势也丝毫不可阻拒我们仍然执着地对于坚挺艺术的向往和呼唤。

我们晓得：文学是一定时空、一个时代的意识形态的必然反映。我们处在这样一个和平的经济发展和建设时期，然而社会的大转型并不一定都以真刀真枪的"战争"为标志。从某种意义上说，真刀真枪的"战争"，只是摧毁了一个旧的社会范式的外部形式，而远非彻底动摇了更为根深蒂固的以群体心理为核心的社会意识形态。因此，任何一个时期的政治体制、经济结构、生活方式、文化心理等，都无疑地综合作用于"文学"这方精神的净土和超越现实的乌托邦。在承认理想与现实永恒矛盾的基础上，也承认疲软与坚挺、平庸与高贵的辩证关系。积蓄着人类精神的文学，一定会在所谓"不是文学的时代"，酝酿和滋生出属于文学自身的坚挺与高贵来。

参考文献：

[1] 李建东. 当代文坛艺术软化的倾向. 文艺报，2002-7-13.

[2] 阿诺德·豪泽尔. 艺术社会学. 上海：学林出版社，1987.

[3] 凯伯特. 乌托邦：外国学者评毛泽东. 北京：中国工人出版社，1997：118.

[4] 吴秀明. 转型时期的中国当代文学思潮. 杭州：浙江大学出版社，2001：45.

[5] 包忠文. 中国当代文艺理论史. 南京：江苏教育出版社，1998：414.

[6] 吴秀明. 转型时期的中国当代文学思潮. 杭州：浙江大学出版社，2001：79-80.

[7] 孔庆东. 1921，谁主沉浮. 济南：山东教育出版社，

1998：147.

［8］徐德锋．边缘乌托邦——90年代文学的一种价值定位．天津社会科学，1994（6）．

［9］贝特．文论精粹．纽约：哈科特出版公司，1970：662.

［10］弗洛姆．健全的社会．贵阳：贵州人民出版社，1994：22.

［11］马平川．文学断代现象分析．文艺争鸣，2007（10）．

［12］王安忆．对文人丧失理想决不原谅．文论报，1995-3-15.

［13］顾准．顾准文集．贵阳：贵州人民出版社，1994：345.

［14］雅斯贝尔斯．当代的精神处境．北京：生活·读书·新知三联书店，1992：35-36.

［15］钱谷融．关于文学精神．文汇报，2009-1-4（7）．

［16］夏志清．中国现代小说史．香港：香港中文大学出版社，2001.

(《中国中外文艺理论研究》中国社会科学出版社2014年出版)

贾平凹前期小说的性爱寓言

与改革开放的新时期文学一同成长的贾平凹，如果以1993年出版《废都》为界的话，包括《废都》在内的前期小说，从初登文坛的"纯情"，至"怜情"，至"纵情"，可以勾勒出贾平凹对于"性爱/情爱"命题的全部思考，他的返璞归真的古典意象，与其对于现代文明的深深疑虑，扭结成他那愈往后愈呈现出富于"寓言"性质的性爱美学观。

情之惑

早期的贾平凹是一个理想主义者，20世纪80年代初开始创作"商州系列"，恰好是中国农村实行改革，农民生活发生巨大转折的一个时期。正如作者所说："欲以商州这块地方，来体验、研究、分析、解剖中国农村的历史发展、社会变革、生活变化。"[1]对女性的描写，正是这种发展变化之历史进程中的重要一笔。贾平凹是至情、至性中人，走进他的小说世界，就会发现他对女性情有独钟。他是带着对女性"崇拜"的心理来展开其故事的叙写视角的,"通过考察贾平凹作品中反复出现的两个符号——月亮符号与女性符号,发现贾平凹不仅是一个月亮崇拜者,而且还是一位女神崇拜者。"[2] 这里已经有了宗教因素,具体到贾平凹早期创作,则出现一种较为复杂的演变轨迹。

首先为"纯情"期。时间在 1980 年前后,以《山地笔记》等为代表。这时初登文坛的作者唱的是农村青年男女事业和爱情的田园牧歌,塑造了满儿、月儿、文草、巧姐、小秀、阿秀、七巧儿等纯情少女形象。她们全都是"玻璃般的人儿"。她们天真善良,未婚初恋。她们纷纷穿上"红布衫",大胆地把爱情献给一个个对女性看来无多大兴趣、憨厚木讷、说话脸红、一心一意搞科研的农村小伙子。在《夏诚与巧姐》中,巧姐抛弃自己原来的恋人,仅因为那人不愿再和她一起在果树林搞科研,和夏诚恋爱也因为他见了《园艺学》《果树栽培》就忘了一切。这个时期,作者力图把每一个爱情故事写成一首抒情小诗。每一个纯情少女对自己心目中的恋人都像亲哥哥一样关怀备至。"情"在共同的理想与爱好中产生,即所谓志同道合。且不说志同道合似乎与爱情没有必然的对应关系,更不能画等号,就是女人对男人的感情也仅仅限于"情"而不是"爱"。

其次为"怜情"期。时间在 20 世纪 80 年代初至中期,作品多为中篇,如《黑氏》《冰炭》《人极》《金矿》《天狗》《西北口》等。故事模式基本上是一个其丈夫有着这样那样缺陷的女人,慈母一般爱上一个可怜的单身汉。女人总是"菩萨一般心肠",除更成熟内向,把爱深藏于内心之外,其善良纯朴的特征和早期的"纯情少女"型有明显的继承性,颇似一个女人的不同年龄阶段。《黑氏》中,受小男人百般折磨的黑氏没见过世面,一生只遇见过两个单身汉木犊和来顺。黑氏看到木犊去南山担龙须草三天才赚三块多钱就"在墙头上长长叹了一口气。黑氏可怜这木犊,家庭缺乏,人又笨拙,和一个老爹过活,三十二三了,还娶不下个女人做针线,裤子破了,白钱黑线揪疙瘩缭";见了三十多岁仍是童身的单身汉来顺天热了脚上仍穿那双黄胶鞋,"黑氏为他叹了一口气。三天后黑氏从箱底取出一双布鞋来,拿给来顺穿"。黑氏同时把怜情献给了两个值得同情的单身汉。但她只能做一种选择,面对木犊和来顺送来的三百和三百五十元聘礼,她犹豫了,"痴痴坐了半夜"。她终于嫁给了本村的木犊,却念念不忘无人疼爱的来顺。这痛苦的念头折磨着她,时而要来顺来自己家吃饭,时而要他来自己家聊天。当读到丈夫木犊的信,知道丈夫还想着自己,又庆幸来顺没有来。最后还是觉得木犊已尝到女人的滋味,来顺更可怜,便和他私奔了。这就是一个农村妇女对爱情最大限度的理解。

再次为"纵情"期。这一时期的内容比较复杂,以"逛山"系列和《废都》为代表,写于20世纪80年代末以降。作品力求探索女性对"性"的全面解放。在此前的贾平凹刻意经营的青年男女一个又一个的爱情神话中,男女尽管获得了爱情的胜利,却很难说获得了真正意义上的"性"的满足。而《逛山》中的女人们,要求的已不仅仅是以前所谓空头支票式的爱情,而是直截了当的"性"。《美穴地》的篇名就具有一语双关的淫乐心理。女主人公四姨太虽为作者所赞美,却完全透着一种浪荡:一出场就往一个来自己家的陌生男人——风水先生柳子言后脑勺上吐瓜子皮，之后又多方挑逗。她的境况是，面对性无能的丈夫姚掌柜，她只能和一只名叫虎儿的狗性交。在作者看来，狗和人，只要能解决四姨太的性欲，是没有什么区别的，无非都是性工具罢了。[3]

在贾平凹前期小说的性爱世界里，被"纳入到这同一里"的性爱双方，无疑地受到三种"权力"的支配。"纯情"期是"政治权力"——爱情是劳务和科研的结晶，并成为政治主流话语的一个点缀；"怜情"期是"道德权力"——民间伦理的善与浅层次的道德诉求，使"情爱"变成施舍式的本能性的同情与怜悯；"纵情"期是"本能权力"——虽然最接近"性爱"本体，却因完全排除了社会与伦理的成分，从"肉欲"出发，而归宿于灵与肉的双重委顿。可见这三个时期都不能称为上述所谓"女神崇拜"的典型文本。倒是"怜情"时期，可以明显看到贾平凹处在转型期的思想轨迹，女性在爱情中的主体地位开始加强。"纯情少女"开始让位于具有相当社会阅历和生活风尘的妇女，她们更倾心于具有"苦难"历程的男性，那种苍凉之爱，使社会政治因素里增加了性的内容，在艰涩的情爱故事中体现出一些悲壮的色彩。这才是最为接近的，折射了一定"社会关系"的性爱寓言。

古典意结

贾平凹是一位具有古典意结的当代作家，他的性爱小说的寓言性所指，愈往后愈显示了一种执着的回归古典文化的意象与场景，特别是明清场景的倾向，从形式到内容皆是如此。.

有学者独辟蹊径，从"原型说"的角度，认为"贾平凹小说中的众多善良女性形象显然是'白水素女'原型的今日再现"[4]。此故事来自托名陶潜的《搜神后记》。说有一名叫谢端的青年农民，少丧父母，辛勤劳作，仍穷困未娶。后于邑下得一大螺，螺内走出美女，每日为其做饭。终为谢端窥见，自称"天汉中白水素女也。天帝哀卿少孤，恭慎自守，故使我权为守舍炊烹。十年之中，使卿居富得妇……"这篇志怪小说的素材来源于民间故事。在民间故事和神话传说中，一个仙女下凡来到人间，和一个孤儿成婚或给孤儿带来幸福的故事，是非常普通的一个类型。"牛郎织女"的故事就是如此。《聊斋志异》中诸多狐妖仙女和一个书生偷情的故事，就是这一原型的再现。这里的书生代替了孤儿，他们苦读经书，面壁寒窗，是精神上的孤儿，他们需要有一个美女来身边予以抚慰。[5] 胸中氤氲着浓郁的古典意象，沉浸于艺术世界的贾平凹，在自觉不自觉之中，已经将神话原型中的白水素女的地位又向下位移了一格，由平民之女位移为"最底层女人"，成为神话位移历史上延续链条的一环。"最富于幻想的人往往是那些孤独者。当现实生活不能满足人的一个又一个合理良好的愿望时，就通过幻想的形式实现，就如同做梦一样。孤儿往往无钱娶妻，就在幻想中满足，于是仙女的幻影一个个成真。"[6] 或许贾平凹需要这样的抚慰，当更早些时的"纯情"期，那难以结果的情爱之树，由于过于附庸而呈现干渴之态，使特别需要将不能结果的"情"向普降甘霖的"性"转移。耐人寻味的是，这样一个转移，只不过是一个中途加油站，待到第三个"纵情"

期,才如火山爆发一般,而最终由说不完、道不尽的《废都》完成了它的使命。

1993年,是中国改革开放的攻坚期。因为迅猛而至的市场经济所带来的商品意识,国人的精神世界发生了百年来最为激烈的震荡,传统的价值体系也发生了前所未有的剧变。就是在这样一个大的社会生活背景下,被后来称为"废都现象"的同名小说诞生了。小说以西京这一大都市的生活为背景,描述了当代文化人的生存境况与心态,体现了作家对现代文明的总体文化态度。然而,《废都》仍难以逃脱"大面积地描绘床笫之事"的非议,就是《废都》之中的性本能也"没有桀骜不驯的锋芒","《废都》之中的颓废之气更多地续上了古代传奇之中落魄文人寄情于风尘女子的传统——《废都》之中女性对于文人趋之若鹜不过是一种自恋性想象。"[7] 这种"自恋性想象"无疑是"才子佳人""浪迹风尘"类文学意象的赓续和现代版。有人说《废都》是现代《金瓶梅》,也自有一番道理。中国古代的文人骚客,命运多舛,虽一朝登榜天下知,却十年黄卷寒窗苦。或在位颐指气使,或下野沉溺楚馆。唐朝杜牧诗句"十年一觉扬州梦,赢得青楼薄幸名",正是如此写照。唐代市面上的妓女很有经营头脑,格外盯紧那些新科进士,"因为他们一获高中,便纵酒狎妓,以求放松。每当这时,就有好几名妓女,一同傍上一位新科进士,乘上小牛犊车,去其巾帽,叫笑喧呼在当时……"[8] 颇有文名的大诗人白居易,官声人品都很不错,但他于花柳丛中仍不能脱俗。据宋龚明《中吴记闻》载:白氏"为郡时,尝携容满、张态等十妓,夜游西湖武丘寺,尝赋纪游诗"。清朝赵瓯北《题白香山集后》诗云:"风流太守爱魂销,到处春翘有旧游。想见当时疏禁冈,尚无官吏宿娼条。"可见当时官吏狎妓已成嗜好。[9] 也许正因此,白居易的《琵琶行》才以老妓"嫁作商人妇"寓意,发贬谪牢骚。将妓女比官,可见那时两者的差距并不悬殊。以此为传统,"从清初的《板桥杂记》所记以来,文人和妓女来往密切不足为奇。早的如钱谦益和柳如是,冒辟疆和董小宛,侯方域和李香君,晚的如政治家、军事家蔡锷和小凤仙,都称为'脍炙人口'的文学题目。"[10] 可见中国古代的文人骚客以浪迹风尘、纵酒狎妓为荣耀,为风流韵事。特别在"存天理,灭人欲"的宋明理学盛行之前,尤为如此。

历史的时钟是不会倒转的,时代毕竟进入到 20 世纪的最末几页,贾平凹式的古典意结也只能作为"整个社会关系转变"的一个回响,尽管它只是以"自恋"的形式抒发了作者在现实文化整体沉沦面前的一种无奈的灵魂救赎的努力与想象。遗憾的是,这种努力与想象,在现代信息场景中已经失去了最后的一方立足之地,而变得与现实如此隔膜与疏离,只能以寓言的形式存在着。

乌托邦

纵观贾平凹前期小说里的性爱世界,存在着一个想象的等待着自我救赎的乌托邦。

用贾平凹自己的话说,《废都》是"安定我破碎了的灵魂的""苦难之作"。在《后记》中,他历数这些年接踵而至的灾难:自己患病住一年多医院,母亲做手术,父亲癌症亡故,妹夫撒手人寰:"再是一场官司没完没了地纠缠我;再是为了他人而卷入单位的是是非非之中受尽屈辱,直致又陷入到另一种更可怕的困境里,流言蜚语铺天盖地而来……我没有儿子,父亲死后,我曾说过我前无古人后无来者了。现在,该走的未走,不该走的都走了,几十年奋斗的营造的一切稀里哗啦都打碎了,只剩下肉体上精神上都有着毒病的我和我的三个字的姓名,而这名字又常常被别人叫着写着用着骂着。"[11]作家的人生之路与路途中的喜怒哀乐,往往能够寄寓一种予以宣泄与升华的艺术形式,这种形式的"意味"就是于它是以一己之怨、之愤所构筑的带有更普泛价值的群体之怨、之愤。作者诉诸作品里的社会诸相,正如南帆所指出,是以反讽的革命形式予以负载更隐秘的深层意蕴结构的。作者笔下的性,已经不属于一种秘而不宣的纯生理行为,"性同时是革命,是政治,甚至寓托了民族或者国家的命运"。《长恨歌》或者《红楼梦》之所以被誉为经典,恰恰因为它们痛苦地表现了性快感与封建意识形态之间相持不下的搏斗。后者对于前者的封锁,也就是社会秩序对于叛乱因素的封锁。"郁达夫的《沉沦》,使用大量的篇幅描绘一个异乡游子的颓废的性苦闷。他在最后的自沉之际发出了绝望的呼吁:"祖国呀祖国!我的死是你害我的!你快富起来!强起来吧!你还有许多儿女在那里受苦呢!""许多人已经觉察出这种设计的生硬之处——主人公的性苦闷并未有机地嵌入人民或国家的形象;至少在当时,让性充当民族或国家的晴雨表并非偶然。"[12]生硬之处不仅表现在郁达夫的《沉沦》里,也表现在贾平凹的《废都》里。如果说小说体现的是一种世纪末的"废都意识"的话，那么主人公庄之蝶的畸形性爱，以及在放浪形骸、自暴自弃中实现的自我消解，就可以找到解释的依据了。正如主人公自己所说的那样："终日浮浮躁躁，火火气气的，我真怀疑我要江郎才尽了，我要完了……身体也垮下来，连性功能都几乎要丧失了！……更令我感激的是，你接受了我的爱，我们在一起，我重新感觉到我又是个男人了，心里有涌动不已的激情，我觉得我并没有完……"因而，我们不能轻易地下结论：作者是以赞赏或欣赏的态度来塑造庄之蝶的形象的。尽管，主人公的形象有作者自己的影子在内，然而作者对在"肉体上精神上都有着毒病的我"是持一定的批判态度的。

弗洛伊德早就对肉欲和性爱对象的分离有着卓越的研究。发表于1912年的《性爱生活降格的最流行形式》一文认为："如果为避免乱伦而选择的对象具有某种特性（这些特性常常很难觉察出），而这些特征又使当事人记起他应该回避的对象时，当事人便表现出一种奇怪的拒绝状态，体现出来便是心理上的阳痿。"而且"爱慕之情对性爱不起什么作用"，"性生活避开了与爱慕之情有关的一切联系，因而，对象选择便被加上了某种限制"。那么，"男子为避免这种疾病而采取的主要保护性措施包括：降低对性爱对象的估价"，"一旦恋爱对象符合了降格的条件，肉欲感情便会充分发泄，性的能力便得以发挥，从而获取极度的快感"。[13] 以此来回首贾平凹的性与爱，也是不能有机地统一的，不论是政治权力的"纯情"期，还是道德权力的"怜情"期，爱，只是一个所指的泛化的符号；只是到了本能权力的"纵情"期，爱才与性真正携起手来，从而完成了"性爱"的能指本身向所指"废都意识"的转化。后者无疑是一个更为广袤和玄奥的社会文化信息场。性爱乌托邦尚未完成。自引起轰动效应的《废都》之后，20世纪90年代以降，一系列"新生代"作家的诸多篇什，以登堂入室的姿态，将性与性快感推向了前台。性正在摆脱一系列传统的附属物。这些作家的性快感首先不再为爱情负责。企图利用性器官交接达到心灵的沟通，这如同一种可笑的呓语。柏拉图式的精神恋爱早该绝迹，种种肉麻的浪漫游戏已是古董。性仅仅是肉体的激动。"他们身后不存在政治或者经济的重大背景。对于他们来说，性爱仅仅是个体事务。他们的性爱已经将社会关系消减至最为简单的程度。这里没有种种交易，甚至也不存在家庭关系。性爱不需要资金，不需要庞大的权力网络，不需要周密的生产体系和起早贪黑的奔波。性爱的快乐只需要两幅血肉之躯，故事仅仅发生在一个小小的房间里面。"[14] 然而，谁也不能否认这种革命性的变化将由新的乌托邦来代替，当社会一旦放松了对具有各种声音的话语场的钳制之后，拉动整个社会关系的宏观调控功能，必定会将人的自由与快乐引向一个新的更具有人性张力的层面。

参考文献：

[1] 贾平凹. 小月前本、代序. 广州：花城出版社，1984：2.

[2] 阎建滨. 月亮符号、女神崇拜与文化代码. 当代作家评论，1991（1）.

[3][4][5][6] 甫风平. 贾平凹性爱小说的心理分析. 中州学刊，1997（3）.

［7］［12］南帆.后革命的转移.北京：北京大学出版社，2005：223，205.

［8］［9］山齐.中华文化探秘.上海：上海古籍出版社，2005：293，299.

［10］金克木.文化三书.上海：东方出版中心，2008：367.

［11］贾平凹.废都.北京：北京出版社，1993.

［13］弗洛伊德.弗洛伊德论创造力与无意识.北京：中国展望出版社，1986：177-179.

［14］南帆.九十年代书系·先锋小说卷导言：边缘：先锋小说的位置.北京：社会科学文献出版社，1998：126.

(《小说评论》2012年第3期)

忧郁,还是忧郁……
——刘剑波小说修辞的现代派回响

现代派文学自降临到新时期,终究是一个痛。20世纪80年代中后期的文学版图上,插满了现代派探索的鲜亮旗帜,但终因与广大受众产生了越来越大的隔膜,而不得不愀然退出文学操练的竞技场。聪明的作家再一次在困顿中认识到:一蹴而就式的文学启蒙,毕竟是一个幻想。但任何新生事物都应有一个在适应中渐进的过程,比如"意识流"之于王蒙、"魔幻"之于莫言,他们之所以成功,大凡因为在他们现代派的探索意识中,修辞形式与修辞内容、能指与所指的尽可能融合。可见,任何忽视内容与意义的表达,而只是缠绵于封闭"文本"的单纯戏仿,只能以"自恋"的醉酒般的踉跄走向绝境。转瞬间,在"城头变幻大王旗""乱花渐欲迷人眼"的今日文坛,刘剑波仍然坚守于他的一方孤岛。尽管他已"向现实回归了不少",但他仍然是一名"致力于文本探索的小说家"。或许"他和毕飞宇、鲁羊,东西一样,属于哲学型(或技术型)"[1],这就决定了他以别样的视角来审读世界，谛听世界，只有在如此别样的审读与谛听当中，才能排解他那不论外在形式还是内在意义的无边忧郁。

隐喻外的惊悚

诗的世界，就是一个隐喻的世界。有着先锋意识的小说，就是极致的"诗"。隐喻不同于在描摹中构成一个独立自主的形象或形象体系的象征，它"常要求我们考虑的不是喻体如何说明喻旨，而是当两者被放在一起并相互对照相互说明时能产生什么意义"[2]。在中篇《聆听》中，邮递员的儿子是一个聋哑人，聆听不到任何声音。而他的长辈们因为聆听到了太多的声音几乎个个崩溃，个个失败。小说中，吴菁华的父亲，妻子被中医夺去，成了失败者；聋哑学校的教师肖万的女朋友离他而去，也是失败者；邮递员的母亲，丈夫被一个时代夺走，她只能天天到车站去无望地等待，一直到死，更是失败者。这里的本体和喻体，无不"隐喻着一种模式的失败和一种信念的倒塌"[3]。崩溃与失败，不仅存在于一个事实，一种行为，也隐藏了一种观念，一个无可规避的人生归宿：当你无力介入这个纷繁世界——哪怕是你的个体微观世界，那么你如何做出努力，甚至你的努力越巨，导致结局的崩溃与失败也就越彻底越悲惨。本体与喻体，具象与抽象，在隐喻中得到了有机统一。

拉美的"魔幻现实主义"之所以盛行，在于原始意象与现代精神的直接冲撞，中间由于缺乏必要的过渡，导致失却依托的精神之维处在一个返祖式的自由状态。中国的社会演进，则完全处在一个封闭自足而又异常稳定的巨大结构中，一旦某种力量打破了这种稳定结构，斑驳陆离、五彩缤纷的外在世界，不仅强烈震撼着相对封闭的内在世界，而且在震撼之中迸发出另一种力，一种因为主体价值失衡的破坏力。两种力的交错抗衡，是导致尺寸波澜、戏剧人生，呈现社会悲剧、个人悲剧的有机动因。在获得江苏省"紫金山"文学大奖的中篇名作《哭泣》中，那一位叱咤风云的刘镇长，暴躁与柔情同在，荒蛮与人性共生。他既是时代的骄子，又是时代的叛逆者。然而他的政治生命却断送在一个残疾连长的略施小计之中。这样的情节设置隐喻了这个得益于体制的人，最终也将被这个远未健全的体制所毁灭。在另一中篇《声音》中，可以谛听到权力和金钱双重堕落的声音。属于生活自然型的刘小静与属于物质文化型的周美丽，双双走上人性的祭坛。特别是先因喜欢打铁声音而委身于雷铁匠，后因喜欢父亲一般的声音而委身于郭局长的刘小静，最终与后者一同惨死于"崛城最后一个铁匠"之手。这种个性生命的"奇崛"与"陡转"，既隐喻了表面强大的工业文明已经是千疮百孔，不堪一击，又隐喻了失败的农业文明依然具备很强的破坏力。[4] 从而表现了作者对于既定现实的超越，以及对其小说忧郁基调的钟情。

优秀的作家，必然肩负着思想启蒙的重任，"依据康德、福柯诸人的定义，启蒙就是对一个社会的主流意识形态所持的永恒的批判态度，就是不论何时何地，决不降身辱志，对历史时代保持必要的批判距离"。[5] 忧郁，是这种批判性距离的必要条件。忧郁的本质，在于主体对包括自身在内的现实生存环境的某种不满与对峙。作为文学家，其使命不仅仅在于对现有的社会秩序做出批判性的判断，而是如何将这个判断蕴藏在批判对象的新旧交合以及由之衍生的种种悖谬现象的展示上。隐喻，则是在批判的前提下，使得两种不同事物、不同结局，发生人为的联系，用诗意的手法，使之产生令人惊悚的效果。

反讽后的战栗

有悖谬，就必然有反讽，这是现代派小说的重要修辞法。从诗学角度看，反讽如瑞恰慈所说，来自"对立物的均衡"，即通常互相冲突、互相排斥、互相抵消的方向，在文本中结合为一种平衡状态。所以布鲁克指出，反讽应被称之为"语境对于一个陈述语的歪曲"。[6] 在一个特定的生存境况下，只有在正常中看到非常，在非常中看到正常；抑或在常态中看到变态，在变态中看到常态，才有可能透过事物的"镜像"，看到其"本相"，穿过事物的"表层"，抓住其"本真"。忧郁的刘剑波与他所构筑的忧郁世界，其实并不全是忧郁，忧郁是底色、是基调，但其间不乏戏谑和反讽，在游戏般的戏谑与反讽之后，我们似乎谛听到了战栗的声音。

《哭泣》中，一个旧社会做过童养媳的小脚老太太，在忆苦思甜批斗大会上，"颤巍巍地迈动着两只粽子小脚，气咻咻地爬到台上，一张口就说，刘少奇说'金（今）不如锡（昔）'，真是他娘的闭着眼睛说瞎话，金子怎么不如锡了？谁不晓得金子值钱，一锅锡卖的钱还抵不上一钱金子卖的钱呐"。这种口误造成的歧义，表面看来，具有一定的合理性：其一，闭锁乡村的老太太，可能真的不知刘少奇是谁？因为她置身于没有政治是非观的语境里；其二，闭锁乡村的老太太，可能真的不知"今不如昔"的含义——她置身于她的想当然的经验世界里。然而，作者的"反讽"效果就从这般戏谑式调侃开始：用"金不如锡"的悖谬，来反证"今不如昔"的悖谬，从而印证"金如锡"与"今如昔"的合理。真正的小说语义则恰恰相反，"今不如昔"同"金不如锡"一样，恰好是对悖谬现实的一个合理判断。正因为现实是悖谬的，是不合理的，所以，"忆苦思甜批斗大会上"，小脚老太太令人忍俊不禁的悖谬发言，恰好是对这一现实的最好注脚，从而达到不动声色的"反讽"效果。

如果说，指涉两事物的隐喻，给人带来的只是内心惊悚的话，那么，在戏谑和调侃中的反讽，给人带来的则是惊悚之后的深深战栗。如果说惊悚是一种感受的话，那么，战栗就是强烈感受之后的深深体验。体验着这个给人爱，也给人恨，令人执着缠绵，又令人疏冷陌生的世界。这就是我们的生存环境——无可规避的"生活场"。让我们再回到上述《哭泣》中的主人公刘镇长那里。谁在哭泣？是小说的串联人物、视角发生者、刘镇长的儿子"我"，还是既受丈夫不忠的折磨，又深爱丈夫的刘镇长的妻子，"我"的可怜的母亲？他们似乎都是，而真正在哭泣，又真正值得哭泣的则是刘镇长本人。他在为自己哭泣；为他失去的爱而哭泣；为因爱而蒙羞，不得不屈身于老友县长的属下而哭泣；为他的女神，酷似他过去女友的林老师而哭泣；特别为以阴谋诡计置他于死地的情敌残疾连长的小人伎俩而哭泣……但在整篇小说中听不到"哭泣"的声音，听到的只是主人公刘镇长在矛盾性格与悖谬言行支配下的一声长叹。

举一例说明。前述,"刘镇长对教师是有偏见的,甚至讨厌他们。他总认为教师的弯弯肠子太多,而他的肠子是直通的,永远拧不到一块";后述,当刘镇长见到酷似他过去恋人的林老师时,他是这样说的:"我是个大老粗,巴掌大的字识不了一箩筐,所以我特别喜欢接触你们这些有文化有知识的人。"这种性格矛盾仅从故事层面来看,似乎是合理的,是他因见到心仪的林老师而迫使性格的"陡转"。其实相反,出身行伍的刘镇长的性格底色恰恰是"后述"而非"前述"。有一例可以佐证。当刘镇长应邀参加学校批斗七岁学童王小飞时,竟嘭的一声擂了台子,霍地站起来。但见他,"抱起小飞,他从裤兜里掏出手帕","蹲下来给王小飞细擦着脸上的眼泪和鼻涕","我们发现他的手帕是洁白的,白得刺眼……"这方洁白手帕,是刘镇长崇尚纯洁、崇尚文化的象征。也许正因为他缺乏"文化"的短处,才使"文化"成为他崇尚的对象——尽管呈现出其游走边锋的矛盾与彷徨。而事实恰恰朝另一个方向急速发展,刘镇长被钉死于"文化"——被"正人君子"略施小计的"文化"的十字架之上;他这个无文化的"大老粗",被有文化的"大老细"施以无情地摧毁。应该说,这种语义"反讽"的力量是异常强烈的:现实伦理视阈中的"作奸犯科"者,恰恰是理想伦理视阈的"祭坛牺牲"者,从而呈现出感性艺术中的理性光辉。在令人战栗的社会批判中,升腾出一种新的人生希冀与向往。

荒诞下的悲怆

刘剑波叙述的是一个无边的令人忧郁的世界,同时又是一个无边的令人感到荒诞的世界。他的小说既承载着他笔下掘港小城的爱恋和深情，也折射出他对这方土地上的苦难、压抑、愚昧、杂乱的质疑。在《声音》中，物质文化型的周美丽因拥有百灵鸟般的声音而得以嫁入豪门，生活自然型的刘小静因厌倦七秀巷的寂静与沉闷而钟情于雷铁匠的声音。也正是"声音"，"最终成为她们毁灭的符号——'百灵鸟'在大火中凄厉地呼叫，喜欢打铁声音的刘小静丧命于重磅铁锤之下。"[7] 在《聆听》中，吴菁华因为无法忍受来自父母的声音，不顾一切地让自己淹没在纺织厂轰鸣的机器声中；而肖万，在失去了女长笛手美妙的笛声后，也孤寂地投身于无声的哑语世界。在这里，"聆听不是为了听到什么，而且一种逃避，也是一种追寻，是用另一种声音挤压、淹没或者替代另一种声音，哪怕这用来代替另一种声音的，是寂静世界里无声的声音。"[8] 可以说，"声音"已经成为刘剑波小说创作的一个文化符号。

诉诸抽象听觉的声音，也许更能撕开这荒诞的世界，展现出命运本身的悲怆性质。如果说惊悚是感受，战栗是体验，那么，悲怆就是反思，是对自我生存"荒诞"境况的深深反思。诚如上述，刘剑波是一位哲学型的小说家，他用他那忧郁的眼睛，看到的是一个"非人"的生存境况，那就不如去谛听那一丝丝、一缕缕必须经过理性澄滤的声音，而这丝丝缕缕的声音便是荒诞的声音。在刘剑波的小说世界里，是通过解读上述这一系列"某物"与"他物"的微妙关系，来展示和揭露这个"非人"世界的荒诞"本质"的。正如黑格尔所言："实存是自身反映与他物反映的直接统一。实存既是无定限的许多实际存在着的事物反映在自身内,同时又映现于他物中,所以它们是相对的,它们形成一个根据与后果互相依存、无限联系的世界。"实存只是一种存在的合理,却不是理想的合理。忧郁的刘剑波,是一位理想的完美主义者,"爱之弥切,恨之愈烈",他何尝不是如此?《哭泣》中,刘镇长对美的追求与幻灭;《声音》中,只有无声的世界才能安顿人的灵魂;《聆听》中,则要每天聆听穿行于掘城的大街小巷的邮递员他那"胯下的那辆草绿色自行车已经被时间的利齿咬噬得斑斑驳驳,各种零部件像老人的牙齿,松动、晃荡,并将逐一脱落。它颠簸在掘城的青石板路上,嘎啦,嘎啦,发出钝重而锐利的声响,听上去就像是某种控诉"的声音。这无疑是一个令人惶惑与哀伤的荒诞岁月。如果说惊悚是蓝色的,战栗是灰色的话,那么悲怆或是紫色的。也正是这三种忧郁的颜色,描绘了刘剑波冷色调的小说画廊。

　　法国存在主义哲学家雅斯贝尔斯认为,人的存在本身就是一场悲剧,人本身所具有的不可消除的荒诞性是悲剧的真正根源。另一位法国哲学家、文学家加缪则对荒诞进行了解读。他认为所谓荒诞,是现代人普遍面临的基本生存处境:现代人被抛弃在这种处境中无可逃避,唯一可做的只是如何面对荒诞并在荒诞中生存。因此,作为意义本源的"上帝"已经死去,导致现代人生存处境的无意义或虚无。仍然是这个加缪,他的诗化小说《西西弗神话》,则为我们描绘了一位在虚无与荒诞面前,不向命运低头,勇往直前的抗世英雄形象。我想这不仅是忧郁哲人的矛盾,也是忧郁作家的矛盾。在刘剑波充满忧郁色调的诗意叙述中,他借用年轻的邮递员作为朗读者,"每天都诵读父亲的圣经"《猎人笔记》。屠格涅夫在这部随笔集子里不无深情地写道:"……往那里,往那里,往安乐的天地去,那地方田地天鹅绒似的发黑,那地方燕麦随眼都是轻轻摇曳出温柔的浪儿,又重又黄的日光射下来了,从透明的,白而圆的云儿里。那地方真好啊……"(《聆听》)"真好的地方"尽管只是闪现在刘剑波的理想中,但有憧憬、有理想不失为人类抗拒命运、反抗荒诞的最好途径。一切均会消逝而去,唯艺术长存。是的,荒诞是悲怆的,但在刘剑波的世界里,我们听到了反抗的声音。

参考文献:

[1][3][4] 朱一卉.刘剑波小说中的隐喻解读.江海晚报,2010-6-4(J11).

[2] 维姆萨特.象征与隐喻.杨德友,译.新批评文集.北京:中国社会科学出版社,1988:254.

[3] 张宗刚.我们还需要启蒙吗?.文学报,2010-6-24(11).

[6] 王先霈.文学欣赏导引.北京:高等教育出版社,2005:68-69.

[7] 储成剑.聆听哭泣声音.江海晚报,2010-6-4(J11).

[8] 毛雨森.穿行于声音世界的行为艺术.南通日报,2010-5-25(B2).

(《南京师大文学院学报》2012年第1期)

文艺功利观的回顾与反思

人作为类的存在,从模仿自然到逐步改造自然的劳动实践,不仅"是整个人类社会生活的第一个基本的条件,而且达到了这样的程度,以致我们某种意义上不得不说:劳动创造了人本身"。[1] 劳动实践不仅满足着人类生存的基本需求,也促进着人的机体和机能的发展,即人的语言、思维的发展。人类的审美意识就是在这样一个发展过程中所建立起来的,而文艺活动则是人类审美意识的表达方式。文艺活动是人类以情感并诉诸一种独特形式与世界发生联系,它与其他社会意识形态既有着千丝万缕的联系,也有着很大的区别。所以其社会功利性表现出一种独特的性质。认识文艺功利观发展的历史与现状,对繁荣我们今天的社会主义文艺,有着独特的意义和价值。

历史的回顾

文艺功利观的发生与文艺的发生是基本一致的。文艺发生的多因化特征，并不影响人们对文艺起源于劳动之余的娱乐功能的认识。鲁迅曾说过："至于小说，我认为倒是起源于休息。人在劳动时，即用歌吟来自娱，借它忘却劳动，则到休息时，每必然以一种事情以消遣闲暇。这种事情就是彼此谈论故事，而这种谈论故事，正是小说的起源。"这种观点确实有一定道理。不仅小说，就是所有文学艺术的产生都是生产力达到一定程度后，人们利用闲暇余力的一种游戏。朱熹在《诗集传·序》中道："凡诗之所谓风者，多出于里巷歌谣之作，所谓男女相与咏歌，各言其情者也。"班固在《汉书·艺文志》中也认为，中国小说源于民间传说，"小说家者流，盖出于稗官，街谈巷语、道听途说者之所造也。"可见包括小说在内的所有文艺形式来自大众、来自民间；而文艺的功利性是与人们劳动之余的娱乐性紧密联系在一起的。

随着文艺的发展和各种体裁的完整化，文艺的功利性开始提到理论的层面进行探讨。早期的论述仍将文艺的娱乐功能放在首位。古希腊哲学家德谟克利特主张文艺的功能就是快乐："大的快乐来自对美的作品的瞻仰。"而且认为："不应追求一切快乐，应该只追求高尚的快乐。"[2] 苏格拉底则是将美善统一作为文艺的最高功用："每一件东西对于它的目的服务得很好，就是善和美的。"[3] 亚里士多德是西方早期文艺功利观的集大成者，他在《政治学》中指出："音乐应该学习，并不只是为着一个目的，而是同时为着几个目的，那就是教育，净化，精神享受，就是紧张劳动后的安静和休息。"[4] 古罗马的贺拉斯也认为："诗人的愿望应该是给人益处和乐趣……给人以快感，同时对生活有帮助。"[5] 古代哲人所提出的不论是"高尚"也好，"服务得很好"也罢，还是"对生活有帮助"等,其实,已将文艺的功利性加以明确指出,只不过更多是精神与审美方面的,尚未政治功利化而已。

我国将文艺功利观与政治教化联系在一起的论述,比较早的是古代的大音乐家师旷:"自王以下,各有父子兄弟,以补察其政,史为书,瞽为诗,工诵箴谏。"[6] 也就是说,早期的诗歌具有对政治进行批判箴谏的价值功用。这就是孔子后来提出的"兴观群怨"中之"观",因为统治者从中可以考察政事措施之得失,"以补其政"。这一点对后世也有长远影响。"箴谏"在后来发展为美刺讽谕说,影响更为深远。但无论是中国还是西方,贯穿文艺发展史上的功利观,始终在政治道德教化作用和娱乐消遣作用互相排斥或互相影响的关系上左右摇摆。拿西方为例,前者如英国浪漫主义诗人雪莱,他认为诗可以帮助人们建立起"崇高的""政治和道德信仰";诗是使"一个伟大民族觉醒起来"的"最为可靠的先驱、伙伴和追随者",[7] 表现了强烈的政治功利性。后者如意大利的卡斯特尔维屈罗,他就明确反对文艺的教化功能,"诗的发明主要是为着提供娱乐和消遣给一般人民大众","主要地为娱乐、而不是为教益。"[8] 这种种观点虽对立,但因站的角度不相同,也大致反映出文艺发展的价值规律,即文艺功利观的多层次化、多阐释化与多元化,都从不同角度指明文艺功利观的社会内涵与审美内涵。

历史发展到近现代,特别是我国,由于社会的激烈动荡,文艺功利观的天平明显向政治化倾斜。高倡文艺具有认识现实功能的梁启超,同时也极力夸大小说的价值功用:"今日欲改良群治,必自小说界革命始;欲新民,必自新小说始。"[9] 当然,这里梁启超用一种偏激的语言，目的是达到一定的修辞效果。但在改良运动时期，将文艺纳入政治功利性体系的急切性和紧迫性也显而易见。几乎是同一个时期的普列汉诺夫，作为马克思主义的文艺理论家，他十分重视文艺的功利性，对后来的列宁、斯大林都有很大的影响。特别是列宁，他的无产阶级的文艺事业要像"革命机器中的齿轮和螺丝钉"的著名论断；他的关于列夫·托尔斯泰是"俄国革命的一面镜子"的评论，都在无产阶级文学事业的大旗上标明了鲜明的政治功利色彩。二十世纪三十年代，苏联"拉普"派文学和我国的左翼文艺运动，都是文艺政治功利观的最好体现。发展到毛泽东的经典著作《在延安文艺座谈会上的讲话》，其以鲜明的无可辩驳的政治功利色彩，取得了文艺功利观的正统地位。历史实践证明，在波谲云诡的革命时代，鲜明的政治功利观配合着无产阶级的革命斗争事业，促进了无产阶级文艺的顺利发展，其历史价值和地位是难以抹杀的。

观念反思

英国历史学家汤因比说过："人类因为在其本性中具有精神性的一面，所以我们知道自己被赋予了其他动物所不具备的尊严性，并感觉到必须维护它。"希腊哲学家苏格拉底也说过："我是欲望的主宰，而你是欲望的奴隶。"这些都说明人类是理性的动物，最大的特点就是具有鲜明的自我意识，就是能够将自身的意志和思想投射到所有对象上，使整个可以反思的对象成为"人化的自然"。西方哲学家大多是通过对人性的经验事实的描述，来建构其社会功利观体系的。葛德文在《政治正义论》中把人看成"能感受到刺激的生物、知觉的感受者"。边沁更是明确指出,自然把人类置于两个至上的主人"苦"与"乐"的统治之下,"功利原则承认人类受苦乐的统治,并且以这种统治为其体系的基础。"因此认为人的本性就是求乐避苦,人的行为目的不外乎追求幸福和快乐,行为对象是那些能带来幸福的外物,也就是利益(功用)。而以马克思主义为代表的历史唯物主义则认为,人性是"人—自然—社会"相关联统一的产物,是社会性、历史性、实践性的统一。人性是在社会生活中成熟并发展起来的,社会性是人性的主要表现。人身上的自然性也是以社会化了的形态呈现的。因此,马克思主义的文艺功利观也是放置于人与自然、社会的关系中来全面考察的。不仅对无产阶级文学如此,就是对古希腊神话,对但丁、塞万提斯、莎士比亚、巴尔扎克、狄更斯等世界公认的文学大师,也都是如此。比如恩格斯就特别喜爱《德国民间故事》一书,并给予高度的评价,指出它的价值功用,就在于培养人的"道德感,使他认清自己的力量、自己的权利、自己的自由,激起他的勇气,唤起他对祖国的爱"。[10] 普列汉诺夫说得更为具体:"所谓功利主义的艺术观,即是使艺术作品具有评判生活现象的意义的倾向,以及往往随之而来的乐于参加社会斗争的决心,是在社会上大部分人和多少对艺术创作真正感兴趣的人们之间有着相互同情的时候产生和加强的。"[11] 他反对"为艺术而艺术"的理论,概括地说:"艺术作品的价值归根结底取决于它的内容的比重。"[12]

  文艺的功利观并不等同于文艺的政治观,尽管其间有很多相似之处。以我国的古代文论为例，可以明显看到文艺功利观逐渐趋同于文艺政治观。孔子曾提出诗歌有着"兴观群怨"的功能，但他要求学生学诗的最终目的却又是"事父事君"。这可以说是在自觉地倡导并实践着文艺为政治伦理化服务。即使孔子的文艺美学观点，也是从政治主体之美出发的，如他所赞的《韶》是歌颂舜的音乐，是对仁德为本的"揖让"政治的肯定。至于商鞅提出的文艺要为耕战服务，韩非提出的文艺要为政治服务这些主张，也都强调着文艺的工具角色。而产生于汉代的《乐记》，则受董仲舒所宣扬的神秘化和政治化了的"天人合一"和"天人感应"论的影响，提出了"礼以道其志，乐以和其声，政以一其行，刑以防其奸。礼乐政刑，其极一也，所以同民心而出治道也"。很明显地把乐（文艺）看作是与礼相配套的，是与政和刑同样重要的维护统治的一种手段。之后像刘勰的《原道》《宗经》，孔颖达的"诗者，论功颂德之歌，止僻防邪之训"，梁肃的"文章之道与政通"，韩愈的"文以载道"，李觏的"治物之器"，直到顾炎武的"明道""纪政事"，等等，一条政治工具论的主线在我国古代文论中是非常清晰的。正如刘淮南先生所指出的："文艺的政治功能也就被更加狭隘化、极端化了。"[13]

马克思主义文论家在阐释文艺功利性的同时，又特别强调属于艺术的独特的审美属性。即在文艺创作中，艺术家不应当把倾向特别指点出来，也不必要把他所写的社会冲突的历史的未来的解决办法硬塞给读者，要让它从情节和场面中自然流露出来，而且"作者的见解愈隐蔽，对艺术作品来说就愈好"。[14] 所谓"隐蔽"，就是把作者的见解隐蔽在艺术形象之中，让读者自己去品味，去体会。读者从作品中体会出来的内涵越多，得到的审美享受也越多，从而艺术价值也就愈高。艺术的消费者就是通过这样一个独特的审美渠道，来走进艺术世界，从而认识自我、认识世界，并精神变物质地去改造自我、改造世界。因此文艺的功利性不是直接的、实用的，而是间接的、精神化的。

文坛走向

从苏联二十世纪三十年代以来的无产阶级文艺政策，到我国的"左翼"文艺运动、毛泽东的《讲话》，以及新中国成立后的历次文艺斗争和争鸣，文学艺术的政治工具论，始终是革命文艺发展的指导思想。作为一个特定的时期，文艺功利性的外化、物化，乃至政治化，参与整个革命斗争的一个组成部分，这是完全可以理解的。马克思、恩格斯、列宁、毛泽东，这些马克思主义的经典文论家，对无产阶级文艺的功利性都有精辟论述。但文艺毕竟是文艺，随着那个斗争年代的过去和新时期的到来，我们强调其功利性，更多地是看其作为文艺本质属性的存在，对整个现存社会的整合作用。

改革开放以来，我们社会主义文艺二十年的发展历史，已经印证了这一点，即过去实用的政治功利性已开始转化。这是一个新的趋向，同样是社会发展的必然。但我们也同时看到有两个值得思考和研究的走向。第一个走向是文艺市场功利观的形成。文艺市场是社会主义文艺传播中的重要途径。我国现阶段的文艺市场是随着我国社会主义市场经济的建立而逐步形成发展起来的，即以商品形式向人们提供文艺产品和文艺服务的场所；通过文艺市场可以把文艺产品的艺术价值，达到文艺传播的目的。文艺市场的建立，从表面看来，似乎是文艺功利性的直接化和物态化（比如说消费者需用货币的形式来交换接受文艺产品的权利）。其实这不是问题之所在，就是在古代艺术产品的消费也是要付费的，只不过渠道不同罢了。文艺市场化的意义主要在于使得生产者与消费者的直接沟通，特别是强调了接受者（消费者）在整个文艺创作中的重要地位：接受者不是被动地感知对象，而是整个文艺创作活动中不可或缺的主体，是阅读和产生意义的基本要素。事实上，没有一个艺术家在创作中完全无视接受者的存在。"每一部文学原文的构成都意识到它的潜在的读者，都包含着它写作对象的形象。"[15] 不论是书刊市场、影视市场，还是音像市场、演出市场，文艺产品的生产者始终将消费者作为自己进行全部创作活动中最重要的伙伴和参照系。这从一理论上，从马克思主义的文艺观点上，从社会主义对文艺的要求上，都是无可厚非的。文艺市场功利观的形成，是社会和文艺发展的大趋势，是社会进步的表现，我们完全不必惊叹。我们惊叹的可能是来自另外一面，就是文艺世俗化、文艺弱化的倾向，这是发育尚不太成熟的文艺市场功利观所带来的负面影响。虽然我们认识到文艺世俗化倾向是当代中国社会主义市场经济发展的必然：曾长期生活在宗教般的社会氛围中，被政治功利性熏陶的中国人，在改革开放、物质生活日益丰富后，渴望"潇洒走一回"，渴望尽情地享受人生，满足不能满足的的欲望；因此，世俗化倾向在冲击传统的经院哲学和保守观念方面具有一定作用。[16] 但对创建精神文明，重塑民族灵魂，特别在弘扬崇高的艺术精神，确立主流审美文化在当代社会的地位诸方面，又有值得我们思考和担忧的一面。

第二个走向是接受体验功利观的形成。表面看来，这是一种潜在的功利，或者说是无功利的功利，但与我们所说的审美的超功利性又有着质的不同。审美的超功利性追寻着审美"意"的形成，即从物态化的功利性转入精神的功利性。但接受体验的功利性，则只是沉溺于所谓的体验"过程"，不去进行话语"意义"的追寻。比如无情节、无主题，乃至无结构，包括一些"另类"文艺、网上虚拟文艺等。好像只有如此，才可拒斥"媚俗"倾向，才称得上真正的文艺或"纯文艺"。如果说世俗文艺还重视一些感官的体验的话，那么这一类文艺似乎连感官的体验也不屑一顾，只能是一种"接受"，使传统的接受只剩下一具无规则"游戏"的外壳罢了。当代文坛这些种种不同的文艺功利观，是社会主义文艺在新时期所遇到的新问题，但又是文艺发展的必然产物。当前，我们仍处在一个社会体制的转型期，市场经济所带来的巨大冲击，泥沙俱下，必然会使一些原先我们就倍感困惑的文艺功利观问题，再度成为关注的焦点。

掘进与重建

社会主义文艺的功利性，完全不排除文艺的娱乐功能；恰恰相反，"寓教于乐"说，既是文艺接受的本质特征，也是社会主义文艺功利性的基本要求。其实，任何社会形态的文艺都具有功利性，只不过是间接功利与直接功利的区别罢了。我们所说的

"超功利""无功利"不过是相对而言，绝对的"超功利""无功利"是不存在的。尽管如此，我们的社会主义文艺仍然反对"急功近利"式的功利观，马克思、恩格斯、列宁在这方面都有精辟的论述。在建设具有中国特色的社会主义的当代社会，为促进社会主义文艺的健康发展，对于这种独特的审美意识形态，我们必须处理好舆论导向与文艺的特殊表现、精神内省与政府管理、文艺自律与社会制约的辨证关系，包括对主流文艺思潮的监督与改善，营造宽松的文化环境；处理好文艺的娱乐功能、宣泄功能与社会批判功能的辨证融合等一系列亟待解决的问题。

我们社会主义的文艺功利观，应该充分汲取和正视市场经济所给精神文明带来的一些暂时的负面效应，既肯定在艺术生产中生产者与消费者的有机沟通可以刺激艺术生产的良性循环，又承认这样一个事实：黄色的、粗糙的、格调不高的文艺作品往往能获得比高雅之作更好的经济效益。这就说明文艺消费者的素质在很大程度上还有待提高。"媚俗"文艺的后果，则是为低劣文艺提供了市场，诱发了一些文艺家和书商的私欲，使文艺界的精神污染得不到有效控制。这都印证了实用功利观对社会主义文艺发展的弊端。因此，高尚的精神需要弘扬，高雅的艺术作品需要扶持，应成为我们重建健康纯正的社会主义文艺功利观的必要措施。

而掘进与重建需要开阔的视野。我们看到，即便在西方社会，在充分市场化了的情况下，大多数政府都对高雅艺术有特殊的优惠和保护政策。比如早在1974年，瑞典议会就一致通过了国家文化政策的八点目标，其中第四点就是"反对文化艺术商品化"。在德国，图书馆、博物馆、剧团等都由市财政补贴。一般情况下，这部分开支要占市财政预算的3%。在法兰克福市，这一比例高达11.5%。正如德国歌德学院的院长霍夫曼所说："文化修养是培养市民良好道德和高尚情操的重要因素，其社会效益是不能用金钱来衡量的。"[17] 我国也提倡和鼓励企业对文艺事业的扶持。如宝钢集团出资100万元建立"宝钢振兴高雅艺术基金"；上海证券交易所向中央乐团提供每年不少于350万元的无偿长期资助，就是很好的典型。[18] 总之，随着中国特色社会主义的深入发展，当代中国的文艺事业也呈多元化、多极化、多媒化的趋势，网络文化、影视传媒的冲击，以及"纯文学"的再度复兴，使文艺的"功利性"问题更加敏感与突出。通过对社会主义文艺功利性的历史与现状的考察，我们可以得出社会主义文艺功利性的特殊表现，导出在社会主义文艺宏观的理论框架下，主观的无功利性与客观的功利性，显在的无功利性与隐性的功利性，形象的无功利性与抽象的功利性相辅相成、相得益彰的最后结论。这是现代社会和新时期文学对我们新的要求，也是文艺在整个发展历程中的真切呼唤。文艺就是文艺，在它真正而全面体现出作为审美意识形态的特质时，其价值才能同样得到真正而全面的实现。

参考文献：

[1] 马克思恩格斯选集. 北京：人民出版社，1985：508.

[2] 古希腊罗马哲学. 北京：生活·读书·新知三联书店，1957：115.

[3][8] 伍蠡甫. 西方文论选. 上海：上海译文出版社，1979：

8，194.

［4］朱光潜．西方美学史．北京：人民文学出版社，1979：88.

［5］贺拉斯．诗艺．北京：人民文学出版社，1962：115.

［6］左传．北京：中华书局，2016.

［7］伍蠡甫．西方文论选．上海：上海译文出版社，1979：46.

［9］梁启超．论小说与群治之关系．中华小说界，1914（1）.

［10］马克思恩格斯全集．北京：人民出版社，1985：401.

［11］［12］普罗汉诺夫美学论文集．北京：人民出版社，1983：829，836.

［13］刘淮南．试谈《讲话》的经典性及局限性．文艺理论研究，2001（4）.

［14］马克思恩格斯选集．北京：人民出版社，1985：462.

［15］伊格尔顿．当代西方文学理论．北京：中国社科出版社，1988：126.

［16］丁捷．文学道德理想的失落与世俗媚俗倾向．周口师专学报，1997（1）.

［17］敏泽，党圣元．文学价值论．北京：社科文献出版社，1999：439.

［18］何国瑞．社会主义文艺学．武汉：武汉大学出版社，2001：397.

（《平顶山学院学报》2012年第6期）

坐实抱虚的艺术高蹈

——孙福林书印的文学幻象

在艺术天空下,书画是相通的。中国画及中国书法作为特立标异的造型艺术,与表演艺术的虚拟性、假定性固有一定的渊源关系,却因造型的恒定特征,以静制动,以静掣动,自有其无限的想象空间与艺术张力。自号"三艺斋主"的孙福林,乘桴浮于书、画、印三艺之海,幼时涂鸦,至今已三十余春秋。曾经的黑发壮士双鬓已染秋霜,岁月催人,而书、印日见老到。孙福林之书法,初学于王铎,后习于王羲之,悟其遒劲峭拔之神韵,得其形态超然之笔意。行锋有度,刚柔兼济;结体自然妙化,笔势飘逸奇出;字形拙中寓巧,气韵浑然天成。其金石篆刻也大雅小俗,自成一家。尤其钤于书、画之上的闲章刻印,飞白飘红,神思灵动;其书、其文,黑白世界,枫红数点,可慰于目,可读于口,可感于怀,可畅于心;如微醺、如诗吟;花开花落何由之,纤毫一点在文心。

品书入诗

"雅琴飞白雪,高论横青云。"此行草斗方的绝妙处在于,既可连读,也可断为"雅琴飞白,高论横青"。飞白,为行草之笔法,时断时续,似有似无,形止意连;而青色亦为黛色,此处一"横",乃以笔代口,且蕴翰墨世界自"高论"之意。抚琴吟诗,操刀锲文,自古奉为博雅之举;而相遇相知,流觞笔谈,天下纵横,且不失"谈笑有鸿儒,往来无白丁"的苦中寓乐,忙中偷闲之清风雅趣。如连读为"白雪""青云",亦能将"雅琴"之"雅",高论之"高",与领飞"白雪",横断"青云"的意蕴,联结之,升华之,自有一番奇思妙想。再看另一联句条幅曰:"池塘垂钓弄清影,砚畔笔耕写春秋。"上联为下联的铺垫,为虚;下联是上联的归结,为实。同样,上联之"清影",写穿"笔耕"之孜孜朝思暮想,形影相吊,从一侧面凸现"衣带渐宽终不悔,为伊消得人憔悴"的执着;而下联之"春秋",又为"垂钓"设一小景,无论寒暑易节,但问劳作小憩。其间之清寒、悲苦,又与谐谑雅趣相生相伴。拙诗一阕,以献福林行草之书胆文心,可矣?谁说书家清癯子,吾谓披星戴月时。牵来一纶相思线,垂钓无痕唯曼姿。

诗言志,书生情,古今一也。"凡写字,先看文字,宜用何法。如经学文字,必当真书,诗赋之类,行草不妨。"虽不尽绝对,却颇有一番道理。行草自有其绝妙处,体现了中国书法的真精神。张旭"嗜酒,每大醉呼叫狂走乃下笔";怀素则"忽然绝

- 坐实抱虚的艺术高蹈 -

叫三五声，满壁纵横千万字"。情极入理，理谐生情，情理相克相生，方能升腾诗意，给人以无穷遐思。再品上引孙福林两帧书法。"雅琴"之"雅"，部首"牙"之上部，一横一竖，再横再竖，几乎不用任何雕饰，方正拙朴，循规入矩，才为真雅士。下边"高论"两字，之"高"，确为其高，之"论"，有"言"有"仑"，笔锋纤细，刚凿有力，东西南北，各有所向。精彩之处是最后两笔，以繁体两画一短一长的斜竖收束，左竖持中，右竖无限延长，皴笔而渐没，若"论"之尾声，唇枪舌剑，余论纱纱。再看联句中"砚畔"之"畔"，皆细笔淡写轻描，特别是右"半"字末横，左托"田"，右分斜竖，既处边缘，又藏机锋玄妙，为下文"笔耕"张目。"耕"字尤好，右"耒"横竖撇捺，皆变重墨，横平竖直，如耒犁田；而右"井"，应为"田"意，则反意为行来如风，运田似雨，轻淡旷远，曲笔而下，显示了笔耕之优哉、快哉。真乃：朗月清风为书品，湍飞逸兴豪气生。生花撇捺皆入梦，如意横竖都关情。观传统之印，以篆书为主。因其最富空间感，且有装饰与排叠。其实，真草隶篆，皆可入印。如行草治印，王铎最好。古朴丑拙，阴文构白，词句随意，长短由之，亦不失与书画齐美。其他如印文之阴阳疏淡、边框之粗细单双、际边之断续圆缺、印泥之色重色轻。总之，治印、布印于书画之中颇讲拟古，如清"西泠八家"之一的篆刻大家奚冈在他的"冬花庵"一印的印跋中说："印之宗汉也，如诗之宗唐、字之宗晋。"秦汉印风尚法而不失超迈，严实而富于变化，正直而不失于流转，端厚而更见博大。印文结体散逸却又欹侧天成，颇具生拙之美；笔画圆转流利，灵动舒展；章法避讳满实，字字之间顾盼生姿，情态舒放自然，错落有致，呈现出秀雅古朴、含蓄蕴藉、天真烂漫的意趣。观福林治印，深得其旨。其印，圆方得体，不拘一格；且文字洗练清幽，在布排上亦颇为考究，有左右结构、上下结构，也有右一左二结构、先降后升结构、圆轮结构等，不一而足。更能勾人联想的是他能恰到好处地将阴阳二文合为一体，疏密有致，明暗相映；在字体上，大小肥瘦、圆浑枯涩，也别有情趣地联为一璧。如散文神思，形散而意不散。真乃：方寸之中见世界，点红背后有清音。

福林是治印高手，也是布印高手。一般认为，布印分上下，闲章压其中。福林布印则不尽然，有时整幅一印，有时整幅多印；或省略上款，或单印独领。而最擅于中印排列，错列有序，甚而有时竟逢字必印。如此高密度布印，被人称为"险印"，却又险而不险，惊而不险。看似有印却无印，书印各得其所间。其中奥秘，迄今难以圆解。但他又确是布印高手。常规布印，也称补白，以空散处、右上处、字余处为宜，而福林布印，则多在致密处、左下处，甚至直接钤于字上。此超常布印，实为鲜见。为此高密度布印，却不喧宾夺主，令人纳罕。非注意者，即关注于书法；注意者，方倾目于钤章，琳琅满目，自成一格。福林布印，与其书法珠联璧合：红泥黑金两相宜，毫锋刀笔各千秋。闲印不闲，却见雅俗内蕴，书艺真功。印文遴选，或重抒怀，或偏志趣，或择典铭，或歆励志，或弄谐谑，或扬才情，偏重不一。

好的书家，不一定是好的治印家，却应是好的选印家。福林书家、印家自兼一身，当对印文格外重视。将其印文随意拈来，可见一斑。譬如"隐居精学""冷暖自知""大象无形""一苇可

- 坐实抱虚的艺术高蹈 -

航""五车书万里路""绕屋梅花三十树"。后三方颇有文学话语蕴藉。"一苇可航"之"苇",既可指一叶扁舟,亦可谓一支弱管,"纤笔一枝谁与似,三千毛瑟精兵";"五车书万里路",显然是对"读万卷书,行万里路"的别称,却因竹书五车,延长品家思绪,发思古之幽情,动酬今之壮志;"绕屋梅花三十树",原来自想,"三千树"岂不更佳、更有气派、更朗朗上口?岂不知,"三千树"多是多矣,则以俗矣!哪有手栽三千树梅花的?而"三十树",方稀疏浓淡,清瘦暗香,别有诗情,亦含雅趣。

三色清秋洗春心

书印为艺术,诗文为文学。其实文学艺术是相通的。苏东坡论好诗是无形之画,而好画又是无声之诗,说明文学与艺术的上佳至境,均是互融互通:文学中有艺术,艺术中蕴文学矣!还是这个苏东坡,知音欧阳修言之:"苏子美尝言:明窗净几,笔砚纸墨,皆极精良,亦自是人生一乐。然能得此乐者甚稀,其不为外物移其好者,又特稀也。余晚知其趣,恨字体不工,不能到古人佳处,若以为乐,则自是有余。"古人历来对书法看得很重,它既一种身心素质陪练的对象,也是人生行为的一种秩序,在各种线条的奇变中,达到一种对于纷繁世界的重新把握,乃使杂多归于单一、狂躁归于平静。可见,书法确为陶冶情操、升华雅兴的一门艺术,不仅为品鉴者,也为艺术家本身。有人将之称为造型艺术,也有人称之为平面艺术,但它又以文字为原材料,在某种意义上说,其又具有一定的抽象性。它与包括文学在内的其他艺术形式一样，其审美意象的形象层，实际上是一种"召唤结构"。即"一方面有大量的艺术省略，另一方面又充满了启示性暗示。在艺术接受中，艺术接受者受文体形象暗示的有力启发，进行了形象世界的重构"。正因为"形式内在于感性，意义内在于形式"，所以，不论书法家，还是品鉴者，都能从创作或鉴赏中领略一种新的意义生成。书法背景的红白黑三色，恰好组成一个以此为衍生的新的物理世界与心理世界。

孙福林的书艺、印艺，正是在这样一个无声，而又充满各种声响的世界中，用心去聆听一个又一个美好的春天的声音。在阅读孙福林书艺时，蓦然有一个新的发现，就是他很喜欢"三"这个数字。且不论他的斋号曰"三艺"，就是他在书艺世界行走时，亦常常钟情于"三"，即便没有"三"处，也有意将形符衍变为"三"。比如上引斗方"高论横青云"中的"云"，取繁体，而下部分简写为"云"，则以三点代替，由"雨"看"云"，更能给人留下想象的空间。紧接着落款，"福林书之"的"之"，也用三联点隔行直竖，颇富装饰效果。这种奇特的落款，几乎成为孙福林的一种风格。在一般人看来，可有可无的"之"，寄寓着孙福林的一个审美理想：在"三"这个最为稳定的结构中，论他酷爱的书艺，有红、白、黑三色；论他置身的大自然，有天、地、人三物；论他周边的环境，有他、妻、友三人——他爱自己，爱与自己相濡以沫的妻子，更爱在每个人生历程中与自己休戚与共的亲朋挚友。画家严彪曾有一段美好的回忆。20世纪80年代初，致力学书的他与孙福林同出师门。正为吃住发愁的师兄无奈找到也居于工棚的孙福林，没想到福林不仅接待了他，而且当天还给他接风，十几个工人作陪。因此，他倾心于"三"，爱"三"，写"三"。他的"三"写得尤其好看。有趣的是，他从没有循规蹈矩地写过"三"。诚如上述，他对"三"恰有三种写法。其一，如"云"如"之"，三点斜竖，变体如"三"；其二，如"三艺斋"之实写"三"，则用三种完全不同的三捺为"三"，中间不加连续，颇为耐看；其三，如题款"三月""三日"之"三"，皆以细软三横线表现，就是"王维"的"王"，也以细软三横线中填一短竖来表现。这种写法，在线条纵横、浓淡不一的书艺行走中，既鹤立鸡群，又浑然一体；突兀而奇特，柔美而清爽；怡眼也养心。

　　孙福林大写意的书法艺术，愈来愈被世人注意。他笔下的"天地"，上似碧云蓝天，下如沃土良田；而"法心不二"，又将参差四字，坐实于"二"，上横为细密落款，下横则为立挺云间的粗硬之"一"，"二"字结构的寓意仍是"一心向法"。在大象无形之中，探索着形、象、意之间的最佳构成、最佳境界；在幻象中，去追求一种能够用文学语言表达的艺术之真。这就是率性本真的孙福林，是向青海玉树地震灾区捐赠书画七十余幅的孙福林，只有在将你心、我心、诗心、艺心相沟通、相拥怀的情景下，才能达到真正的似凡、似仙、亦真、亦幻的人生至境。

（《艺术评论》2011年第9期）

得借瑶池太古簋

——文学与艺术结缘的成汉飚

　　文学与艺术，从审美属性上看，本属一个领域。但由文学的抽象到艺术的具象，又由艺术的抽象到文学的具象，八方沟通，上下腾挪，倒也能在坐实中抱虚，负载中超越。在南通这方江海沃土上，且不论明末冒辟疆与董小宛在水绘园的缠绵，也不论清末状元张謇与梅兰芳的一段佳话，就是卞之琳、赵丹、王个簃、范曾……这一连串文坛、艺坛上熟悉的名字，就令我们浮想联翩。眼前的这位双栖于文坛与艺坛的成汉飚，他以二十年前的中短篇小说集《鱼魅人》崛起于江苏文坛，并荣获"十月文学奖""庄重文文学奖"等一系列文学大奖。之后几乎在文学圈儿消失，不露痕迹地转入了另一圈儿：艺术圈儿。早在写小说之前，他因父教甚严，命其日日写仿，7岁便写成擘窠大字。这为他后来从小说家转向书法家，奠定了基础。他的书法作品曾入选中国书法家协会主办的全国第二届楹联书法大展、中国书坛新人作品展、中国第八届中青年书法篆刻家作品展、首届中国书法兰亭奖展等,并在日本、法国、新加坡等国展出,被国内外多家博物馆、美术馆收藏。汪曾祺赞之曰:"成君长于书法,故小说有文化味,能写小说,故书法雅致,无职业书法家的市井俗气,可谓难能。"[1]文学与艺术的结缘,成就了成汉飚的博雅风范与自然之气。如他在《沁园春·中秋》词云:"得借瑶池太古簋。将明月,入我胸阙,拔地崔嵬!"

一、合也天教多事,累我鱼龙颠倒

年轻的成汉飚,挑过大粪,筑过海堤,挖过河道,逮过蟛蜞,踩过蛤蜊,当过教师。直到19岁进电影放映队当临时工,才因与"文化"结缘,而改变了自己的命运。那个时代的成汉飚,写诗作画,与挑粪筑堤,可谓相得益彰。也可能是年轻的缘故,他对他的出生地"海之门"——海门东兴乡,情有独钟。他熟悉家乡的风土人物,林林总总,这里与其他人的家乡一样,有英雄好汉,也有乌龟王八蛋,只是他们比其他地方的更直率还更狡诈,更文化也更野蛮。于是就有了大大小小的鱼,神神怪怪的魅,生生死死的人。他的作品,几乎专写海,专写鱼,专写神秘的传说以及海边的各色人等,诸般事物。"鱼荒""鱼鳞""鱼骨""鱼狗""鱼龙""鱼妹"……一连串"鱼系列"联袂而出,在广大读者及文学界引起较大反响,并被当时文学界称为一种新的文学现象。如他在《水调歌头·忆云山》中写道:"合也天教多事,累我鱼龙颠倒,愁绪满盏中。水远山高处,寂寞烛花红。"在他的早期小说创作中,鱼跃龙门的悲壮、破茧成蛾的煎熬,往往与一腔愁绪、万般寂寞相伴相生。这是他小说中人世之玄奥与成长之快乐的主要动因。

后来的成汉飚，无疑是一个沉潜于翰墨书海之中性格散淡、处世低调的人。但他早年之所以走上文学之路，与他玄奥于、痴迷于海上风浪中那令人无限遐思之魅、之妖，不无关系。

《鱼鳞》中的水月，是众赶海汉子心目中的鱼美人儿。她的笑弥陀酒店，不仅有喝不完的美酒，也有看不倦的美人儿。水月看这些令人烦又令人想的汉子"是妖，是怪"！而这些汉子把鱼美人儿般的水月也看成是妖，是魅！这里的猪头肉为什么会引来蛇虫，喝老白酒为什么会得病拉铜……一系列怪现状，都与那一片藏在树丛中的硕大无朋又耀人眼目的鱼鳞有关。神秘的鱼鳞找到了，而美丽的水月也突然失踪了。《鱼狗》里的海狗，因为家境困窘而偷鱼摸狗，但几天不见，又会使大家感到寂寞。就是这样一个在村民眼里微不足道之人，却能为保护集体的虾塘，而抗拒海啸，重伤于滩涂。最令人感到悬疑的是《江难事件九人遭际之演绎》。一次江难，七名遇难者，九人遭际的纵横演绎，与夜读《浮士德》、大兴安岭的山火、半部《辞海》的焚毁，以及黄土高原茅屋里一首名诗的诞生、死去的螃蟹又莫名其妙地在半夜里复活……这种种奇闻逸事，在有限的篇幅里，使一个个"穿过了深邃悠长隧道"的受难者，既喜形于色，又热情奔放。因为"他们在悠远的旅程中越过一个又一个其实并不存在的目的，而对伟大漫长永无终极的过程神往不已"。这里已经有了终极探寻的哲学味道，而且此篇怪异的小说写作于20世纪80年代末，正是中国先锋派文学的艰苦探索期，不能不涉及处于创作巅峰的成汉飚。还有一个或许不被人注意的细节跳入我的眼帘，小说"初稿于西北大学医院四楼"。鲁迅文学院和西北大学，是作者弥足珍贵的两段学习经历，而且中间几乎没有断续，这使作者不仅感受到了文学，更深的或许是敬畏了文学。耳闻目睹生活中的种种悖谬，他需要"靡菲斯特"的招引与呼唤，以进行心灵之狱的探险，于是神奇的"荒诞"、含泪苦笑的"黑色幽默"就成为他最为适时适合的操练方式。而蓦然而至的一场大病，使他开始关注"生与死"的问题。因此，这篇压阵之作，便成为成汉飚少见的虽然写江、写海，却并非直接涉及江之民、海之子的"另类"，从而也使他开始进入另一个领域的思考。这一领域或许更为抽象，或许在最为直白、朴拙，又最为玄妙、吊诡的具象书写的张力中，体现着最为抽象的形而上的内容。易言之，此时的成汉飚，将用偶拾"凡间物"的闲情意趣，去抒"踏天割紫云"的凌云壮志。他准备出发了。

成汉飚的自文转艺，进而文艺双修，不仅不说明他的随意而为，而且恰恰印证他的责任心与执着。他不是一位高产作家，宁缺毋滥与率性而为，正好组成他的艺术个性的两翼，前者是他的奋斗目标，后者揭示了他的自由心性。如果说他早年从书画艺术走向文学，是由前者奠基的话，那么，创作巅峰的中期又由文学回归到他一生所爱的书画艺术，则是后者的必然指归。他本质上是一位深有洞见的艺术家。《鱼贴》里的草根艺术家鲁文景，是他塑造的令人扼腕长叹的最后一位才人、书人。主人公其字与其人一同绝迹。正如小说末尾为鲁文景写的挽联所志："嗟早逝大器晚成清苦犹在眼，恨迟识贤才顿谢书谱未终篇。"这分明是成汉飚自惜、他惜的心声。这一心声在《鱼龙》里展示得更为淋漓尽致。这篇名作的写作时间与张承志的《北方的河》几乎相当，是一部新时期有志青年的心灵史与成长史，但它所取之意象不是河，而是海，是海上波涛中的"龙门"。这是一篇美丽而悲壮的诗化哲理小说。为了磨砺主人公"他"那细腻柔软的肌肤，"他一手提着那根尺米长的竹笛子，一手拎着鲜篮，涉过浅泓"，走向那"浩渺的深海"。他和那"裸着赤铜般身体"的海汉子搏斗，和怒涛、海风、烈日搏斗，他"听着海潮轻啮岸石的声音，想念在同一轮月华普照之下的妈妈"；他要用雄健的体魄和骄人的成绩"告诉妈妈"，他"已经用自己的力量创造财富了"。为了一条连"老爹"也降服不住的大鱼，他毅然决然地扑向怒海、扑向狂涛。在与大海的厮杀格斗中，"他对着自己喊出声来，'我是一个……海汉子！'""海汉子！海汉子！……这个呼唤在海的深处远远传来。"于是，他终于看见了龙门，看见了那座金碧辉煌的龙王的宫殿。"鱼儿向着这座龙门飞跃。天上还有玲珑剔透的白云簇拥着的太阳。"在这篇小说中，我们不仅看到了沿着北方大河溯源而上，矢志求索的张承志，也看到了精疲力竭、满身疮伤，而仅拖了大马哈鱼骨架胜利而归的海明威。这种"成长"类型与"硬汉"风格，曾经影响了整整一代人：20世纪80年代、90年代……进入21世纪，"城头变幻大王旗"的文场，再也看不到这般硬朗坚挺的文字。怅然之余，我们不由得怀念张承志、海明威，当然也怀念已经离席转型的成汉飚。

二、纵笔率心处，狂放笑凡夫

由文学走向艺术，本不存在截然的鸿沟。闻一多、艾青、李金发……由艺术转文学的例子实不鲜见。而由文学转艺术的例子较为罕见，沈从文、冯骥才、成汉飚……个种缘由，有待研究。由艺术而文学，似乎可以顺理成章；由文学而艺术，大多是文学向艺术的回归，即回归者在早年就有着艺术的底子。上三引者皆为如此。成汉飚的字好，自有公道，而画好则鲜为人知。其实他早年画幻灯片，就印证他的书画同宗、同佳，只是他近些年更倾心于翰墨罢了。有人形容成氏行草如卵石铺地，撒豆成金，其书体自由洒脱、圆润秀曼。特别是他行锋之果断、迅疾，眨眼刹那间，落笔成章，也正因他由小说名家而来，不仅博闻强记，而且属文高古。其书法多长卷，有引、有论，长行草、擅篆隶，堪称双壁。将文学与艺术结缘的成汉飚，在文坛、艺坛众声喧哗的今天，有着自己的乐趣喜好，在自己的一方园地里笔耘墨耕，散淡中透着恬静，睿智下蕴着单纯，可谓成就了人生的另一道风景。

苏珊·朗格认为，表达意义的符号系统可以有两种，一种是自然语言的推理符号系统，另一种是艺术的表象符号系统。而表象符号系统的目的在于表达推理符号所不能表达的情感意义。[2]作为从那个时代成长起来的成汉飚，与其说他从文学转向艺术是一个自然选择的偶然，毋宁说是一个潜蕴着深层心理内容的必然。他有一首《寿石歌》颇能展现他彼时的心情。

他自比昆仑山上的奇石，"昆仑石同昆仑寿，与我荒斋伴青灯。书斋咫尺仅容膝，素石巍峨与天平。"素石的卑微、荒斋的简陋、青灯的孤寂，又与自身的清高、内在世界的浩渺有机地结合起来，这就形成物质世界与精神世界的紧张悖论，酝酿一种催逼成汉飚"衰年变法"的内在张力。这一点早在他小说创作的巅峰期就可以看出端倪。他走红于20世纪80年代的"鱼系列"，其实更准确地说应是一部"鱼龙系列"。来自社会底层的成汉飚如何由"鱼"而变成"龙"，不仅得自"鱼"如何对"龙门"的奋力一跃，而且得自"天"、得自"水"与"山"——这林林总总的外在因素；在"鱼龙颠倒"的世界，既能自许，又怀襟抱的艺术家，于巅峰而退，改换门庭，置身于另一"世界"，不失明智之举。他的一首《点绛唇·咏退》颇能展示他这时的得意心情："落水横桥，醉依牖户开怀抱。发华颜老，犹悔疏狂早。细理陈情，再寻当时稿，衡多少。北村酒好，醉笑邻家老。"这与他在另一首《又·心书》中的心情是一致的："纵笔率心处，狂放笑凡夫！"前者淡然，后者骄然。但有一点是可以肯定的，就是成汉飚的自文转艺，志在实现他儿时"鸿蒙索元初"的梦想，因此他要借得王母"瑶池太古篦"，也要借得神刀"太阿青峰剑"，来打造更能实现自我价值、满足平生志趣的"紫烟缭绕紫云生，驻我案头一段春"的新世界。

  艺术家的转型，无足为奇。但转得如此彻底，唯成汉飚。

  当下舞文弄墨之徒，可谓众矣。著书、作画、习字……可谓人生盘点的"夕阳产业"，雅谓之雅也，却有几人逾越门墙？庶几附庸趋骛而已。成汉飚之所以转得彻底、转得高妙，除他少时的功夫与积累之外，与他"心无挂碍，得大自在"的人生理想也有关系。"大自在""大气象"始终是成汉飚为人为文的追求目标。他认为:"文字是学养的体现,以文滋书,以书惠文,字内功夫和字外修养应该相得益彰……文和字是飞鸟的两个翅膀,要做得彻底,必须双翼同样强健,才能振翅飞翔。"[3]可见他的文学功底是他书法取之不尽、用之不竭的精神资源。从有形来看,他所书之内容多出自古书典籍以及自己的诗赋。一般朋友只知他的文学功底与书法造诣,却鲜为知晓他还是一位运笔如风的诗词家。除却上引《砚边吟草》的部分篇什外,即便是纯粹写景,成汉飚也可以随手拈来,清新可人。如《草原放辔》:"碧雾飞飞草色青,身沾玉露不沾尘。挥鞭欲向苍茫去,宝马如云玉麒麟。"颇有唐诗风韵,不落俗套,不掉书袋。现代大作家郁达夫的格律诗也作得好,主要因为天真自然。也许正因此,"以文滋书"的成汉飚,得以鱼游瀚海。从无形来看,他书风散淡,亦真亦幻,坐实抱虚,飘逸超然。诚如深谙书道的汪曾祺所评点,"近世书家用力多在毫之中部,即笔'肚子'上,痴重瘫软,遂成'墨猪'。成君书作注重多力丰筋",且"运转自如,意在笔先"。[4]汪师所评,恰是成书的两面:笔力与书意的对立统一,既有坚实的笔力,方见飞翔的书意。成汉飚作书亦如此,他展纸挥毫之前,往往气定丹田,闭目沉思;波磔之间,便如神驹过隙,立等可就;虽欲揣摩其运笔、其架构、其平转,却因迅疾如电,目不暇接,只得品鉴其书法成品罢了。

悠然、淡然的陶渊明诗曰:"少无适俗韵,性本爱丘山。""韵"是潜蕴于书家心底的一种深邃情感,它以气为携侣,通过笔墨,渗透书法的一点一线,从而使书法作品充满了生命的律动与情采。有气方有韵,气到笔未到处便是势,如吴道子作画被形容为"未曾下手风雨快,笔所未到气已吞",此气便是指气的势能。当一幅作品形成一个精神团块,构成既有个体意志又载有群体期待的生命单位,形成一气贯注之大境界的时候,就自然构成了气势。[5]这种神形兼备的情境,即为"气韵"。成汉飚正是在这般艺术气韵的熏染陶冶下,在另一个更自由、更具表象的咫尺世界里,去完成他尚未完成的"鱼龙"之梦的。

参考文献:

[1][4] 汪曾祺. 成汉飚书法集·序. 书法探索,2009-10-10.

[2] 戴元光,等. 传播学通论. 上海:上海交通大学出版社,2007:231.

[3] 吴伟. 心无挂碍,得大自在. 书法探索,2009-10-10.

[5] 段杏莉. 浅谈中国画中的气韵之说. 美与时代,2010(11).

(《艺术百家》2011年第7期)

戏谑与悲怆

——评吴芫的"新官场小说"

吴芫了解乡镇，熟悉乡镇，他知晓"麻雀虽小，五脏俱全"的道理。甚至一个从"基层"下来的村支书和村主任，他都可以将他们当作一个自足的世界来描写。在这个世界里，喜怒哀乐并举，酸甜苦辣杂陈，有民间最朴实也最狡黠的智慧，也有个体存在的艰窘、人性搏斗的惨烈、"官场""人场"的无奈、灵肉相悖的悲哀……林林总总，既说不上含有教化作用的宏大叙事，也够不上"私密化""妖魅化"的险怪传奇。因此，不用"裸晒"，无须"祛魅"，而是踏踏实实地写出了一种在中国乡村最为司空见惯的基层村镇"乡官""村官"们的艰苦恣睢的生活——这是一个比"七品芝麻官"还要小得多的"官场"。

"悬浮者"的民间智慧

这个官场维系着与土地最为切近的平头老百姓的衣食起居、

生老病死。在这个"官场"里上下沉浮的主人公们,来自"土地",但又自觉不自觉、在意不在意地,成为悬浮于"土地"之上,却又一时一刻离不开"土地"的真真切切、地地道道的"父母官"。来自民间的智慧,使得这些"悬浮者"在自造的"戏谑"场景中讨生活,汲取着"土地"的给养,成为他们那独特的艰苦恣睢生活的某种缓冲和滋润。然而,他们"一己救苍生"的宏愿与理想,毕竟与他们赖以生存的时空环境有所距离,不论是因为其力量的弱小,还是来自宗法制乡村在新与旧、传统与现代的某种缠绕扭结中的顽固与顽强,他们那一个个悲怆的结局,很大程度上是正在进行的却终究是会改观的中国最基层、最广阔、最普遍也最有意义的"新官场"的某种回响。

  费尔巴哈说过一句意味深长的话:"人就是上帝。""在他看来,他之所以能够存在着,应归功于自然,而他之所以能够是人,却应归功于人。没有了别的人,正如他在形体上一无所能一样,在精神上也是一无所能的。"人与人的关系,是人与外部世界一切关系的最集中体现。在中篇小说《请问我心情好吗?》中,历史系毕业生马不停,是一个有着浓浓的"土地"情结的"官人"。他先是从教,"在县一中教英语",使"他本有很多宏愿,泡了"。这是他第一次人生的阴差阳错。但一中校长赏识马不停那"眼皮儿一边单一边双"的"怪才眼",和上面配着的"一副凸出的大脑门",便向教育局局长推荐。教育局局长又向主管副县长汇报。于是,"天将降大任于斯人"的马不停又阴错阳差地进了县志办。"一切正常"的口头禅使这位难有用武之地的"小聪明"成了"卧槽马"。好在他的机智加戏谑的心态破解了难为县府上下的"车订路照丢县长毛基地要牛冲县招小库里"这样一封奇怪的电报，于是被"调整"到县府办公室秘书科主写"大材料"。但他无论如何也耐受不住县长念他写的报告中将"负隅顽抗"说成"负偶顽抗"，"莅临指导"说成"位临指导"的错别字。于是他主动申请下派"下河乡"，再下派"白寨"，任"包村干部"。

这包村干部的官儿不大，可有些像古代的"钦差"。对于雄心勃勃、自信能以智力取胜的马不停，却没有"钦差"的福分。他面对白寨的两位明争暗斗的村干部，按常规根本无法完成县政府下派的"夏征"任务。于是他利用"毒法儿"，在下面"虚晃一枪"，用"逼宫"的方式，把具有实际领导能力却又自封师爷的村支书白功臣"逼"出山来。"这招儿毒，马不停不再利用村级干部的长处，而要击痛他们的短处，从要害部位入手。"从而使得"自认为每逢大事有静气的白功臣，这回终于沉不住气了"，并且立即召开村组干部会。"会上，他点了一连串的村干部名字，每个名字后面，又拉上村民小组的编号，尔后宣布：我和金麻子各包半个村，其他的干部带头。村干部包组、组干部包户，三天完成夏征任务。按期完成的各奖现金一百元，完不成的自动下台。"其实"包村干部"马不停的"毒法儿"并不毒，罗圈座椅上的白寨师爷白功臣也不魔手通天。前者用的是声东击西的兵家策略，后者用的是各负其责、按劳取酬的奖励机制。只不过在白寨这样一个连村办学校的修建费都"磨"不开的小村子里，上级只下派"钦差"，却不划拨任何财政支持。像白功臣、金麻子这些"村官儿"们，又如何能够按照政府的意旨行事？马不停在短短的"下派"实践中,认识到这一点。从领"钦命",到抗"钦命",必然导致上级要把他"另换个小村"的惩戒。

颇有趣味的中篇《孬法儿》,其题目就透着乡村基层的"民间智慧"。这回的主人公是老河村村主任"大肚葫芦"。"老河村是乡政府所在地,村大、村杂、'地头蛇'多,矛盾也突出。姓胡的葫芦家在村里不算大姓,但葫芦在这个岗位上由无肚到有肚到大肚,小葫芦到大葫芦到老葫芦,一干二三十年……"大肚葫芦不是那空玩嘴功,内里"没成色"的马不停,这是一位并不显山露水,却又能上下腾挪于村野的少他不行的典型的"村太爷"。"有人说,大肚葫芦一肚孬法儿,好事能办坏,坏事能办好,事办坏人家怕他,事办好人家谢他,给人说媳妇,管说成还管说散;有人说,他心肠不坏,先打后哄。即使整治谁,也要给人留条后路……无论大人小孩,谁说再难听的话他能听,再大的事他都不怕,也不急。一年四季脸上的笑弥勒佛一样,就没有褪过色!"故事的起因倒也不甚复杂,乡长艾河山要村主任"大肚葫芦"将阻挡参观车辆的村口那所老房子拆掉,但房主老呆的兄弟二呆是个"愣头青",谁要来拆房,他就突然"跳出来,手持大锄刀,要和拆房人拼命"。接了这个活儿的"大肚葫芦",知晓"这事儿不大",却"秧儿多","没准儿我得给吃奶的劲儿都用上"。而他用吃奶的劲儿想出的"孬法儿",竟是"专门从远路花钱雇来的"算命先生,给房主老呆算了一个"门口有条路,直通中堂……一剑入宅,三代悲伤;父母早亡,大喜化丧"的恶卦。老呆拆了房子,上派的问题解决了,但是"二呆"的问题还未解决。于是又有了"美容厅"事件。被"孬法儿"套牢的二呆

"被另一个警察推上了警车"。这时"一脸同情"的"大肚葫芦",虽然"哂然"笑道:"娘的,你二呆正儿八经地给我叫叔,这半辈子,好像还是头一回。"但同时又给乡长艾河山打电话:"艾乡长,我想让您给公安局局长写个条子,给二呆刨出来……"

如果说,在《请问我的心情好吗?》里的"村师爷"是"罗圈椅"上的支书白功臣,而《孬法儿》里的"村太爷"则是稳做二三十年村主任的"大肚葫芦"。就是村支书记"小背心儿"也对他言听计从,佩服得五体投地。"小背心儿不可不听他的。不管别人怎么议论,在他的眼睛里,大肚葫芦始终是一位老到的驭手,自己只能做驾车的辕马……他几乎不用怎么操心路程的远近和方向的偏正,也不用操心自己的位置,只要听了驭手的命令,身后的大车就会稳稳当当。"这是对乡村干部的最好写照。如果说县领导针对的是乡镇,乡镇领导针对的是村,而村领导针对的是村民。村民除了自己,无可再领导谁!所以,作为最基层的"村官儿",便成为上情下达、下情上达的民间意志与民间力量的直接体现者。他们的领导方略,只有浸染着他们熟稔的"戏谑"方式,方能立足于这方浸透着农民汗水、泪水同时也浸透着欲望与希望的土地上。

"悬疑"中的悖谬生活

《香醋》,是吴芸另一部非常好看的中篇。村办香醋厂厂长刘固纯,诚如他的名字一样,是一位既固执又追求纯粹的人。他为了省里划拨的 30 万元扶持资金,求爷告孙,上下打点,左支右细,迎上巴下,可谓费了九牛二虎之力,冲破重重关隘,最后得到的不过是一个对他一番努力后,仿佛上天刻意安排的绝妙讽刺的虚幻泡影。小说的末尾颇具匠心:省里拨到县里的款项已变为20万,而"主管县长还交代再扣你们10万"。就是这仅有的10万,是否抵得上他数月来为上下打点而送出去的这一箱箱一坛坛的香醋?"就像这30万元,可能是20万、实际上是10万元的扶持资金的争取过程中,他花的钱、送的醋到底是多少,他真得算一下,算个清楚。"这或许是一笔很滑稽、很荒诞的"计算",结果很可能是收支相抵,甚或是收支不抵——支出的"香醋"已经超过了最后到手的10万元。即便小说文本并未有多少"戏谑"的成分——这是吴芜少有的惯常"戏谑"风格的异数,而小说中所包含着的更深层次的生活本身的戏谑或荒诞,似乎更能说明问题。

荒诞的生存环境,必然产生戏谑的表达方式;通过戏谑方能使荒诞的成为合理的,最少是独特语境下的"合理"。"金融大厦"是30万元香醋扶持资金的审批地及转批地,它是一个巨大而玄奥的象征符号。首先能够进入这"通体海蓝的玻璃幕墙"的21层"世纪标高",就令人心旌摇荡,而主持这里一切的是一个异常显赫又异常诡秘的神奇人物——前常务副市长、现政协副主席蒋崇堂。小说最令人扑朔迷离的描写是具有"分身术"的农财科钟科长。会见这位年轻单纯的"那笔扶持资金必经之路"的农财科长,是刘固纯拜会蒋崇堂的前奏。然而,当刘固纯陪同艾乡长再一次跨进熟稔的"农财科"时,"小钟不在,小钟一夜之间变成了窈窕淑女。那女子长发披肩,背对着他们好像在欣赏窗外的景致。"然而,他和艾乡长同时看到"一张镀铬的硬邦邦、明晃晃的金属脸。那面孔,只有在孩提时大人讲的鬼故事里听说过,在国外拍摄的影视科幻片里出现过。金属脸下面的脖子上扎着一条鲜红的丝巾"。她也姓钟,而且也是农财科的"钟科长"。如果说这是一种巧合的话,那么为什么刘固纯询问她的前任"钟科长"时,回答是"不知道"呢?为什么问走廊里几个"风度翩翩的男士"时,也都是说"不知道",抑或"No,No"呢?难道"戴眼镜"的好心的"钟科长",一时间蒸发了吗?

再看审批资金的关键人物,操纵这一切的蒋主席,他的一番慷慨陈词委实是"决策性"的。他威严地以"这个钱争取的难度为什么这么大,症结在哪?"提出疑问,然后自问自答道:"就企业来讲,我们国内目前有合资企业、国有企业、集体企业、股份制、个体私营经济……对这些企业,怎么叫扶持,怎么叫重点支持,怎么叫放开,怎么叫搞活?也是个探索过程……难呀,一截遗欧,一截赠美,一截还中国……"这些"官场"的面儿上话,在各种日常生活中并不鲜见,然而经作者拈到此处,稍加点缀,其戏谑的效果就溢出纸面。也许正是如此,在这里"受洋罪"的刘固纯与艾乡长蓦然有了新的发现:"也就在这一瞬间,蒋崇堂消失了。他们惊讶地发现,蒋崇堂接听手机的地方,原来是道可以闪开的墙。那墙像是声控的,其自动消隐和重新复原的过程,仿若光影……"

暗门与内室被用到此处,有了戏谑和反讽的效果,为下面"金属脸"钟秀秀的再度上场与刘固纯"已经感觉到自己的身体在喧哗的浪涛和伙伴们恶作剧的狂笑、呐喊中,逐渐下沉"的下意识进行了绝妙的铺垫。

其实，愈忠实于"日常性"原则，愈能发现日常生活的荒诞和无奈，而抗击这种种荒诞和无奈的方法之一，就是"戏谑"。法国作家加缪在《局外人》中，透视了一种阴暗的气息穿越尚未到来之岁月的荒诞生活。荒诞（absurd）一词是由拉丁文"耳聋"（surdus）演变而来，原来指音乐中的"不和谐"，字典上指不合理或不恰当，现代用法中指明显地悖于情理，因而可笑。荒诞必然悖谬，悖谬必然可笑，戏谑的效果也便由此而产生。生活的意义是无限丰富的，随着人们的理解不同，任何严肃的生活都可看到荒谬的成分，只是我们尚未去深掘罢了，戏谑表现的是我们对于生活的一种理解。这种理解，既丰富了生活的内涵，也延长了生活主体的审美尺度。更重要的则是表现了对于人与人性的一种诗意的悲怆感，让我们再回到《请问我的心情好吗?》中"马不停"的形象。"乡村干部"马不停，不是一个非常内向，也不是一个非常古板的角色，他是乡村基层中的谐谑大师，他的民间俚语、荤素笑话，不仅起到打情骂俏、协调人际关系的润滑作用，而且从中也透露出浓浓的地域文化色彩和摆脱尴尬的乡村智慧，为整个小说增色不少。比如秘书出身的他，曾"戏谑"秘书道："啥叫秘书，领导不写咱先写，看看材料有哪些；领导不行咱先行，看看道路平不平；领导不尝咱先尝，看看饭菜凉不凉；领导不唱咱先唱，看看音响亮不亮……"前边是自我炫耀，中间是揭露，最后竟成了调侃。这段"戏谑"，既是马不停的长处——解构"正经"，也是马不停的短处——连"自我"也解构掉了。难怪乡书记郝新文"怕引起"县府办李长斌主任的"印象不好"，嘟噜了一句："都贫到了嘴上！"其实，外表老成的郝新文也是"戏谑"的高手，先抬举马不停、后防备马不停的县府办李长斌更是"戏谑"高手。我们听一听他下乡与党校老同学郝新文的一则对话："本官带领部分随从光临老河乡，一是看需要不需要给你准备花圈，二是看我们小马驹被你调教得怎么样，三是怕你的酒没人喝。见了你，我的心掉肚里了，乡里的活儿难干得要死，兄弟你竟然还活着！"这一段"戏谑"的出新处，在于末句是对"一是"句的解释，说明"乡里的活儿难干"，却用"戏谑"的语言说出，既体谅肯定下属，又协调气氛。这种谐谑化、松软化的语言，无疑是一种行之有效的新的"官场"语言，它表现一种来自北中国乡村的语言艺术，也是反映地域色彩又需深谙对手心理的为官之道。"小官场上这种对话很流行，坏不了事，也成不了事，心照不宣，图个轻松……"

人生苦旅：戏谑与悲怆共生

毋庸置疑，小说中人物语言的"戏谑"，只是叙事文体"戏谑"风格的一个组成部分，更重要的是文本整体"戏谑"修辞的运用，以此达到对荒诞情节的反讽效果，并呈现出叙事文体的文本张力。在《香醋》里，有一个很有趣的细节，当刘固纯携艾乡长去"金融大厦"寻找胡局长商讨扶持资金的时候，那胡局长竟然非常滑稽地被装满材料的滚珠抽屉卡住了脖领，而且愈挣愈卡，愈卡愈深。那胡局长"站不起来，蹲不下去，喊又喊不出声，只好坐以待毙"。这边厢的艾乡长和求"钱"若渴的刘固纯，一个"掀了局长的屁股",一个"钻进桌子下面,左拉右摆",他们"费尽九牛二虎之力,总算把他们要找的局长从绞刑架上解救出来"。这段令人捧腹的描写,显然有着漫画式的夸张成分。然而,认真分析,却又蕴含着生活的哲理性,胡局长那"太满的"抽屉,他的"遇险"而"被救",都折射出人类的一种自陷"困窘"渴望"救赎"的境况。它在违反生活逻辑的悖谬中,隐藏着另一种更深更普遍的内在逻辑——它是人的欲望及因欲望而带来的难以逃避的悲剧性渊薮。

这大概是吴芜在他颇见功力的三部中篇中带给我们的悲怆结局:自认为幽默而潇洒的马不停不得不再一次出走"官场"。他既不是教坛的骄子,也绝非"官场"的幸运儿,他终于选择了他当初不屑一顾的商海。当他的女同学、女朋友向他打来"请问我心情好吗?"的短信时,他想他终于"该去了"。这片汪洋商海是连他自己都没有听自己说过的未知之海,对于永远"在路上"的马不停,意味着什么呢?是"手把红旗旗不湿"的踏波戏浪,还是一望无际的灭顶之灾呢?作者没有交代,大概也不需要特别交代。从与他互称"亨利哥哥"与"凯瑟琳"的金丫头委身于白功臣这一点来看,马不停的"下海"抉择,其结局是可以预测的。而《孬法儿》里的"孬法儿"使尽的"大肚葫芦",不仅没有威信扫地、身败名裂,而且"最终赢了个好交代"。这里的"悲怆"不属于长袖善舞的"大肚葫芦",而属于"大肚葫芦"治下的子民们。《香醋》的结局更是意味深长。当厂长刘固纯终于可以拿到入不敷出的所谓"扶持资金"时,"他弯下腰,不慌不忙地一件件把那些纸箱撕开。然后,拎出醋罐,举到空中,猛摸下去……再拎出醋罐,再举到空中……""他看见那印制精美的包装崩裂开来,陶罐的碎片四处飞溅,香喷喷的绛紫色醋液,在阳光中洒落开去,流淌开去"。这一组特写镜头是颇具动作感和色彩感的。同时也正像小说的末句所写的那样,"县财委大院,不,整个政府大院内,酸香冲天"。"酸"正是整部作品的基调。因此,小说又增加了一种"味觉"——这是既非辛、非辣,也非甜的一种"感觉"。

在作者所生活的豫北乡下,善饮酒、爱吃醋,但从不说"醋",而说"忌讳",就为避开那个令人敏感和想入非非的"酸"字。其实"酸",除了刺激味蕾外,并不能给人带来更多舒适的感觉。不慎喝多了,可能还会"返酸"。然而,还有不少人爱喝它,并以"香"来赞美它。吴芜就是如此。可以想象,他的小说里那林林总总的"酸甜苦辣"的杂陈五味,不正是尴尬人生的绝妙写照吗?有这种五味相袭、五色相迷,"请问我的心情"如何才能好得起来?这正是人类生存的荒谬处、不可思议处。因此,戏谑与悲怆共生,无奈的笑声背后,又包含着多少无名的冷漠和怅然的失落啊!

在《请问我的心情好吗?》中,有一段颇为严肃,也不乏沉重的心理描写。当上下奔忙的马不停,打点了令人头晕的零零碎碎,刚"停"了一下脚步,一种苍凉之感便袭上心头:"除去许多大学校友,较之他幼时放羊割草的伙伴、小学的同学、岗位上的同事,他也许是幸运的,甚至在有些人看来,他的奋斗,正像他走出大学校门时,向那位发短信息的女同学表达的那样,选择回本县工作,不是简单的生存回归,而是不凡的文化反叛、智慧超越。但这种超越并不是目的,目的在哪儿?很大程度上目的是模糊的、朦胧的一种概念。"也许正因为这样的"模糊"与"朦胧",才使得既屡屡失意又善于自慰的马不停"在空中舞动的双手,竭力摆脱各种具有象征意义的困扰",发出"几郡城池无我分,一场辛苦为谁忙……"的喟叹。这是"罗贯中对诸葛亮气周瑜"的喟叹,用来形容马不停蹄地在无望的疲旅上奔跑的马不停,真是再准确不过,也再深切不过了。

涵养气象:回归本原

吴芫从侍弄诗,到侍弄小说,不仅顺利地跨了过来,而且在"转笔"与跨越中,逐步形成了自己的一套风格。从浪漫的诗情(《爱情栖落世纪黄昏》),到戏谑的诗语(《歪瓜裂枣》);从戏谑的叙事(《请问我的心情好吗?》《孬法儿》),到沉思与悲悯(《香醋》《蓝湖》)。诗人出身的吴芫,小说充满了洋溢纸面字面的诗性。让我们看一段他被普遍看好的中篇小说《蓝湖》的评介:"在一片湖光荡漾叠叠的湖面上,诗性的语言却掩饰不了人性的失落,尽管正义之笔在层层剥离着歧视的迷雾和一厢情愿,善良和勇敢得以还原,为什么人的心还是这么沉重?作家以他的悲悯之笔要告诉我们什么?"这无疑揭示了一位立志涵养"大家"气象的作家,向人性深处的正向"还原"。

在这样一个"文学"受到各种侵袭与浸染的"过渡期",现代性并不意味着"个人化""私有化"和"妖魅化";恰恰相反,我们应该看到所谓"现代性"带给我们的另一面,如欲望扩张、精神匮乏、贫富悬殊、城乡差距、生态恶化等，这些问题关乎民族的命运和未来，也关乎每一个人的个体精神的健康健全的成长发展。吴芜的小说使我们在悲怆和悲悯意识中，重新认识这尚未到达理想的社会和人类自身。作为小说家，他在不断地吸取各方营养。他是一位少见的"嗜书狂"。走进他的书房，仿佛走进书的海洋。他喜爱意大利小说家卡尔维诺，也喜爱卡尔维诺爱说的一句话："经典是那些正在重新读的书，经典是常读常新的书。"吴芜不仅爱读经典，也是一位有着"经典意识"的作家。这既是他努力的方向，也是他经历了诗意浪漫和戏谑狂欢之后的新的文学坐标。

(《小说评论》2011年第5期)

音乐审美与艺术人格的构建

当代社会的快与慢、紧迫与舒缓,是一对相向而行的对立统一。物欲的重负,使人的精神世界呈现出品质上的委顿,形式上的虚假繁荣;声光电色的娱乐化享乐主义大潮,又掩饰不住具有恒远价值的音乐审美的退隐。如此艰窘的生存环境,令现代人格系统在动荡中呼唤重建的可能。艺术人格的构建,是这种可能的重要组成部分,而音乐审美又在融合具象音符的基础上,将此过程推向抽象的形而上高度,迈进与生命节奏同步的泛音乐审美的生存至境。

一、由音乐、音乐性向泛音乐性过渡

奥地利音乐学家汉斯立克从音乐自律论的立场出发,论述音乐的本质时说:"音乐的原始要素是和谐的声音,它的本质是节奏……占首要地位的是没有枯竭,也永远不会枯竭的旋律,它是音乐美的基本形象;和声带来了万姿千态的变化、转位、增强,它不断供给新颖的基础。是节奏使二者的结合生动活泼，这是音乐的命脉。"[1] 从音乐学的角度看，旋律是人为演奏的按一定高低、长短和强弱所进行的带有规律性的声音运动。但从泛音乐的角度看，除音乐之外的各种艺术形式，甚至非艺术形式的艺术观审，只要观审主体保持着审美心态，也都能谛听到"音乐"的悦耳与动听。孔子曾谈到他与他有才华的学生的不同之处，就在于他有一种对生活"乐而忘忧"的超然态度，而此超然与淡定则来自他能够谛听天籁、随风而舞的泛音乐审美。

音乐审美从主体体验的过程来看，依次递进为音乐—音乐性—泛音乐性。音乐，是由具体音符按照一定规律所连缀而成的声音；音乐性，是指包括音乐在内的所有有形的艺术形式所蕴含的能够传达出某种音乐特征的性质；泛音乐性，是指有形的艺术形式之外的具有音乐欣赏特征的一种审美体验与审美感悟。有音乐，不一定有音乐性，就如有文学，不一定有文学性一样。那么，由音乐向音乐性过渡，就意味着包括音乐在内的所有艺术形式的升华；由音乐性向泛音乐性过渡，就意味着审美主体将音乐中的诸如旋律、和声、节奏等主要因素作为整体象征，以此实现对现实生活场景的某种观照与超越。比如吴冠中的水墨名作《双燕》：画家用具有立体感的浓墨粗线条从左到右，紧接着在下边与水交接处，以较淡且曲直变化的线条交代了房屋的宽度与远近房屋的关系，与上面浓重的粗直线条形成强烈的刚柔对比，犹如铿锵有力的节奏与舒缓优雅的旋律鲜明对比；又在画面中间与左右两边垂直地拉下两组虚实变化的淡线，左上角翘起的飞檐左右一挑，使画面中的白墙简洁到只剩下四边的轮廓线，几个窄长的高低起伏的黑门和门前临水的台阶,强化了画面的纵横构成;而中间门前的台阶三五笔画就,极富立体感和韵律感;在中间稍右置一棵歪脖老树并生发新芽,让静谧的画境顿生枯木逢春的生机感;而作为点睛之笔的"双燕"仅游离于画幅上方一角,稍不留意,几乎将之忽略掉。然而,正是这种神来之笔,使画面充溢着江南人家的空灵优雅之美。画面天空、墙面、水面整体色调素白,只有墙边树头极少的灰墨与灰绿;删繁就简,把繁复事物归纳、锤炼成单纯、素静之美。[2]这无疑构成一曲可诉诸听觉的优美旋律,在可视的画面中传达出可听的声音。当然,这种可听的声音,是经过主观抽象化了的象征符号。反之,当我们被一首乐曲感动、震撼时,其实,这首让我们感动震撼的乐曲,也已转化为一幅画、一首诗或一部交响着人生感悟的小说或其他艺术形式。这种种互动、互通的关系,都需纳入那审美主体的视阈,并得到主体经验的暗示,从而产生理解的共鸣。

所谓"泛"音乐性,主要表现在主体对于包括人在内的大自然的诗性感悟与理解上。雪莱的"冬天来了,春天还会远吗?"周而复始的循环中,预示辞旧迎新那昂扬向上的旋律;燕太子丹的"风萧萧兮易水寒,壮士一去兮不复还!"是誓为弑暴牺牲的荆轲,谱就一己殉道、悲壮惨烈的旋律;怡红院里的贾公子闻秋风垂泪、观流水伤情,是觅到人生易逝、故人不在那凄婉无奈的旋律……前两例将旋律寄寓于诗中,后一例将旋律寄寓于对日常生活现象的审美观审中。贾公子的审美感悟,就是我们所说的非艺术形式的泛音乐性。诗性的东西,在某种意义上说,都具有音乐性因素。这是与由具象而抽象的审美特性分不开的。任何审美心态的触媒,都是一种(个)具象。曹禺曾说他创作《雷雨》时的一缕思想,一丝意趣,虽然点点滴滴,微忽其微,却仍须还原成一种(个)具象,才能促使他进行艺术创作,从而在话剧文本的话语蕴藉中,腾升出形而上的对人生的哲学思考。音乐虽然也是一种情感符号,但它是一种非语义性和空灵性的符号。也许正因此,任何艺术冲动或审美感悟,都容易向诗性靠拢,但它并非诗,只是一种如"诗"一般的浪漫情怀或超越(现实)性的想象。正因它不是具有语义特指的诗,所以这一系列尚未得到迹化的思想,就赋予了音乐性色彩,是由高低、长短、强弱、快慢所联袂而成的无形的旋律。在电影《翠堤春晓》里,圆舞曲之王施特劳斯,听到春天里的鸟鸣声、多瑙河的船夫声,以及万物生长的生命之声,便构思了伟大的圆舞曲《蓝色多瑙河》。春天里的鸟鸣声,是具体的声音;多瑙河的船夫声,是延伸的经验的结晶,且是在具体的旋律里无法确指的声音;而万物生长的生命之声,则是通过音符的组合,所抽象出来的"天籁"——主客体加以碰撞的象征的声音。我们所指的"泛"音乐性,主要是指《蓝色多瑙河》尚未迹化之前,酝酿于审美观审者或体验者头脑之中的,对于世间万物的诗性的以及超越性的感悟。当然这种种感悟一旦迹化为各种艺术形式,"泛"即消隐。易言之,"泛"音乐性是音乐性的前提,它们最重要的区别是:音乐性可由各种艺术形式所框定,"泛"音乐性则无须,它只是审美主体对于世间万物的诗性的以及超越性的感悟罢了。这种存在于前经验系统中的感悟一旦被激活,便可提升为一种新的价值判断与世界观。它是建构艺术人格的心理基础。

二、多声部中对立与和谐的辩证

审美心态,是高于日常生活心态的诗性的以及超越性的特殊心态。日常生活心态是与现实相联系,是以对于主体的各种利害关系为枢纽的,也是审美心态的基础。而后者只是以日常生活的现实为参照,却并不被其所拘囿,并以主体的理想将现实诗化,以此达到超越现实的目的。所以,当我们站在泛音乐性的视角,重新体验现实生活的平庸与艰窘之时,就会发现,现实生活两种或以上的对立因素是导致我们感觉平庸、艰窘的主要原因。我们只有把它们提升到带有诗化色彩的泛音乐性的高度,比如"和声"——由几个声部按照对立法则的结合而构成复调曲式,我们才有可能在平庸与伟大、艰窘与成功的多声部的对立统一中,寻到一种和谐的声音。

从某种意义看,平庸似乎比艰窘更能使主体感到颓丧,乃至沉沦。因为艰窘恰若人生的高音符和低音符交错,如金石电火,或许尚能砥砺迸发出几许人生抗争的火花和激情来;而平庸,则无明显或明确的对象,是完全自然化和被动型的随遇而安。但作为一种感觉,它又是深层次、否定性的自我评价。因此,它又可能以自我泯灭和自我沉沦为代价,在自觉与不自觉之中,自愿成为日常生活的附庸。能够改变平庸与艰窘的渠道只有两条,那就是现实的超越和理想的超越。前者虽然较难达到,但又以后者为背景和动力源泉;后者虽然只是一种精神,然而,精神可以转变为物质,既可对应于平庸的对象和艰窘的对象,并尽可能改变之，亦可作为一种世界观和价值观，成为另外成功的原动力。正如康德对于审美的经典论述，审美活动是非功利、超功利的，然而又潜伏着某种功利性。因此，平庸与伟大，艰窘与成功等对立统一的因素，都可以将之演化、变奏为和声共鸣的交响。这样的人生，才有了可感的质量和丰富的色彩。也许正因此，人们才将审美需要看成是各种需要中的最高需要。美与丑，喜剧与悲剧等对立因素也莫不如此。英国美学家斯马特也曾说过，如果苦难落在一个生性懦弱的人头上，他逆来顺受地接受了，那就不是真正的悲剧美。悲剧美完全在于对灾难的反抗。我们说"悲壮"是对"悲"的反抗，而"悲惨"只能是"纯悲"的对事实的描述罢了。然而，作为一种特殊的审美心态，当"悲"一旦摄入我们的认识领域，其泛音乐因素的生成，主要决定于以下两点：一是如前述对于事实的抗争，构成两种力量对比的和声；二是虽然尚未展现两种力量的抗争，但对"悲"的事实上的描述，甚或由于力量的悬殊，对于那种无法抗争的"纯悲"的描述越是客观真实，越是能够激发审美主体内在的同情与悲悯，也同样能够构成两种力量的和声。如果说前一种完全是对立型的和声的话，那么，后一种则是差异型的和声。当然，差异也能形成对立，不过只是因为差异较小，是悲的事实与悲的同情的差异，是悲的当事者与悲的观审者的差异罢了。尽管如此，不论对立型，抑或差异型，都必须具备能够"和"为一体的特质，才能构成多声部的对立统一。简言之，这种或那种"特质"的最终归宿地，必是观审主体的审美心态。具备这种审美心态，"和声"才得以发生，才能腾升出悲悯之意与悲壮之感。过去，我们讨论较多的是"悲"的审美效应是如何产生的,而如何用"和声学"的原理去另辟蹊径,则无疑会提供一种新的研究方法和途径。美学家朱光潜也认识到这一点,他认为:"我们所居的世界是最完美的,就因为它是最不完美的……因为倘若件件事都尽善尽美了,自然没有希望发生,更没有努力奋斗的需要。人生最可乐的就是活动所生的感觉,就是奋斗成功所得的快慰。世界既完美,我们如何能尝到创造成功的快慰?这个世界之所以美满,就在于有缺陷,就在于有希望的机会,有想象的田地。换句话说,世界有缺陷,可能性才大。"[3] 简言之,有差异才有美。而"和声",就是提升这种差异为美的最好载体。在这个"能看天下之事,能笑天下之人"的特殊载体里,"一的一切,一切的一"都将归于泛音乐化的艺术审美的视阈,而在对立统一中感受到新的层面的和谐。

三、生命节奏中的情感与意志

诚如前述汉斯立克所言,音乐的本质是"节奏"。它是由音乐运动的轻重缓急形成的有规律的组合,包含音符时值的长短和力度强弱。它将时间划分为长短相同的有规律的单位,即拍子,并将众多的拍子用小节线分开,形成节拍。从审美特性上说,一强拍与一弱拍交互出现的二拍子,容易产生刚强、稳健的审美效果;而一强拍之后继以两弱拍的三拍子,则能给人以优美、流畅的感觉。符合人的生理节奏的音乐节奏,给人以自然、安详和从容不迫之感;违背人的生理节奏的音乐节奏,则给人以紧张急迫感和新鲜兴奋感。[4] 人,生活在社会之中,生活在大自然之中,其生活运行本身就是一个大节奏环套着无数个小节奏，联结的是延伸到宇宙的、人作为类的生存之外的更大节奏。正因为有了另外一个生命的延续和印证，才能认识到人的生命的有限。易言之，只有认识到个体生命的有限——哪怕是一百年、一千年、一万年……才能建立生命的感觉。这就是一种节奏感，在生与死、有限与无限的辩证中所建立起来的富有生命韵律的节奏感。审美心态的建立，并不是人的全部生活。正如鲁迅曾说：人必生活着，爱才有所附丽。也就是说，人不能离开，也不可能离开日常生活心态，包括以平常人的心态看待世俗的吃喝拉撒、柴米油盐这林林总总充溢着物质功利色彩的生命基本活动。但生命还有另一种活动，那就是审美活动。有了审美活动，才能达到灵与肉、精神与物质的协调统一。是的，人人都会追求幸福与快乐，但那是一种感觉，是主客观的际遇，最终掌握在主观意识里的一种感觉。正因为人对于"痛感"感受得尤为深切，所以一般人都常常认为逆境为多，顺境为少；不幸为多，幸福为少。这虽然是一个认识误区，但它又确实给一般人带来无尽的烦恼。不论如何奋斗，终会使人生少了许多快乐。面对这样的现实境况，我们换一种审美的心态，将逆境与顺境看成是两种既对立又协调统一于人生交响曲里的不同节拍，紧迫的节拍与舒缓的节拍、柔美的节拍与刚健的节拍相互衬托、相互应和。而且反差越大，越富于节奏感，越能显示出一种生命的质量。甚至偶然出现不协调的乐音，也能给整体节奏以新的基因、新的韵律和新的生命。我们常说，生命在于运动。运动只是一种形态，而节奏是对这种形态的结构方式；节奏既是生命运动的客观存在，又是生命主体的一种感觉，但主要是后者。没有主体对于生命活动进行饶有趣味的体验与感悟，就不能产生审美的节奏感。当审美节奏感一旦产生，一切不协调的杂音，一切逆境与顺境、不幸与幸福等不同甚或对立的节拍，都可以统一于更大的节奏当中。在周而复始的运行、周而复始的演奏过程中，始终给人以新质、新的感动和新的生命力，从而在诸多必然的不和谐之中，构建新的更大的和谐。

毋庸讳言，诗意的人生与审美的泛音乐性有着致密的关系。音乐本身是一种表情艺术形式，它的非语义性和空灵性，决定了它最容易向非艺术形式过渡——解读人生的泛音乐化。这不仅是一种高品位的审美心态，而且是构建合理人生的良好途径。我们称道现代人格系统中的高贵气质、儒雅风范，或张弛有度、举止合拍，或富于情趣、理智等对于理想人格的多方描述，其实一个根本的原则，就是各种矛盾的对立统一，然后达到一个"颇具章法"的新境界。而这里的"章法"，从某种意义来说又是一种"节奏"的代称。有节奏感的人才能具有更宽阔的心胸、更丰沛的精力和更细腻的感情。比如过年、过节周而复始，却又充满了乐趣和企盼。这种周而复始运动的本身，就是一种生命的节奏，是紧张过去的舒缓、嘈杂结束的平静、繁复后面的单纯……有了这种节奏感，人就有了抗拒平庸和艰窘的某种希望。尽管这种希望只是一个形式、一个变通，但它又是人们不可或缺的生命加油站。正如黑格尔所说，"音乐运用发自内心的声音"，因而它"所能达到的"是"那种非文字可表达的须由心领神会的妙境"。[5]虽然我们将音乐的第一特性称为"非语义性"，或许从这一点看，音乐就成为能够给予主体较之任何一种艺术形式都更为广阔、更为丰富、更为深邃的审美空间。

展示人类文化学视野，同样能够看到音乐在"音、舞、诗"艺术起源中的决定性质。我国古代非常重视乐感教育，形成了完整的"礼乐"文化系统。"礼乐"的关键在于"礼"，即一定之优美之"乐"，须符合一定之风雅之"礼"。将之赋以天然之融合，便是"美"的诞生。因此，声音的节奏便是生命的节奏，是情感与意志相结合的生命的节奏。

参考文献：

[1] 汉斯立克. 论音乐的美. 杨业治, 译. 北京：人民音乐出版社, 1980：49-50.

[2] 王成文. 解读吴冠中艺术作品的音乐美. 美与时代, 2010 (11).

[3] 朱光潜. 人生如戏, 导演是自己. 读者, 2009 (20).

[4] 彭文民. 艺术概论. 武汉：武汉大学出版社, 2007：125.

[5] 黑格尔. 美学：第三卷（下）. 北京：商务印书馆, 1981：5.

（《南京艺术学院学报·音乐与表演》2011年第4期）

岁月如斯亦浪漫

——陆汉洲《长岛岁月》的时代意象

每个人，都可以成为一个独立自主的世界。

"不经反思的生活，是不值得过的生活"，古希腊哲圣苏格拉底的这句名言，预示着凡俗人生的双向性质：被遮蔽的与他人相比并无二致的庸常生活，当这种在本质上几乎人人相似的生活，一旦被摄入反思的领域，便因距离审美的作用，而被罩上一层柔美而祥和的光环。尽管这种诗意化了的生活，已经赋予"被浪漫"的性质。然而，只有"被感知"的时间，才能变为令人畅想与缅怀的如斯"岁月"。我想，陆汉洲的《长岛岁月》正是如此。

长岛，对于稍有地理素养的国人来说，也许并不陌生。它是长山列岛的简称，素有"京津门户，海上锁钥"和"首都东大门门闩"之称，历来为兵家必争之地，战略地位十分重要。正是在这样一个背景下，18岁的陆汉洲穿上绿军装，踏上长山岛，开始了长达18年的军旅生涯。在如斯"岁月"的浅吟低唱中，展开一幅长长的人生画卷：既有"九·一三"事件，"唐山大地震"

"毛泽东逝世"等一系列关乎国运民生的大事件、大转折，也有"一个年轻生命的离去""香炉礁逸事""暗箭""相亲""何大伦'追枪'"这种种演绎人生跌宕的小故事、小插曲。从"文革"全面展开到结束，再到中国"改革开放"的第一个十年，这恰好是整整一代人的历史，同时，也是作者栉风沐雨的成长史与心灵史。诚如他在全书的"开篇"，用这样一句饶有哲理的话做结尾："长岛是一座桥，桥的两端，一端是我们的过去，一端是我们的未来……"这是作者对于自身的最好写照。从18岁到36岁，发育定型的"肉"与蠢蠢欲动的"灵"，在这兀立于波涛之上的弹丸之地，在时代风云的侵袭之中，交会搏击着。一个北中国海岛上的小兵，与祖国一同成长。与其说本书以"纪实"的方式记录了一位普通士兵的成长史，毋宁说同样以"纪实"的方式记录了他与他们的那一个时代，他与他们的那一种值得一过的生活。一个人的成长怎能超越于、脱离于一个时代的成长，一个国家的成长呢？

　　这就是本书的魅力所在，在平易朴实、不事雕琢的语言中，谛听着时代的声音，参悟着人生的况味。我想，这一种声音，这一种况味，与《长岛岁月》中所氤氲着浓郁的时代意象是分不开的。所谓"时代意象"，就是一个特定时代的社会现象框定在公众语言（流行语）层面上的回响。任何时代都有属于这一时代的独特意象，比如我们今天社会的流行语，"粉丝""房奴""富二代"等，它们是一定的社会心理与社会文化的折光。我们之所以说陆汉洲在《长岛岁月》里所反映的时代意象更为真切、更为深刻，主要在于：其一，他的时代意象是以纪实性的自传体散文形式,来对于他所亲历的社会所做的零距离展示,因此更具有"除蔽"的史料性质;其二,他的时代意象,并非以流行语,而是以社会现象的形式存在着,因此更具有社会的认识价值。然而,通过我们对这林林总总时代意象的再认识,就会发现其间的不合理与荒诞性,而当时确实以合理与常规性的形式存在着。其间的悖谬,不仅能够引起我们的阅读快感,而且还能够将这样一种"实文照录",上升到一种浪漫的诗情。从而可以在个人与时代的各种关联中,在今与昔的各种对比中,去谛听历史,参悟人生。

让我们再一次回到陆汉洲的纪实世界。他所酿造的"四个兜"意象,可以说是贯穿全书的主题意象。"'四个兜'和'两个兜'走在大街上就不一样,咱就是农村老百姓眼里的军官。"当时社会上女孩子找对象,"流行'一军官二工人三教师四农民'的说法。姑娘们找对象都很实际。你要是在部队提了干部,回家找对象人家也要'看高几等'"。因此,"提干与否,对于我的人生是个重大转折"。当时取消了军衔制,清一色的"一颗红星头上戴,革命红旗挂两边",军官与战士的唯一区别就是"四个兜"与"两个兜"。"四个兜"当然就成为"咱当兵人"的追慕对象。然而,在部队提干岂是易事!像作者这样没有任何背景的农村兵,只有凭借自己的才干与实力。这样,"一支笔"意象,就成为从"两个兜"向"四个兜"跨越的标志之一。有趣的是,作者以小学毕业的学历,就能够成为全团的"一支笔",不仅靠他的刻苦自学,更是靠他执着的文化追求与人文气质。他十几岁小学毕业,即参加生产大队的宣传队,扮演脊背比父亲"还要驼"的

《白毛女》里的杨白劳；后参军，写"火柴盒"文章，很快便被《前卫报》采用了。因此，他"上了团政治处，一度成为政治处不可或缺的'一支笔'，被委以重任，挑起了全面负责组织部门工作的大梁"。因"一支笔"而改变人生命运的还有在解放军后勤学院任教的黄允成，任团政治处书记的杨建新，任守备第二十五政治处主任的徐守祥等。这当然与那样一个时代有关，与今天我军的大学生士兵、硕士、博士军官，以及高科技的现代化强军建设不能同日而语。

与"一支笔"意象相对应的是"大老粗"意象。"大老粗"是那个时代的一个独特概念，以流行语的形式显示着工农出身干部的某种优越感。本书中的马副政委"参加过解放战争，是位从旧军队解放过来的战士，但他作战勇敢，英勇杀敌，很快被领导提拔重用"。他的那一套思想政治工作，别看既粗且俗，还真管用。比如，他批评某些军人看不上农村姑娘，专找城市的、脸蛋漂亮的，"这农村的姑娘她就不能生孩子啊？这漂亮的脸蛋能长大米吗？难道你就是跟那张脸蛋结婚吗？你们别看我家老张脸蛋黑不溜秋的，我们不也生了三个儿子吗？晚上熄了灯，行夫妻之事，脸蛋漂亮不漂亮还不都一样？""马副政委说到这儿，看着大家咧着嘴笑，他也笑。"可见，这种"大老粗"式的教育方法虽然"纯粹是没有道理的道理"，可在当时则是颇为奏效的。

文学是时代的一面镜子，虚构的小说是，纪实的散文也是。浪漫的诗意来自无尽的想象力，此想象力的呈现不仅仅靠"虚构"，也靠"纪实"。这种"纪实"是一种选择，一种与"以虚证实"相对应的"以实明虚",即通过"纪实"来钩沉历史风云后面的时代意象。而这种种时代意象所呈现给我们的恰恰是一种穿越历史的思考和富有观审价值的审美意蕴。这种思考和意蕴,不仅仅作用于"过来者",也影响着年轻的朋友,以"熟悉"的"陌生",去进行有价值的探索。

(《扬子江评论》2011年第3期)

金庸、琼瑶、三毛作品 20 世纪 80、90 年代流行大陆的反思

任何一个新时期的文学转型，必然伴随着一个合乎时代要求的过渡。纵观 20 世纪 80、90 年代的文学，经历了由"伤痕"到"反思""改革"，再到"寻根"这些阶段之后，预示着真正的文学的"自觉"时期的到来。不论是"新写实"的挺进，"先锋派"的实验，还是"女性文学"的崛起，后浪推前浪，蔚为大观。遗憾的是，90 年代中后期，文场又重新归于沉寂。林林总总，热闹还是热闹。但是，"宏大叙事被消解成一个碎片，这些碎片像是被拆碎的'七宝楼台'，一个一个都很炫目，但很难形成整体的形态。由于 80 年代的文化新鲜感丧失了，90 年代多元竞争的消涨感也淡化了，代之而来的是一些小字号、小字码的文学角色唱起大戏"。[1] 这些"小"的角色，除了一部分是 20 世纪末"玩文学"的变相赓续之外，另一部分则是感官文化的大肆泛滥。美学家阿狄生有一次在伦敦街头看着熙熙攘攘、匆匆忙忙的行人们感慨道："这些人大半是过着一种虚假的生活。"要使他们

成为真正的人，不再是通过宗教，而是通过审美和文化教养出来的人。[2] 可见审美与文化教养的淡化，是"虚拟"或"虚假"生活的起点。回首 20 世纪后 20 年的文学历程，我们发现一个很有意思的现象，即由注重意义追求的理性接受，转换到追逐感官刺激的感性接受，几乎成为一个时尚。而在这个时尚中起着重要的过渡作用的是港台三位作家（金庸、琼瑶、三毛）的走红大陆。作为大众文化的传播模式，值得我们反省并思考。

一

金庸、琼瑶、三毛三位港台作家自 20 世纪 80 年代初正式登上中国大陆后，很快便在全国掀起一个又一个阅读热潮。"金庸热""琼瑶热""三毛热"，成为当时最重要的文学现象之一，成为国内读者群最为典型的时尚阅读。这不仅表现在三位作家作品的阅读受众之广、人数之多、阅读热潮的持续时间之长，也表现在对三位作家作品的评论，热烈持久，褒贬不一，他们的作品既是阅读热点，也是争论热点。其中势头最为强劲，受众人数最多，持续时间最久的是香港报人、著名武侠小说家金庸。金庸小说最初在报纸上连载，就已拥有大量读者。在中国大陆出版后，立即掀起强劲热潮。据金庸研究家严家炎粗略统计："自出版 36 册一套的单行本以来，到 1994 年止，正式印行的已达 4000 万套以上。如果一册书有五人读过，那么读者就达两亿。必须注意的是，金庸小说无论在港台还是在中国大陆，都有许多盗印本。这些盗印本的总数，可能不在正式出版数以下。据《远东经济评论》'文艺和社会'栏目的资深编辑西蒙·埃利根所做的粗略估算,光是中国大陆、香港和中国台湾这三大市场,历年来金庸小说的销售量,连同非法盗印的在内,累计已达一亿。所以,金庸小说的实际读者,很可能比上面的数字还要多出一倍至几倍。"[3] 与此同时,对金庸小说的研究也在逐步深入。自20世纪90年代中期以来,金庸小说研究的专著和论文早已成百上千。现在,在高等学府中开设"金庸小说研究专题讲座"或"金学研究选修课"已经不是稀罕事了;大学文学系的本科生、研究生、博士生选择金庸小说研究作为自己论文题目也屡见不鲜;国内或国际的大大小小的金庸小说研讨也会在各地召开;而在互联网上的"金庸茶馆"永远是高朋满座;近年来评选20世纪中国文学大师或20世纪华文文学经典,金庸及其作品多半是榜上有名。[4]

琼瑶登上中国大陆的时间还要略早一些。从20世纪80年代初至90年代初,是琼瑶作品走红的"蜜月期";90年代之后,由于国人阅读视野的迅速扩展,此种类型的情爱小说蔚为大观,"琼瑶热"开始回落。但琼瑶小说仍是大陆最为畅销的文学图书之一。1992年,王晓石的一段评论,恰是对第一个十年"琼瑶热"的总结。"琼瑶女士的作品在大陆流行了近十年有余,这其间褒贬毁誉纷纷扬扬,只是近几年来指责的少了。这说明琼瑶作品被承认,但她是依靠自己作品本身的实力消止了那纷纷扬扬的种种指责。其实,褒也罢,贬也罢,作品具有一种不依人的意志为转移的独立品格是最重要的。常有人来信索求琼瑶女士的通信地址,电话号码,他们的目的是想通过作品认识琼瑶,极想与琼瑶女士'见信如面'地交谈一番。"[5] 尽管当时社会上不少人指责琼瑶小说的"纯爱"风格,是脱离生活现实的"乌托邦"的幻想,读者群又大多是初入世事的少男少女们,但不可否认,这些"少男少女们"的人数之多、分布之广、对后来的影响之大,是不可估量的。20世纪90年代中后期,琼瑶转变风格,开始创作被称为"清宫戏"的"格格系列"。特别是《还珠格格》被改编成影视剧之后,不仅是作者,就是饰演角色的演员,都一夜走红,成为众人瞩目的明星。这是琼瑶走红大陆的第二座高峰。这些与金庸作品大量被改编成影视剧一样,成为当代作家成功"触电"、利用潜力巨大的文化市场的典范。

三毛与金庸、琼瑶二人比较,知名度相对低一些,争论也相对少一些。这与她的作品大多为散文或游记,没有规模更大、流传更广、受众更多的小说有关(当然不是唯一原因)。她曾创作过一部电影剧本,而她的作品改编成影视剧本的较少。即便如此,三毛仍是华文文学在大陆最流行的作家之一,而且也是较少受到争议的作家之一。这与她笔下的奇特爱情有关,与沙漠海水、异域风光的描写有关,与她的死亡情结有关,但更重要的是三毛那种火辣辣的个性凸现,却不乏悲天悯人情怀的独特风格,深深感染了在一体化文化格局中个性销蚀了的众多国人。"我认为三毛作品之所以动人,不在文字的表面,不在故事的机趣,也不在作者特殊的生活经验,而是在这一切背后所蕴藏的作者的那颗爱心。我喜欢她对她所见到的悲苦的人物的那种感同身受的入微观察,我更欣赏她路见不平拔刀相助时对人性恶的一面的鞭笞。这是我们现代散文中所少见的,很少有作品能够给我们这样的感受。"[6] 三毛那明白清楚、干净利落、毫不矫揉造作的散文风格成就了她，她能够在有限的天地中，充分抒发和展现她那不羁的个性、满腹的才华与富有人文精神的异乡见闻。

随着港澳相继回归祖国的怀抱，海外华文文学研究几成大势，成为中国现当代文学研究的重要一翼。现在尚无人能够达到金庸、琼瑶、三毛这三位作家的普及度与知名度。因此，考察二十余年来，那样一个独特的社会人文背景对三位作家作品所形成的阅读心理是有意义和必要的。

二

三位作家走红大陆的那二十余年历程，正是我国改革开放的一个大阶段。我们知道，"情"或者"爱情"，一度几乎成为"小资产阶级情调"的代名词，是被视若危途的"禁区"。这样，在20世纪70、80年代国内一片"情感沙漠"的背景下，琼瑶高标"纯爱"的旗帜高高飘扬，自然引起广大少男少女的青睐，也是对以往"以理制情"主义的反驳。而三毛带给我们的则是另一种格局，她的异国情调、异域风情，为久违世界的国人洞开一扇窗牖。但在当时，人们宣泄情感的需要，比察看陌生的世界恐怕更首要。三毛的世界，其丰富多彩的旅程中始终贯穿一个大大的"情"字。一是她在漂泊中感受着抚慰灵魂的各式各样的人间真情；二是她与大胡子荷西之间一段浪漫传奇的跨国生死恋情。这一个奇瑰之"情"字，是激活80年代国人阅读心理的关键点。

金庸笔下的"侠"，个个都是寻情、戏情、护情、殉情的化身。"武"为标，"侠"为本；"武"为形，"侠"为神。过去，我们谈武论道,以此阐析金庸,奢谈中国文化精神的博大精深,金庸小说几乎成为解释中国文化的启蒙读本。其实,金庸小说的言情模式几乎遍布每一部作品,成为情节展开的重要手段。他的《神雕侠侣》更是号称"情书",已被直接当成言情小说看待。由于金庸小说中大量情爱典型、情爱故事以及情爱描写的存在,金庸武侠小说同时也在很大程度上具备了言情小说的性质。正如孔庆东所言:"金庸小说具有言情小说的一切特点,举凡奇情、惨情、痴情、孽情、欢情应有尽有,只是没有色情。他借鉴了各种言情模式,写到了爱情本身的核心。他写情的广度、深度、力度都是大师级的。许多读者甚至认为言情部分才是金庸小说的核心精髓。"[7]这里说明金庸小说首先是言情的通俗小说,其次才是包括言情的武侠小说。广大接受者的期待视野,恰恰不是去领略什么高深的文化和玄秘的武功要略,而是大家都在期盼,并容易接受、容易满足的一个"情"字。而中国传统的武侠小说,往往是友情重于爱情,"为朋友两肋插刀""弃妻如衣",这符合东方伦理的实际,却不代表东方接受者的理想。在金庸的武林"侠"谷中,浸漫着一种爱情的脉脉温情,为大多数人偏爱,也就"情"有可缘了。

时代造就作家,时代也造就读者。在整个社会大转型期,广大接受者对文化产品的阅读有着"新""奇""反"三个特点。考察琼瑶、三毛和金庸,也都如此。

先说"新"。文学是人学,人类最崇高最玄秘而又最亲切的便是一个"情"字,文学是描写人类之情的最好载体。从社会心理学看,琼瑶笔下的"情"不是随常的少男少女之情,而是反常的成熟男子与纯情少女之情，是一男多女的多角之情。这种"情"是《窗外》中"师生之情"的合理延伸，从而决定了"此情"不同于"彼情"。与一般的滥情不同，它具备了纯洁真诚的品格，符合国人传统的审美习惯和心理特征。三毛笔下的情，归宿是荷西，出发也是荷西。对于国人来说，荷西是外国人，在20世纪80年代，"跨国恋"本身就充满着离奇的色彩。另外，他那粗犷的外形（对东方人而言是新鲜而陌生的）与他那柔弱而又细腻的心理形成反差，这些都无疑给国人以清风拂面的感觉。金庸的"情"更为曲折，是"武"中寓"文"，"无情"中藏"有情"，是在战斗和磨难中建立的真情，当然更为可贵，也更能给庸常生活中的人们以陌生化的新鲜感觉。

再说"奇"。奇比新更为反常，更带有技术化的痕迹。琼瑶小说在操作中几乎有一个固定的模式，即"初面—动情—磨难—出走"。这是一个不封闭的圆，与传统的皆大欢喜、大团圆的格局大相径庭，打破了传统的阅读心理，造成一种惊奇的效果。而且小说中的人物，少女一般是清纯可爱，壮男则是英俊挺拔，因为年龄的差距，使男性更多表现的是一种深沉的气质和成熟的风范，这与一般注重描写郎才女貌的传统习惯有所不同。这为扩大更多的女性读者群造就了广阔的空间。三毛的话语世界本身就够奇了，她有奇的环境、奇的人物、奇的语言，与琼瑶的清纯不同，是一种峭拔随意。特别是将生死相依的爱情与异域文化相碰撞，再与惊险而又玄奥的奇遇交融在一起，比那些纯粹的脉脉传情，有着更强的语言张力和阅读效果。金庸的武侠系列，本身就是出"奇"制胜，动作的一招一式都不是单一的，而是与传统的文化内涵相联系的。这些外部的因素，又总是与人物的奇遇、奇情互为融合，给人展现一个陌生的世界，营构一个更为奇幻、奇妙的阅读期待视野。

再说"反"。逆反心理是群体阅读心理的重要动因。对琼瑶的偏爱，主要是对文化专制下的"制情主义"之反；对三毛的偏爱，则是对视野封闭、话语僵化，特别是情感单一公式化之反；对金庸的偏爱，社会阅读心理表现得比较复杂。首先是过去的武侠小说重武功，轻情感；重情节，轻性格。金庸弥补了这方面的不足。其次是过去的武侠小说重武功之技，而轻武功之道，即技法谈得多，武功的文化含量少。金庸也弥补了这方面的不足。最后也是很重要的，即对金庸的评价、争论，无形推动了"逆反心理"向金庸作品的倾斜。有些"炒作"是人为的、有计划的、有创意的；但有些"炒作"则是因为阅读对象不断处在"争论"的焦点当中，而客观形成一个个趋之若鹜的社会热点和倾向。金庸小说还有一个很有意思的现象，即读者群分布比较广泛，男女老少、层次高低、各行各业都有。因其接受者呈散点分布，具有广泛的代表性。加上在高层次文化圈中，对金庸的评价也明显分为褒贬两派。不乏知名度的科学家和一些官员，虽避讳谈"情"的琼瑶和三毛，却不避讳同样曲折谈"情"的金庸，以读金庸而自得。这种"晕圈效应"不可小觑，包括一些文化人甚至大学教授，如果自称不读金庸，感到有些羞涩，不上档次。这虽然不能以偏概全，但确实代表了部分人的阅读心理，无疑应是我们探讨的社会文化现象。

应该说琼瑶热、三毛热已经过去，炒得沸沸扬扬的金庸热也开始降温。这符合文化传播的周期规律。但是，反思二十余年的新时期文学发展史，三位作家以他们各具特色的文学作品在中国文坛形成一个又一个热潮，不仅海外作家难于望其项背，就是国内作家也没有赢得这样的殊荣。特定时期的这种文化现象不可轻视，值得研究。

三

港台三作家走红大陆，有历史发展的合理性与必然性。在新中国成立之初至"文革"前，"红色经典"是政治主流话语。新时期肇始，文学的气候与科学的春天一样，人心舒畅，万象更新。然而，文学品格的真正回归，尚待时日。因为当时的中年和青年作家们都缺乏这样的一个思想准备，他们更为热衷的是如何对"文革"所带来的一系列的灾难，进行反叛式的书写。比如，《班主任》之所以引起轰动，"与其特定的意识形态取向紧密相连"。即便是张贤亮的一系列久违了的"情爱"乃至"性爱"小说，也是"性权力失而复得之后的苦尽甘来"，"性权力常常是政治权力的隐喻"。因为"主人公被政治去势，政治的缺失通过性的缺失体现出来，而在意外获得政治认同之后，主人公丧失的性能力迅速得到了恢复"。[8] 不仅"伤痕文学"如此，乃至"改革文学""反思文学"皆是如此，政治权力话语即意识形态的取向性，始终深深影响着文学文本的书写。应该说这也体现着那个过渡时代的文学发展的必然。然而，随着时间的递进和社会问题的转换，作品本身的意义也将只是承载着历史的重荷，而其间的文学价值将逐渐淡化。

正是在这样的话语背景下,港台三位作家的登陆,就具有了对传统话语形式的颠覆性作用。当然,这与三位作家所生活的地域特征有关。当时的香港与台湾,有着与内地截然不同的意识形态与价值判断标准,政治权力话语的浸染相对薄弱,因此不论对武侠,对情爱,还是对异域风情,都能进行无拘无束的率真描写。爱情就是爱情,武侠就是武侠,较少有政治话语的影响。当然,我们可以轻易地指出,金庸小说的"历史政治化"或"政治历史化"的特征。"金庸本人是有历史癖的,他很喜欢研究历史,他也很希望自己能写出历史小说来。"[9]但必须看到,金庸的目的不是在写历史,也无意附庸于"历史政治"。作为一位报人,之所以后来成为武侠小说的"大师"和"圣手",无疑与他的小说栏目的"功利性"写作,有着直接关系。1955年10月5日,金庸在《新晚报》发表过《漫谈〈书剑恩仇录〉》一文:"八个月之前,《新晚报》总编辑和'天方夜谭'的老编辑忽然向我紧急拉稿,说《草莽》已完,必须有'武侠'一篇顶上。梁羽生此时正在北方,说与他的同门师兄'中宵看剑楼主'在切磋武艺,所以写稿之责,非落在我的头上不可。"[10]琼瑶也有类似的背景。"1963年发表第一部长篇小说,也是她的成名作《窗外》。她那优美的文笔,动人的情节,为皇冠出版社社长兼发行人平鑫涛所赏识。随后,她便与皇冠签订合同,从事专业写作。"[11]至于三毛,也是因为受到时任《联合报》主编平鑫涛的鼓励与赞助,而于1976年5月出版了她的第一部作品《撒哈拉的故事》。三位作家的写作背景,与内地诸多作家有很大不同,都或多或少打上商业化写作的印记。而"商业化写作"的大众文化传播性质,又因迥异于中国传统的政治权力话语的写作方式，给国人以清风拂面的感觉。其走红也就非常自然了。

问题也许正是如此，金庸笔下的"侠情"世界与琼瑶笔下的"纯情"世界，其实都不算作真正的"世情"，因为他们的艺术时空，完全是虚拟化的、与世隔绝的想象时空。应该说，金庸的武侠小说与中国传统的小说样式，比如英雄传奇类的《水浒传》，公案侠义类的《三侠五义》《施公案》等，都有很大的不同。当然，我们完全可以说它们是"新武侠"，然而"新武侠"的通病也就显而易见，即"构思的概念化、模式化、公式化"，即"仍然是脱离现实生活，仍然是不食人间火，仍然是天马行空，云遮雾罩"。[12] 就连金庸也称自己的小说是"娱乐性的通俗读物"[10]。琼瑶的艺术世界，也是很少过问"世事"的。除了她的早期作品《窗外》等，还包含了较浓郁的社会内容外，大部分作品，因为打上"纯情"的色彩，社会揭示与批判力量显得比较薄弱。三毛以其鲜明的不羁个性展现于文坛，她的执着与悲天悯人，具有相当的震撼力。但因缺乏鸿篇巨制，散文短章又显示了极端个人化的书写，因此仍属于大众通俗类的作品。不过总体看来，三毛与前两位作家的区别还是比较明显的。其中最重要的一点就是，三毛的创作来自她亲身践履过的生活，而金庸、琼瑶的创作更多来自虚拟的想象世界。因此，如果对金庸和琼瑶不经过二度解析，用现世的价值观与审美观去评判，只能是削足适履。

然而，这一切，恰好是港台三位作家于20世纪80、90年代走红大陆的重要原因。意义的追寻，让位于感官的刺激；理性的解读，让位于感性的狂欢。米兰·昆德拉在小说《生命中不能承受之轻》中写道："媚俗引起前后相连的两滴眼泪。第一滴眼泪说：看见孩子们在草地上奔跑，多么好啊！第二滴眼泪说：与全人类一道，被孩子们在草地上奔跑情景所感动，多么好啊！正是第二滴眼泪使媚俗成其为媚俗。"两滴眼泪之间的区别在于，"第二滴眼泪"最为关注的，不是引起感动的原因或感动自己的对象，而是正在被感动这件事本身。所以，第二滴眼泪是被自己感动所感动而流下的眼泪。特别是到了20世纪90年代后期所谓的"资讯"时代，随着网络化与信息高速公路的开通与普及，不追问意义，只缠绵于过程，从理性接受到感性接受的轨迹尤其明显。这既是一定社会发展的必然，又预示了艺术与审美的弱化或软化。港台三位作家于20世纪80、90年代走红大陆，作为由理性接受向感性接受的过渡，恰好证明了这一点。

四

实用主义哲学家杜威曾经谈到接受者两种相悖的艺术心态。"把艺术看成是高高在上，理当受人顶礼膜拜的思想已非常广泛深入，影响所及，许多人听到别人将他们在偶然的娱乐活动中得到满足，至少部分是因为娱乐活动中包含了美时，他们不是感到高兴，反而会觉得悻悻然。"而"今天，对普通人说来，最有生气的艺术是那些他们不承认是艺术的东西，例如：电影、爵士音乐、连环画报等，更多的是报纸关于桃色事件、谋杀、抢劫案的报道"。因此，"当优秀的艺术珍品和普通行业的产品之间保持密切联系的时候，艺术珍品才能获得最普遍和最深刻的赞赏，而文人雅士眼中的艺术珍品,由于远远脱离广大群众,高不可攀,因此,对广大群众说来,这些珍品会显得苍白无力。这时,对美的渴望,很可能转为对低级庸俗东西的追求"[13]。我们并不一定完全同意杜威的观点,但他确实道出了一个事实,即由理性向感性的过渡,正是大众传播文化的一个特点。是的,"美的艺术"作为自由创造的艺术,属于"另一自然",就是审美理念的表现。"美的艺术"要有意图,依据一定概念,因而它必须是艺术而不是自然。康德的命题,一直到马克斯·韦伯那里,巧妙地用一种工具理性,将世界重新格式化。但是,港台三位作家的走红大陆,都是反其意而用之的,甚至连"工具理性",也让位于更加直接的"工具感性"。当然,他们并不足以代表感官文化的总特色,但他们毕竟是开了先河。至20世纪90年代中后期以降,中国文坛尽管仍然有"大作""力作"在"扛鼎",在"弄潮",但真正的更广泛的阅读,已经是转入"平民化"的阅读和"快餐式"的阅读。这种事实是以放逐理想为代价的。

英国著名学者哈维说:"现代主义在很大程度上表达的是对美好未来的追求,尽管这样一种追求由于遭到不断的幻灭而往往引发受害妄想,但是,后现代主义的典型表现却是抛弃了这个追求。"[14] 我想这也是时尚阅读与感官文化时代的最大特征。不论外界如何喧嚣,还是所谓的"好评如潮",中国的阅读时尚,已经由理性的思考与探询,转向感性的狂欢与刺激。港台三位作家于20世纪80、90年代走红大陆,既是时代的必然,也预告了中国文学或文化的大转型。但是,我们也应该看到,所谓"走红"并不代表其具有永恒的价值。因为文学毕竟是文学,毕竟是有

"意图""概念"的,是与自然生活相关联又相对立的参照物。如果一味地追逐所谓的"感性化"或"感官刺激",必将丧失精神的力度与深度。

一切偶然的都是必然的,一切必然的都是偶然的,所以一切存在的都是合理的。哲学的命题告诉我们,任何问题表面看来,是一个个事物的独立存在,但认真分析,又都是一个个事物的互相关联。港台三位作家在前二十余年的走红大陆,源于他们辛勤的文学创作,他们斑斓多姿的文学作品,丰富了我们新时期文学发展的宝库,给予广大阅读者以新质。而且也可以从三位作家"热"的背后考察在一定社会背景下的群体阅读心理。群体阅读心理是社会心理和社会意识的一个组成部分,三位作家"热"冲开了"时尚阅读"的大门,使我国文坛所谓"精英文化"与"大众文化"的格局正式形成。时尚阅读属于大众文化的范畴,而大众文化又是当今社会转型期的主要文化形态,忽视它是不可能的,也是没有必要的。因此我们有必要将三位作家走红大陆这一文化现象,放在中国社会文化与社会心理这一大背景下进行研讨,由此了解社会阅读心理的变迁与多样,这对文学创作的发展是很有意义的。

参考文献:

[1] 王干. 呼唤大气,呼唤力量. 南方文坛,2003(3).

[2] 宗白华. 康德美学原理评述. 判断力批判. 北京:商务印书馆,1964:211.

[3] 严家炎. 金庸小说论稿. 北京:北京大学出版社,1999:9.

［4］陈墨．浪漫之旅，金庸小说神游．北京：生活·读书·新知三联书店，2000：8.

［5］王晓石．生命中不能没有这一刻．张毅主编．琼瑶的旋想．北京：作家出版社，1993：3.

［6］痖弦．穿裙子的尤里西斯，三毛作品集（5）．广州：广东旅游出版社，1996：4.

［7］范伯群，孔庆东．通俗文学十五讲．北京：北京大学出版社，2003：190.

［8］李扬．重返新时期文学的意义．文艺研究，2005（1）．

［9］孔庆东．《鹿鼎记》的思想艺术价值．华文文学，2005（5）．

［10］傅国涌．金庸传．北京：北京十月文艺出版社，2003：127.

［11］公仲．世界华文文学概要．北京：人民文学出版社，2000：148.

［12］袁良骏．与彦火兄再论金庸书．华文文学，2005（5）．

［13］杜威．活生生的人．二十世纪西方美学名著选．上海：复旦大学出版社，1987：335.

［14］任红杰．后现代主义是怎样放逐理想的．高校理论战线，2005（1）．

（《南京师大文学院学报》2011年第1期）

现代职场中的沉重呼吸

——梁凤仪、曾心仪合论

香港作家梁凤仪与台湾作家曾心仪,是风行于 20 世纪之末中国大陆的两位华文女作家,她们都以小说高产而著称,前者被称为"梁旋风",后者被誉为"贫弱女性的保护神"。她们虽然均以叙写现代职场女性的奋斗历程见长,然而,前者擅写高层女性的"成功",后者擅写下层女性的"艰窘"。指归不同,而对于现代金钱社会的揭露与剖析,都是十分深刻的。

一

当 20 世纪进入 90 年代以后,国人在经历了社会转型期的精神震荡之后,已经从浮躁开始转入平缓,随着《北京人在纽约》电视连续剧的走红,他们开始把目光由"内"向"外"拓展,所谓"留学生文学"和"打工文学",开始受到国人的注意和青睐。对于绝大多数还没有能力或没有机会的普通中国人来说,"物质的穷困与精神的压抑使人们渴望出去,那么,就要关心出去的人如何,要了解外面的世界,看看他们的命运"[1]。对于广大老百姓而言,"在本土语境中,作为一个大众神话,他们需要一个关于成功和关于艰苦奋斗致富的这样一个故事。老百姓希望圆这样一个梦,因为现在这是一个全民的梦"[2]。就是在这样一个背景下,香港女作家梁凤仪,以她数量庞大的"财经小说",挺进内地,并刮起了一场骤然而至的"梁旋风",形成一个独特而耐人寻味的文学现象。

纵观梁凤仪"财经系列",可以用四个字概括,即"高产"和"自强"。人民文学出版社在梁凤仪作品的"作者介绍"中如此写道:梁凤仪是近年来在香港深受欢迎的女作家之一,又是香港商界和出版界事业有成的女强人。作为现代知识女性,她曾在香港和英美等地修读过文学、哲学、图书馆及戏剧,获香港中文大学博士学位;作为企业家,她曾在银行及公关机构中屡任高级职务,并创办了香港勤+缘出版社;作为著名女作家,她几年内连续出版长篇小说数十部。她的小说多以香港风云变幻的商界为背景,以自立奋斗的女强人为主人公,以缠绵悱恻的爱情故事为中心情节,并将财经知识和经营管理知识融于悲欢离合之中,创造出与以往言情小说风格迥异的"财经小说"系列。"一些新闻媒体也报道说,梁凤仪一小时写近四千字,同时开六七个专栏,三年半写出逾七百万字,五十余本书。"[3] 据不完全统计,仅从1992年到1994年,大陆出版机构正式出版梁凤仪的作品在30种以上。比较知名的作品有《花魁劫》《豪门惊梦》《醉红尘》《风云变》《花帜》《九重恩怨》《千堆雪》《强人泪》《锁清秋》《笑春风》《再战江湖》《我心换你心》《激情三百日》《大家族》等。正因梁凤仪如此高产、多产，引起不少人的猜测和怀疑。"有的人，已经公然撰文鼓吹香港某某红得发紫的女大亨兼女作家的'成功经验'了：在她那里，创造型的神圣劳动，已经再一次地沦为只需草拟个提纲，就不妨交由某个雇佣的'写字班子'去编织缝制的'流水作业线'了。"[4] 当然，是否有"雇佣班子"大概并不十分重要，重要的是市场经济制导下的文学生产，已经到了商业运作、批量出品的程度。那么，这样的"产品"，能够保证文学的精度和深度吗？

这个问题的回答，必须与当时的群体接受心理联系起来才有意义。有论者认为："梁凤仪的财经小说迅猛推出和大受欢迎，当然同香港社会'九七'在即有关，人们希图从梁女士的小说中长些财经方面的知识，从强人的形象中获些启示，同时也从小说的揭露批判上获些快感。"[5] "它的存在是以现代社会需要为前提，它将帮助人们在现代社会中更适宜地存在。"[6] 事实上也是如此，梁凤仪所讲述的多是那些在商海中沉浮，而最终获得成功的"女强人"，如何由丑小鸭变成白天鹅，由灰姑娘变成高贵公主的故事。她笔下的女性，也基本有一个固定的行为模式，无论是大企业的女老板，还是出入上流社会的交际花，都是或出身低微，或家道中落，或在商场上苦挣苦扎，或以色事人，终于积累了自己的资本，具有了一定的实力，以自己的和他人的命运做抵押奋力相搏，生死相争。在这样一个没有什么人情味的商海搏击当中，爱情也仅仅是作为"商战"的一个筹码，作为"财经系列"的一个辅助结构罢了。

二

　　20世纪后20年的台湾文坛,出现一个流派纷呈的局面。尽管如此,反映社会,直面人生,仍然是台湾小说的现实主义传统和在思想内容上的主流。其中有一位对弱女子特别关注,并站在其立场为她们的新生呐喊的中年女作家,她就是被称为"贫弱女性保护神"的曾心仪。台湾新女性主义文学,是以强烈的反叛精神作为先导的,在对传统文化积淀的揭露批判和对"男权中心"秩序的颠覆中,使文学达到对女性生存模式的反思与抗衡。同时也以直面人生的现实精神,从女性感同身受的婚姻结构、爱情观念、事业前程等问题切入,写出在台湾经济转型时代,社会价值观念急剧变革情况下,台湾妇女从传统女性到现代女性之间角色转换的艰难。作品中的"女性形象已从原来从属地位逐渐移向主体地位,但她们为追求独立自主付出的代价也是巨大的"[7]。曾心仪的小说创作,无疑是台湾新女性主义文学的典型代表。

　　曾心仪,原名曾台生,1948年出生在台南市一个军人家庭里,祖籍江西省永丰县。父亲随军迁台后,与当地一位纯朴善良、美丽端庄的姑娘结婚,组成了一个和谐幸福的小家庭。一年后,他们的头生女儿呱呱落地,"也许是生在台南市缘由,'台生'之名便由此而得,步入文坛后,因她最'心仪'的还是小说创作,所以她写作时取笔名用'心仪'这两个字"[8]。高中毕业的曾心仪,早婚育子。八年后,直到1975年,她才为实现幼时的梦想,挣脱羁绊,发愤考入台湾私立中国文化学院夜间部大众传播系,后来却因对当时台湾教育的不满而中途休学,并走上了文学创作的道路。

曾心仪新女性主义小说主要描写了台湾中下层妇女的不幸遭遇,抨击了社会的黑暗面。出于自身生活经验及其感受,曾心仪毫不犹豫地将笔探向两种对立阶级的关系之中,在描述光怪陆离的大都市的生活场景中展现资本主义社会的阴险、虚伪与欺诈。如《彩凤的心愿》《美丽小姐》《冶宴》《支票》《窗橱里的少女》等。得奖小说《彩凤的心愿》更具典型性。通过一家百货公司为招揽顾客开展选拔歌星的活动,描写了女店员刘彩凤选上歌星后被诱骗的遭遇,将台湾商业场所丑陋不堪的内幕暴露于众,深刻反映了处于社会底层的店员生活的艰辛与屈辱。作为小店员的彩凤及其他姐妹们,为着微薄的收入,受着非人的待遇,这就是所谓资本主义社会的"平等自由"的生活。小说中,聪明、美丽、天真、单纯的少女彩凤,为能使自己生活过得好一点,能够改变自己的境遇,她参加了"选拔"歌星的活动。殊不知,这是一个变相出卖灵魂和肉体的骗局,名为歌星,实为应召女郎。当歌喉甜美,技艺超群的彩凤入选后,便被餐厅老板骗到旅馆侍奉一个"胖胖矮矮,满面横肉、一只小眼睛嵌在横肉间"的贪婪好色的日本客商。彩凤真正靠自己的歌赚钱的"纯正歌星"的幻想破灭了,现实社会的险恶,无处不遇的荆棘和陷阱让彩凤觉醒了。曾心仪笔下那些出身贫穷的女孩子,为了解决家境的贫困,放弃对自己幸福的追求而沦落风尘。许许多多真实而令人战栗的悲剧沾着她同情的泪水一幕一幕展现给读者,无论是从乌来山地来到都市被坏人诱骗做了迎客女郎,虽多次挣扎赎身从良仍未脱离虎口的露西（《乌来的公主》），还是从乡村流落到台北遭人遗弃，无奈做了酒吧女后被蹂躏为畸形残废的"未婚妈妈"（《大溪来的少女》）；无论是曾为追求享受，不慎献出贞操却又被抛弃后进入"温柔乡"酒店接待外国嫖客而经受一夜异常恐怖折磨的少女朱丽（《朱丽特别的一夜》），还是被披着"治学严谨，知识渊博的学者"外衣、以"性解放"为工具来掠夺少女贞操的洋博士所欺骗，而不能自省自拔的"我"（《我爱博士》），哪一个少女不是在被侮辱，被损害，陷在泥潭里苦苦挣扎，她们个个是这黑暗社会的牺牲品。然而更令人惨不忍睹的当数中篇小说《一个十九岁少女的故事》。少女黎翠华善良聪慧，对家人充满爱心。然而，家庭的贫穷，债主的凌辱，就业的困难，迫使她沦落为供人玩乐的舞女，她只能在"黑暗、丑陋、卑下的场所"中默默求着生存，被迫出卖着自己的灵魂和肉体。当她好不容易从屈辱中挣脱出来，残酷的现实社会却容不下这个可怜的少女，又将她重新推入火坑。翠华不幸的命运，正是当今台湾的许多无辜少女命运的真实写照。[9]

  曾心仪小说另一重要内容，就是刻画了热爱生活却又面临感情危机，在痛苦迷茫的期待中寻找逝去的自我的知识女性。这类知识女性，清高、美丽、有头脑、聪明、已近中年仍不失风韵。她们向往家庭的幸福，追求事业的成就，更渴望永久而不失新意的爱情。然而事与愿违，丈夫的不忠，爱情的凋谢，事业的坎坷，使她们遭受着一次又一次精神上的打击，陷在迷乱的情思中不可自拔。如《情迷》中的主人公——大学教授杨小如，事业有成，并深深爱着卓有研究成果的丈夫，而丈夫魏明宏，"有活力，不乏成熟男人的魅力……会吸引很多年轻的女子",平时"两个都忙,研究的工作永无止境"。当杨小如觉察到丈夫有了外遇后,便"预见到更加寂寞,凄凉,枯竭的处境:一个人更是惶恐而痛苦了"。丈夫借口要搞科研住进了学校,寂寞伴随着杨小如,爱情之火在慢慢熄灭,"最后她感到害怕的是当她心慌意乱的时候,她突然失去了把她所拥有的知识教给别人的勇气"。为了报复丈夫的不忠,为了弥补自己爱情的失落,杨小如重新跃入一条足以淹没她的爱情之河,"她感到自己所有的女性的特质都失而复得"。这个新的爱情带给杨小如几乎接近完美的幸福感,她愿意为这个爱情付出代价,然而当爱的高潮过后,冷酷的现实带给她的是无言的结局。其小说的深刻内涵在于杨小如并未追求到完美的爱情,她只能在种种问题、重重忧患和深深自责中度日,而"以其人之道还治其人之身"的方式来反击背叛自己的丈夫,不能不说这是知识女性对侵害自己感情世界行为的无奈的反击。[10]这类小说虽然也涉及上层女性内心的困惑与苦闷,但毕竟不如她描写下层女性的作品那样深刻和真切,与梁凤仪擅写上层女性"奋斗—成功"的路数相比,虽然人性的开掘更为深沉,却难以获得更为广大的渴望接受成功喜悦的男女读者的青睐。

三

两位华文女作家虽然风靡 20 世纪后 20 年的中国文坛,但其创作上的局限性也是显而易见的。梁凤仪是一位小说商业化成功的"操刀手",她创作的高产与其商业化的批量运作是分不开的。

总体来看,其作品仍未逃脱"商场+情场""奋斗+恋爱"的窠臼。梁凤仪笔下的女性,不能说不执着于憧憬人间的至爱与真情,但她们往往是以理智与现实的头脑去分析、鉴别和选择的,而最终只能成为调节自己急促的生活节奏的一个带有功利性的理想。"如同耶稣所言,把恺撒的给恺撒,把上帝的给上帝,他们把情感的还给情感,对现实的问题则用现实的态度去处理。"这样,"商场和情场的交错,使得作品的情节复杂、冲突多样,人物的那种现实的、理智的考虑和选择,则从骨子里体现出商业社会的精神"[11]。但这毕竟只是一种"商业"精神,而不是"艺术与诗"的精神,其渊薮并不在于"商业社会",而在于这种"批量生产"的市场化写作思维与运作方式。正因此,梁凤仪的作品仍被列入通俗读物的范畴,而且有着情节重复、语言平直浅白、人物简单化和理想化的一系列缺失,然而,作为一种"现象",它给我们带来的启示就是:中国文坛的市场化趋向,即便有着其过渡性质,却仍是不容回避不容跨越的历史发展的必然。

曾心仪不仅深刻地描写现实,而且是一位有着独立思考的作家。尽管如此,在曾心仪的新女性主义小说中依然不时飘来男权主义的阴云,作品中的女性虽然渴望自由,追求自爱与自尊,但因为面临着严酷的社会现实,大多数人都无法摆脱命运的羁绊,这不能不说是社会现实对作者创作的局限。[12] 当代著名女性文学研究学者李小江女士,曾提出女性审美主体"双重性"的问题。她认为:"在万物生灵中,作为有思想感情、有自觉意识的人,女性享有人所独具的、引起审美快感的一切生理心理条件;相对于客观的事物,她理应具有人的至高无上的主体地位。"同时,她又尖锐地指出:"在父权社会中,女性依附于男人,她从来没有作为积极的主体在社会上发挥作用,其人格和个性,也具体地融化在对这一个男人(父亲或丈夫)的依附中,成为为男性主体服务或观照的对象。"[13] 这无疑成为带有普遍意义的女性文学的局限,这种局限是男权话语空间的必然产物。但它又不是绝对的,这就为曾心仪等女性主义小说家提出一个更高的要求,即如何挣脱社会中有形或无形的陈规陋见,去呼唤真正的文学大家的出现。

当我们站在新世纪的门槛,蓦然回首新时期 30 年文学的时候,发现港台及海外华文作家中的一支主力军,便是自强不息的女性作家,这与大陆女性作家群的崛起是一致的。她们与广大男性作家一道肩负着重振中国文学雄风的重任。从梁凤仪与曾心仪身上,我们看到了这一曙光。尽管这一曙光还需要我们发扬光大,去冲破重重阻碍,从而汇入文学晴空的灿烂与辉煌。

参考文献:

[1]"留学生文学"暨"域外题材"作品研讨会纪要·孙武臣发言.当代文学研究资料与信息,1993(2).

[2] 陈晓明,戴锦华,等.东方主义与后殖民文化·戴锦华言.钟山,1994(1).

[3] 梁凤仪财经小说系列再次引起大陆文学界关注——中国社科院文学所、人民文学出版社召开梁凤仪作品研讨会,文论报,1993-4-3.

[4] 公刘.不能缺钙.银川:宁夏人民出版社,1995:88.

[5] 王淑秧.梁凤仪作品在大陆"旋风效应"综述·刘心武言.当代文学研究资料与信息,1993(3).

[6] 王淑秧.梁凤仪作品在大陆"旋风效应"综述·陈思和言.当代文学研究资料与信息,1993(3).

[7] 公仲.世界华文文学概要.北京:人民文学出版社,2000:193-194.

[8] 许振江.烈性女子的爱.太平洋日报,1989-9-27.

[9][10][12] 彭燕彬.贫弱女性的保护神.河南社会科学,1996(5).

[11] 张志忠.1993年,世纪末的喧哗.济南:山东教育出版社,1998:168.

[13] 李小江.女性审美主体的两难处境:性别诗学.北京:社科文献出版社,1999:44.

(《世界华文文学论坛》2010年第1期)

"虚静"之境与"禅"之境

对于观审距离感的生成，我国的"虚静"学说和"禅"境都有着极其精湛的美学阐释。叔本华曾主张对生命作无利害的、外在的静观，论证在静观发生的瞬间"主体已不再仅仅是个体的，而已是认识的纯粹而不带意志的主体了。这种主体已不再按照规律来推敲那些关系了，而是栖息于、浸沉于眼前对象的静观中，超然于该对象和任何其他对象的关系之外"。中国的艺术精神，历来重视精神的淡泊和虚静的创造，认为这才是艺术心灵化，即审美距离化的基本条件。苏东坡《书晁补之所藏与可画竹》中，"与可画竹时，见竹不见人。岂独不见人，嗒然遗其身。其身与竹化，无穷出清新。庄周世无有，谁知此凝神"的评价，说明艺术家在创作中，进入虚静凝神之状，身心具遗，物我两忘，达到主客体完全融合的境界。这种艺术创造的兴会，就是庄子所说的"物化"。"庖丁解牛"是人与牛对立的消解，心与物对立的消除。加之人"以神思而不以目视，官知止而神欲行"，手与心的距离消解了，就使解牛成为一个自由的无拘无束的对于对象的精神观照和游戏,技进手到,由于技术的解放从而达到一种自由感。戴叔伦曾说:"诗家之景,如蓝田日暖,良玉生烟,可望而不可置于眉睫之前。"这些都论证了在审美创造工程中,创造主体和创造对象之间保持恰当距离的微妙关系:一种距离的消解,意味着另一种距离的产生;一种距离的产生,另一种距离又会自动消解。此长彼消,相辅相成,使情致迷离惝恍、玄奥缱绻,构成独立自足、可望可即的美的感象,以此象征那难以言传的内心深处的情境。

庄子在《知北游》里塑造了一位年逾八十的老翁,他"捶钩"不断,"而不失毫芒",正是因为他"于物无视也,非钩无察也"。他忘掉了所有与"捶钩"无关的东西或者故意抑制对"捶钩"之外的事物的兴趣,所以才能在千百次的重复中,在具有自我补偿功能的调整、校正中精益求精,形成了"不失毫芒"的惯性动作,高超技艺。他在另一篇《田子方》里也谈道:"吾有不忘者存。"意思是忘其粗而得其精,忘其多而得其一,忘其杂而得其纯,忘其外而得其内,忘其形而得其神。对甲来说是有用的,对乙来说未必有用;既然无用,便可忘掉。对乙来说是精的,对甲来说可能是粗的;既是粗的,便可忽略不计。同一棵松树,画家看到美,植物学家看到结构,商人看到价值,各有侧重而忽略对本人无关的特征。不是在"看"时故意忽视的,而是未看之前,心理定式就已不同。如果什么都要求不忘,就什么都忘。只有忘掉非相关因素,才能得到相关因素。这说明,对某些对象的"忘"——保持距离,才能对某些对象的"不忘"——强化注意,生成审美意象。毛泽东在《我的自传》(斯诺采访记录)

里，真实地讲了如何锻炼在嘈杂环境中保持神定气闲的能力。青少年时代，他有意识地拿着书本在人声鼎沸的街头看书。时间长了，周围的声音再嘈杂，他也不受干扰。

儒家学派代表人物荀子认为，人之所以要"专一""不二"，是由感官四肢负荷的功能限度所决定："目不能两视而明，耳不能两听而聪。"（《劝学》）这也是我们现在经常说的"一心不能两用"的意思。在荀子看来，历史经验证明了这一点："好书者众也，而仓颉独传者，一也；好稼者众也，而夔独传者，一也；好义者众也，而舜独传者，一也。"（《解蔽》）因此，结论就是："故君子结于一也。"（《劝学》）但是，应当看到，"结于一"却是以"失于彼"为代价的。达尔文晚年，他对自己"似乎变成一种从大量事实资料中榨出普遍规律的机器"，"丧失了对莎士比亚剧本""绘画与音乐的兴趣"感到非常苦闷，发誓："如果我活第二次，我必定规定自己每个星期都要读点诗和听音乐。"可见，只有与现实的实用功利观保持距离，才能用非实用、超功利的眼光看待对象，这样，审美与艺术体验才能发生。比如，当我们驾驶着一部汽车上班，正巧遇雪受阻的时候，我们是没有欣赏那晶莹可爱、一片如银雪景的闲情逸致的。因为当我们驾车上班时，雪已变成我们实际生活的一部分，左右我们的活动，威胁我们的安全，而不是艺术欣赏的对象了。小品艺术家赵本山有一次到广播电视部办事，因没带证件，在大门被警卫所阻，他丝毫未恼，还与这位东北老乡开玩笑，须臾便被部里官员邀进。赵本山之所以在遇到进门被阻的麻烦时，尚有余暇开玩笑，主要是他知道会有人邀他进去，他与实用人生（被阻的威胁）保持了距离。

禅宗讲求无念、无心，让人进入虚空状态。无念、无心即"心如明镜台"，一尘不染，进入澄澈空明的虚空境界。亦即庄子所谓去知去欲后所出现的虚、静、明之心。禅的这种虚空境界恰与人的自由审美境界相通，使现实人生与艺术人生隔开一段心理距离。其实质是"动中的极静，也是静中的极动，寂而常照，照而常寂。动静不二，直探生命的本源"。以中国禅宗为代表的虚静学说，正是印证了艺术创造活动中不可或缺的距离审美。人们有了这种精神，就能摆脱世俗，独立物外，超越"理性自我"与"实用自我"，体悟道体，返归"玄牝"，盎其"真我"精神于自由的"逍遥"之境。上溯至庄子的"齐物论"，更能获得"游"的审美价值，把握住形而上的人生真谛。这种"游"的必不可少的条件就是主体与客体所必须保持的审美距离。这样，处于最佳创作机遇中的创作主体，其思维空间在"空"的状态下，创作冲动和灵感具有最大的伸张自由度。"静故了群动，空故纳万境"，艺术契机启动，正如钱钟书所言："解牛者目无全牛，画马者胸无全马，造弓者择干于太阳之阿，学琴者之于蓬莱山。"创造者的思维遨游于人生、社会乃至宇宙，上下古今无所不包。这样，他便从一个当事者的角色卓立于生活之上，与现实保持着恰当距离，从而又以旁观者的冷峻态度走进独特而迷人的艺术之境。

（《美与时代》2010年第1期［下］）

20世纪中国文学思潮的理性反思

随着近来文坛对于"思想"的呼唤，促使我们不由得回首20世纪百年文坛，那是一个风云际会，思想瞬息万变的年代。先是"政治"与"艺术"的纠葛，后是"道"与"器"的交迸，始终彰显出文学之所以为文学，文学孜孜不倦地去找寻属于自身潜质的真正的文学性的执着与坚忍。然而，时至今日，仿佛这种执着与坚忍越来越遥远。应该说，我们所企盼的"文学的春天"已经到来，早在新时期肇始，由郭沫若在全国文代会上所发出的呼唤，其标志是一个文艺所需要的宽松而和谐的外部环境。然而，当这一环境终于到来，并栉风沐雨了30多年之后，我们蓦然发现，文学仍旧在艰苦而艰窘地找寻自身，当"意义"被放逐、"思想"被浇薄之后，一切所谓"碎片化""即时性""娱乐化""感官化"的文学思潮，都无力在这个过于注重"商品"的年代，达到宽松的外部与富于创造性的内部相互砥砺的真正和谐——一个内外互动的，富于葱俊气象与郁勃创造精神的和谐。因此，在有可能由一个极端走向另一个极端的当今文坛，对于20世纪中国文艺思潮进行一番理性梳理与反思，是必要的，目的是找出一些我们当今文坛可资借鉴的东西。

一、"当下的"意识形态

百年文学思潮可谓轰轰烈烈，然而冷静思之，不外两大核心问题，即文学与政治的关系问题、文学自身的文学性问题。前者自 20 世纪之初，直至 80 年代，波谲云诡，五彩纷呈，这与新旧之交的中国政治社会有着直接的关系，属于历史的必然。后者复归到文学自身，但又不完全也不可能完全是文学自身，它必然又是前进中国的某种缩影与折光。如果说，20 世纪前 80 年，政治在不断地冲击着文学，而中国文学在如此之交相纠葛中，仍然展现着文学与人与生活的艺术品格的话，那么，后 20 年中国文学在自觉中觉醒，带着急切走向世界的美好愿望，反而因为经济社会的另一番冲击与洗礼，造成曾几何时喧嚣的文坛在寂寞中低吟着往昔的辉煌、寻觅着回家的路。

文学思潮，既是对文学之"思"，也是对文学之思的"思"。前者在其共时层面，是对文学的发展轨迹进行思想与理论的抽象。它不是"文学史"，因为它不关注现象的描述，只关注于"语境"，即文学之于文学的内外部动因和最终归宿。而这种"动因"和"归宿"又决定了所表征文学的基本特质和走向。一个时期必然有一个时期的文学思想、文学观念，同时也必然有反映这一思想、这一观念的文学运动、文学论争，乃至文学批判——没有文学运动、文学论争，乃至文学批判的文学现象，不是不存在，而只是以一种潜行的方式为下一阶段的文学运动、文学论争，乃至文学批判积蓄量的准备罢了。后者则在历时层面，是对包括共时层面的文学思潮在内的整个文学发展过程的反思，是从"有关"的研究，跳出到"如何看待'有关'"的研究，即对"思"之"思"，对自身的"反思"——不是文学家的自身，也不是理论家的自身，而是"从文学中抽象出理论"的这一独特现象的自身。抑或说，是对评价的再评价。我想，有了这种"反思"意识，方能真正凸现出"文学思潮"之"思"来。

任何"反思"，必然具有"当下"的性质。也许正因此，我们才需要尽可能接近反思的"理性"，而不是以理论的外衣掩饰着的"伪理性"。这种"伪理性"恰恰是百年文学思潮为之不懈论争的主要焦点，当论争的双方都各自认为自己正以正确的"理性"而占有着属于自己的"真理"的时候，其实，无情的时间，以及由时间物化的文学"实践"，已经在抽绎着此言之凿凿的"真理"的础石——只是时机或时间未到而已。如此言之，任何所谓的"理性"，都非绝对的、永恒的"理性"，只能是尽可能地接近罢了。因此，我们就没有必要为"昨天的文学"或"今天的文学"去要么惊羡，要么叹惋，只应以一种平和的态度，去进行尽可能接近的观照、尽可能准确的抽象。而且随着时间和实践的发展，此"观照"和"抽象"才能更为贴近于"当下"的意识形态。

具有这样一种平和的心态，或许能够帮助我们进行准确的判断和深入的认知。王蒙在他新近发表的《也谈一点中国的当代文学》一文中，以平和的心态谈到中国自五四以来的现当代文学可分为两类：雄辩的文学和亲切的文学。所谓"雄辩的文学"，就是强调整体性、本质性和批判性，典型的是19世纪中期的"现实主义思潮"。比如说"法国的浪漫主义作家雨果，俄罗斯的直到苏联解体以后才能把他的坐像雕塑展现在莫斯科的大街上的陀思妥耶夫斯基，那样一种愤怒，那样一种说不完的批判的话语、责备的话语、忏悔的话语都充满了他们的作品"[1]。鲁迅、老舍、巴金等中国作家的作品也都是如此。然而，"亲和"的文学则不是这样，"就是说它是良师益友式的文学，而不是一个精神领袖式的，不是一个抗议者更不是审判者的文学，是营养性的、建设性的与互补性的文学"。比如对于此岸、对于人间的肯定和爱恋，对于爱情、亲情、对于母爱种种情感的讴歌，对于人间的各种事业的开拓和力量的表达，对于世间万物的平衡、和谐与运转的赞颂等等。[2] 其实很难截然分开两种不同的文学，谁能断然说"雄辩的文学"中没有另一种"亲和"？而"亲和"的文学中，没有对于"非亲和"的另一种潜在的"雄辩"呢？我想，我们当代文艺的问题或许并不仅在于此，而在于意识形态，抑或说主流意识形态对于文学的影响程度和渗透程度，说白了，就是文学与政治、个体与群体、个人与社会的关系等。我们所研究的百年文学思潮，其主线就是如此。这是一个老问题，也是一个新问题，这是在悖论中隐含着的一个永恒的元素，就是由个体写作的文学，要由群体与社会来完成；而写作的个体发出的则是作为"积淀"着的群体的声音。所以，从这个意义来看，文学永远不可能脱离群体、社会，也永远不可能脱离它所赖以生存的"精神气候"——以政治为标志的意识形态性。

二、理论的缺席

"缺席",是近年来,我国许多新锐学者常常喜欢用的概念,与之搭配的主要是限制语"理论"或"批评"。"理论的缺席",不仅见于百年文学发展史,其实从我国的传统文化走向来看,至宋元之后,便已呈现其端倪。我国不是一个理论大国,似乎已成定论。然而,从先秦诸子到两汉显学,完全可以印证,我们华夏民族是一个长于也善于思辨的民族。问题是,我们这样一个令人称道的思辨传统,中间出现了断续。如再细究反思的话,早在先秦诸子那里,"乐感"文化与"伦理"文化,已经代替了长于雄辩与巧辩的"唯思"文化。老子、庄子和荀子在当时,抑或说稍后不久的两汉,就逐渐被淹没在"独尊儒术"的实用理性的海洋里了。之后,我们的"理论"便走向了两个"极端",要么是巧言令色的"准理论",要么是高深莫测的"玄理论"。到了宋明时期的"唯理主义"和"心学",似乎我们的华夏理论走到了尽头。反之,更具有形象特质与审美特质的"诗论",愈来愈发达,也愈来愈"模糊"。我们的"理论",简直可以当诗来读,然而只能是以诗论诗,只能是以一个类同的事物描述和说明另一个类同事物,却很难揭破对象事物的本质,很难抵达对象事物的理论内核。因此,我们仍然称之为"准理论",而不是真正的对具体事物的形而上的抽象。这样的"准理论",所应该具备的普遍性、概括性的理论品质是比较有限的。

20 世纪,是人类历史迄今最为翻天覆地的伟大世纪。在思想界，由于现代科学的迅猛发展，以及两次世界大战对人类的巨大冲击，特别是伊甸园般的理想与精神的支柱，为之坍塌殆尽。所以科学理性与怀疑精神，酝酿了人类历史上最为庞大的思想与理论的群体，包括哲学家、心理学家、美学家、教育学家、伦理学家，乃至医生和部分的自然科学家，都开拓了对人类现状与未来的担忧、预测、思辨的辽阔视野。这汹涌澎湃的理论巨浪波及了文学界，形成声势浩大的被称为"19世纪文学主潮"和"20世纪文学主潮"的文学理论的革命。有的学者总结道，这次20世纪以来席卷西方的文学理论界的革命，可称之为"两大主潮"——人本主义与科学主义；"两次转移"——作家研究转移到文本研究，文本研究转移到接受研究；"两个转向"——"非理性转向"和"语言论转向"。特别是后者，从俄国形式主义、布拉格学派、语义学和新批评派，到结构主义、符号学直至解构主义，虽然各自理论、观点大相径庭，但都从不同方面突出了语言论的中心地位。[3]

20世纪同样是西方世界的"多事之秋"，却未能影响反而从各方面促进了理论的挺进与发展。相比之下，我国的20世纪，虽然依傍着政治与社会环境的不断变化，但文艺发展可谓蔚为大观，从"五四"新文化运动始，到世纪末新时期文学终，上演着一幕又一幕生动的活剧。然而，文学理论的发展却相对滞后，这与政治运动的干扰造成批评的蹇滞有关。没有坚实的批评基础，何来理论之发展？那么，所谓"理论的缺席"也自在情理之中了。

让我们随意翻检一套卷帙浩繁的庞大丛书——"百年中国文学总系"。道是"文学总系"，不如说是"百年中国文学思潮概观"

更为恰切。打开洪子诚《1956：百花时代》，我们仅读很有特色的"目录"部分，就可以感受到1956年前后中国文坛的"文学空气"：

第二章 "规范"的调整与质疑

"万象更新"：当代文坛新格局；一个尴尬的话题；电影的锣鼓；"心计很深"的三篇文章；谁有资格批评"教条主义"；"尾巴翘得比旗杆还高"

第三章 "干预生活"的理论和创作

"干预生活"的创作主张；对"灵魂锈损"的警示；"侦察兵式"的特写；《组织部新来的青年人》及其修改；"行行有禁忌，事事得罪人"

……

第五章 "广阔的"现实主义

《现实主义——广阔的道路》；对"社会主义现实主义"的质疑；保卫"社会主义文学"；左翼文坛的"陈旧话题"；"真实性"的话语；"个人主义是万恶之源"

应该说，"百花时代"的一年又两个月，是我国文学创作的"蜜月期"。可惜这个"蜜月"实在过于短暂，况且紧随其后的是谁也预料不到的厄运。在当时，尽管很多人为设置的"禁区"被冲破，然而整个文学空气还是显得紧张而压抑，大有"山雨欲来风满楼"的气息。以上所述之事实可明显看到，文学创作空气的暂时宽松，却意味着即将到来的暴风雨。在这种政治环境下，文学理论的"缺席"，也就在所难免。

那么，仍然会有疑问：在改革开放的新时期，文学环境较为宽松，为何仍有"批评的缺席""理论的缺席"这样的质疑？事实是：我们不是没有批评，没有理论，而是只有"炒作"式的批评，"暗送秋波"式的批评；只有"舶来品"式的理论，"组合柜"式的理论。这里既有商品大潮的袭击，也有可贵的人文操守与知识分子立场弱化或丧失等诸般原因。总之理论的"缺席"，不仅使我国文学界与世界范围内的文学主潮、文学批评主潮脱离联系，形成一个只知"拿来"，不知"消化"，更不知"给予"的"孤岛"，我国的百年文学思潮发展史，因为缺失了理论的链接，成为我们今天所看到的或愿意或不愿意接受的文学运动史、文学论争史。

三、反思之"思"

问题的关键不仅在于此，更在于理论的缺席，怎样从一个侧面，销蚀着我们的探寻意识，从而使我们自觉不自觉地在放逐"意义"的同时，也放逐了对于如何生产"意义"及其文学如何成为文学之玄奥之谜的不懈追问。比如，意识形态如何影响着文学并与之互动？文学又如何在独立运行中，以本身就是意识形态一分子的身份，始终秉持着自己的艺术精神，有形无形、有意无意、自觉不自觉地代群体与社会立言，成为真正的充满温馨诗意的审美意识形态的？因此，考察百年文学思潮，给予我们最有意义的启示就是：百年的政治社会与百年的文学发展，相互呼应、相互砥砺。正因为此，我们才需要厘清文学发展与政治社会发展的千丝万缕的关系。如福柯所说:"与其追溯某一最初的实践过程,并为它建立相应的连续或者同时的实践的年代次序,短暂或者长期过程的年代次序,瞬间即逝或者永恒不变现象的年代次序,不如试图指出连续性怎样产生和在什么不同的层次上能够发现不同的连续性。"[4] 这告诫我们不应把连续性理解为单一的直线发展,而应理解为不同要素以不同形式建立起来的纵横交错的复杂联系。比如,过去一个很长的时间内,我们经常把"经济决定论"作为历史唯物主义的至深圭臬,其实,连恩格斯也不这样认为。他曾经指出:

根据唯物史观,历史过程中的决定性因素归根到底是现实生活的生产和再生产。无论马克思或我都从来没有肯定过比这更多的东西。如果有人在这里加以歪曲,说经济因素是唯一决定性的因素,那末他就是把这个命题变成毫无内容的、抽象的、荒诞无稽的空话。[5]

这里的"现实生活的生产和再生产"决定了社会发展的复杂性质,其既来自"经济因素",又是"经济因素"影响"意识形态"的必然中介。可见,任何事物的发展都不可能是单一、单纯的,而是多元、复杂的。制导我国百年文学思潮的总格局、总趋势也是如此。我们这样来考虑问题,并不影响从中寻找富有规律性的东西,就如文学本身就具有共通的永恒的价值一样。袁枚在《答沈大宗伯论诗书》中说"诗有工拙,而无今古",强调了文学的共时性的一面,即千百年间人性中共通的东西,包括作品的审美特征及其相关的艺术技巧。[6] 这样一种单一性与复杂性的结合，特异性与规律性的辨析，就是我们考察文学现象与文学思潮的立足点。

如果说"一切存在的都是合理的"，只是陈述了一个事实判断，而非价值判断的话，那么，"合理"只是站在说话者的宏观抽象，而不是站在说话者的微观具体的立场上的发言。然而，这一命题的意义在于：只有进入宏观抽象的层面，才能赋予言说对象以更普泛的意义、更现实的概括性，从而，也才能回归更具体的指导性。因此，我们对于"思潮"的描述，并不等于只是"反思"文学，也不等于仅是"反思"文学思想或文学观念，而是将文学的反思与文学思想、文学观念的反思融会贯通，寻觅出以文学思想、文学现象为中介的从各个方面影响文学与发展的社会制约力量。不论是正向促进的，还是负向阻碍的，或者以"促进"之名施以"阻碍"之实的，诸多因素，都揽于"理性"的思维之中，去进行再解读、再批判，力图真正达到对于"思"之思的澄明之境；不是感性的诗意之境，而是理性的经过逻辑推证的抽象之境。

于是，我们特别需要一种新的理论，建立一整套能够真正"解读"思想的理论体系；不是对理论的演绎及阐释的"准理论"，而是具有观照作用、指导意义、普泛价值的"元理论""纯理论"。其意义在于：当陈述式的言说上升到理论的层面，才能真正起到匡正和框定现象的作用；才能具有"理论"的独立品格，从而对某种某些现象发出有效有力的权威性言说；才能真正做到对"思"之"思"。因此，我们呼唤真正的"理性"。尽管理性的相对性使我们认识到：任何判断都不是绝对的，具有暂时性，但我们还是在孜孜以求，以强化和纯正我们的认识和理性思维，以强化和纯正我们的分析力与概括力，目的是建立具有中国特色的理论体系。

承上所述，文学思潮的研究还承担着"文学之思的思"的重任，这就吁求我们应迅速建立行之有效、属于我们自己的理论话语规范，特别在命运多舛的百年文学由与外部的挣扎向内部的调节进行嬗递的转折关头，文学的繁荣与发展更需要强大的理论支持，而理论则需要文学批评实践的开路与蓄积。遗憾的是，在良性的文学内部调整、充实、提高的完整序列中，批评和理论并未走到应该走到的文学创作的前沿，抑或最少应对风起云涌的创作大潮起到有力的支持作用，"批评滞后""理论缺席"的局面仍未得到明显的改善。当然个中原因多多，当列为另一个有意义、有深度的话题。不过，任何一位文学研究者，都不会对此局面无动于衷。因此，当我们对整个百年文学思潮进行宏观省思之时，有必要在认真的反思之余，去真诚地检讨我们有没有"建构"意识——这是一种主动的"参与"态势。只有在"建构"意识的引领下，我们才能真正恢复纯正的"理性"，才能真正做到对"文学之思"的"思"。

反思是一种力量，更是一种勇气。苏格拉底早就说过，不经反思的生活，是不值得过的生活。任何一个时代都需要大家，也都有可能诞生大家。但事实上，大家的诞生，不仅要有适宜诞生的土壤，也要有大家赖以诞生的内部基因的酝酿、生长和依时发动。而且大家的诞生是无法预测的，因为能够预测大家的人，本身就是大家。中国文学还在与时俱进，在没有更多外在力量的干扰与制约的前提下，中国文论的自身发展就显得非常重要。对于百年文学思潮的理性反思，有可能进而呼唤出既符合思辨范式，又能够解决实际问题的新的文论话语系统。这个系统不应走我们曾经走过的极端的路径，即要么对引进来文论话语系统的狂热，并不惜造成不解决实际问题的误读；要么重新回归到执恋于感官印象式的"媚俗"与"酷评"。这些虽然都有其历史的合理性，但因束之高阁而导致外在热闹、内蕴寂寞。因此，要做"理论缺席"的终结者，就有必要对当今文坛，同样进行反思的反思，即对文学理论、文学评论的反思。或许在反思中，才能真正聆听出已经悄然而至的春天的消息。

参考文献：

[1] [2] 王蒙. 也谈一点中国的当代文学. 文汇报，2008-8-2(7).

[3] 朱立元. 当代西方文学理论. 上海：华东师大出版社，2005：2-7.

[4] 米歇尔·福柯. 知识考古学. 北京：生活·读书·新知三联书店，1998：218.

[5] 恩格斯. 致约瑟夫·布洛赫，马克思恩格斯全集37卷. 北京：人民出版社，1979：460.

[6] 鲁枢元，刘锋杰，姚鹤鸣. 文学理论. 上海：华东师大出版社，2006：341.

（《艺术百家》2010年第5期）

早期茅盾"自然主义"观的教学辨识

在我们对本科生的教学中,在诸多"中国现代文学(史)"的教材中,对于重点章节"茅盾"的介绍,有关早期茅盾(沈雁冰)接受"自然主义"的内容,要么忽略不计,要么语焉不详。这一点与茅盾后来讳言"自然主义"有一定的关系。但是文学史毕竟正如韦勒克所说,应用当代人的目光和思维去进行重新审视,以解释我们的文学现状。因此我们有必要对茅盾与自然主义的关系进行新的思考与辨析,力图使历史能够对我们当代做出新的回答。

一

诚如许多现代文学大师一样,茅盾也是一个非常矛盾的人物。他一方面特别喜爱法国大作家左拉,但另一方面又不愿承认左拉对他的重要影响。《子夜》出版不久,瞿秋白就肯定地说这部小说"带着很明显的左拉的影响"。茅盾本人却一再加以否认。20世纪60年代初,他在一次答记者问时说,他的创作"不是受左拉《金钱》的影响"。1980年,他又在回忆录中说:"我虽然喜欢左拉,却没有读完他的《卢贡·马卡尔家族》全部二十卷,那时我只读过五大卷,其中没有《金钱》。"[1]他在早期不遗余力地介绍和引进自然主义,但到了中老年又极力对自然主义进行摒弃抨击。他在文学创作上注重对社会现状的开掘与剖析,可以说是一位政治、经济型作家;但他从政治、经济上宏观把握社会时,又引人注目地保留着"五四"作家在描写人物的内心世界和描写社会的文化意识等方面所擅长的一面。一个值得注意的事实是,他的许多小说没有写完,他没有写完的地方,恰恰是政治、经济色彩更浓的地方;已经写完的地方则是心理和文化色彩较浓的地方。[2]正如茅盾本人所说:"我提倡过自然主义,但当我写第一部小说时,用的却是现实主义。我严格地按照生活的真实来写,我相信,只要真实地反映了现实,就能打动读者的心,使读者认清真与伪、善与恶、美与丑。对于我还不熟悉的生活,还没有把握的材料,还认识不清的问题,我都不写。我是经验了人生才来做小说的,而不是为了说明什么才来做小说的。"[3]这种理性与感性的交加,无疑说明了作为注重意识形态化的小说家,他在处理主题与题材方面的困惑。在后来的自然主义并不能解决中国社会的各种问题的时候,茅盾开始不仅在理论上扬弃了自然主义,在创作上更是疏远了自然主义。这是一个自觉不自觉的过程。易言之,早期的茅盾尽管倾力介绍了以左拉为主的自然主义理论,但在他的创作实践中,并未贯彻之,而他仍然是一位受到自然主义中观察人生、观察社会,注重精细描写等创作方法影响的社会剖析型的现实主义作家。

那么，自然主义理论，又是如何转化为茅盾的"社会剖析型"的创作观呢？他在谈起他的第一部长篇《蚀》三部曲的创作感受时说："我未尝依了自然主义的规律开始我的创作生涯；相反地，我是真实地去生活，经验了动乱中国的最复杂的人生一幕，终于感得了幻灭的悲哀、人生的矛盾，在消沉的心情下，孤寂的生活中，而尚受生活执着的支配，想要以我的生命力的余烬从别方面在这迷乱灰色的人生内发一星微光，于是我就开始创作了。我不是为了要作小说，然后去经验人生。"[4] 这一点虽与茅盾后来以创作《子夜》为标志的"主题先行"式的作品有所不同，但他诉诸小说创作中的科学精神和理性思考，则是相同的，从中可以看出自然主义理论的核心"实证主义"的影响。欧洲近代现实主义长篇小说隐含了一种深层的科学实证主义世界观及其客观的观察分析的方法。可见欧洲近代小说的布局和结构并不是一种单纯的艺术技巧，而是一种特殊的认识客观世界的思维方式。因此，"茅盾在中国现代文学中的突出地位正是在于他对于这种特殊的观察和认识世界的方式的推崇和认同"。这就决定了他的小说"具有鲜明的理性特征和明确的主题"。[5] 确实如此，茅盾是一位以理性见长的作家，这当然与他的创作思想有关，与他的人生经历也有关。当年，他从北大预科到商务印书馆担任编辑的时候，翻译是他的本职工作，西方艺术理论和文化教育思想成为他如饥似渴学习西方古今文化的主要营养。纵观20世纪20年代茅盾对于西方现代文化思想的介绍，不仅有以左拉为代表的自然主义，也有风靡一时的其他的社会思潮、哲学思潮和文化思潮。然而，对他的文学创作影响至深的仍属自然主义。这一点，尽管后来的茅盾曾予以否认,但只是否认自然主义理论对他创作上的影响,却并不否认他早期接受的包括自然主义的核心——实证精神在内的科学的世界观及方法论。

所谓的"自然主义",是如何融变为科学世界观和科学方法论来影响茅盾的文学创作的呢?用茅盾自己的话说,"自然主义"之于他的接受,主要是一种科学的"求真"精神。"自然主义的真精神,是科学的描写法,见什么写什么,不写在丑恶的东西上面加套子,这是他们共同的精神。我觉得这一点不但毫无可厌,而且有永久的价值。"[6] 因此,"经验人生",便成为写作的第一步。茅盾认为左拉与托尔斯泰属于两种不同的创作类型,前者是"因为要做小说,才去经验人生",后者是"经验了人生才去做小说"。这就决定了任何成功的作家,必须"更刻苦地去储备社会科学的基本知识,更刻苦地去经验复杂的多方面的人生,更刻苦地去磨炼艺术手腕"[7]。这就是后来茅盾经常强调的"正确的观念,充实的生活和纯熟的技巧"三个创作的要素。茅盾本人当然将之浸润在他的创作实践中,而他早期所崇尚的"自然主义",只能成为一种间接的影响。这种影响更主要地表现在艺术构思和方法技巧上,却不落实在自然主义的理论内涵上。这样,他在理论上的崇尚,并未落实在他在实践中的贯彻,这恰恰成为他后来发展为现实主义大师的契机。我们在他的创作中,可以很容易地看到这一点。他之谓"正确的观念"有之,就是作为作者,在文学创作的过程中,力图解决的实际问题;他之谓"充实的生活"也有之,茅盾历来主张作家应写他熟悉的题材,只有生活充盈,才能保证创作的充盈。反之,他的创作中有时出现"游离"的地方，恰恰是生活不够、不深的地方。至于"纯熟的技巧"，更是大器晚成的茅盾，较之一般青年作家更为圆熟老到的地方。这些都说明，他只是接受了自然主义的科学分析的"实证"方法，又融合了泰纳的社会学说，而最终完成了他早期所倾力创建的"写实主义"的理论体系。

二

然而，我们并不否认，早期的茅盾受左拉创作的影响，虽然更多的只是一种艺术构思和艺术手法方面的影响和借鉴。左拉创作对于茅盾的影响，主要来自他的长篇小说《金钱》，最集中的体现是茅盾的长篇小说《子夜》。《子夜》创作的初衷是参加20世纪30年代初关于中国社会性质的大讨论，目的是以文学的形式，来印证中国的社会性质仍然是半封建半殖民地。民族资本的所有作为，都不可能改变这一性质的根本走向，只不过徒增上海滩"十里洋场"的虚假繁荣而已。这是一部连茅盾自己都承认的"主题先行"的小说，尽管它获得了成功，然而，先在的理念和"主题"，必定促使作者选择最直接反映中国社会性质的经济动因——民族资本家的奋斗与失败的历史。这一系列由主人公所发出的主动的社会行为，形成贯穿全书的"动作链"，与左拉的《金钱》何其相似。《金钱》一开篇便突出萨加尔，把他放在以交易所为中心的环境中行动，左拉以凝练的笔法描写了萨加尔在上波饭店的一言一行和心理活动，通过萨加尔，全书的时代背景、主要线索、重要人物及其矛盾斗争都一股脑儿写了出来。《子夜》

则以吴荪甫迎接父亲抵达上海为开场,从吴老太爷之死引出人们奔丧。围绕这一线索,茅盾也把《子夜》的时代特征、主要线索、重要人物及其矛盾斗争,一一彩绘了出来。

《金钱》写地产投机中惨败的萨加尔毫不气馁,决心失败了再干,要"把巴黎踏在他的脚下",决心实现他的"理想的富有王国",并成立一个巨大的金融机构——"世界银行";《子夜》中的吴荪甫同萨加尔一样,踌躇满志,雄心勃勃,幻想在上海、在家乡建立属于自己的偌大的工业王国,决心成立"益中信托公司",实现他称雄上海滩的梦想。同时,左拉善于从当代现实生活中选择创作题材,善于描写宏大、热烈的场面,善于逼真细腻的细节与心理描写;茅盾也喜欢规模宏大,文笔恣肆绚烂的作品,而他对于细节及小场景的精雕细琢,更为人称道。尽管茅盾始终不愿承认他写作《子夜》时受到《金钱》的影响,然而,我们并不否认杰出作家在创作高峰会有的某种潜在的沟通与契合。

关于茅盾与左拉的关系,我国批评界多年来产生了多次争论,其实,就是左拉本人,他的自然主义理论与他的创作实践也是不一致的。左拉的自然主义理论,主要体现在他的《实验小说》一文中,他因受到孔德的实证哲学和当时的自然科学(进化论、遗传学、实证医学等)的影响,提出了"把实验方法应用于小说和戏剧"的自然主义创作理论,主张纯客观地描写社会现象,用生理学、病理学、遗传学的观点来解释人物的心理和行为。但在他的小说创作中,尽管有意识地用遗传学观点来加以夸张式地描写与揭露,然而纵观全局,仍属于批判现实主义的范畴。当时,茅盾推介自然主义,主要是站在真实而客观地观察与描写这一写作维度上,而且对左拉运用于文学创作中的"实验方法"也是抱有明确态度的。他认为:"人生不仅是物质的也是精神的,而且科学的实验方法未见得能直接使用于人生。"茅盾对左拉致力于写人的动物性这一面,也是持相反意见的。他指出"在榨床里榨过留下来的人性方是真正可宝贵的人性",被损害民族中的"被损害而仍旧向上的灵魂更感动我们,因为由此我们更确信人性的沙砾里有精金,更确信前途的黑暗背后就是光明"![8]

其实,在当时,我国文坛对于写实主义与自然主义的界限本身就是模糊的,有作家曾明确地指出:"写实主义与自然主义在本质上并没有区别。写实主义其范围比自然主义狭窄些,我以为在自然主义里面,已包括写实主义。"[9]正因这样的"历史的误会",文研会诸作家能够沉下心来,正视灾难深重的中国现实,使文学第一次与广大民众产生了最为切近的亲和力。

三

严格来说,茅盾并不是一位典型的特立独行的浪漫作家,他是一位外表敦厚、内心理智的社会剖析型作家,特别是在云蒸霞蔚的政治动荡期,他往往能够保持自己认为正确的政治识见和判断。诚如他所说:"自从离开家庭进入社会以来,我逐渐养成了这样一种习惯,遇事好寻根究底,好独立思考,不愿意随声附和。"[10] 1921年1月,新改革的《小说月报》第12卷1号和《新青年》第8卷5号及北京好几种报刊登载了《文学研究会宣言》。这个宣言表明了文学研究会对文学的基本态度:"将文艺当作高兴时的游戏或失意时的消遣的时候,现在已经过去了。我们相信文学是一种工作,而且又是于人生很切重的一种工作。"可见,以茅盾为代表的文学研究会一开始就显示了对人生严肃和冷静的态度,提出"为人生"的文学价值观。自然主义文学具有"为人生的艺术"的倾向,主张要描写社会中的黑暗和人世间的丑恶。在1922年《小说月报》上开展的关于自然主义的讨论中,有人指责"自然派的如实描写人类弱点为不应该"。茅盾则在《通信》中明确指出:"我们要先问:'人世间是不是真有这些丑恶存在着?'既存在着,又不肯自己直说,是否等于自欺?再者,人世间既有这些丑恶存在着,那便是人性的缺点;缺点该不该改正?要改正缺点,是否先该睁开眼睛把这缺点认识个清楚?"他认为:"最使人痛苦的,不是丑恶的可怖,而且理想的失败。""人看过丑恶而不失望而不颓丧时,方是大勇者,方是真能奋斗的人。"茅盾介绍自然主义,是提倡作者"要象蓝煞罗一样,定了眼睛对黑暗的现实看,对杀人的惨景看……要有钢一般的硬心,去接触现代的罪恶"[11]。而这实际上与他的文学要"指导人生"的观点并没有矛盾。在他看来,文学作品"表现人生",本来就包括揭露社会黑暗和指导光明未来这两个有机联系的方面。而且揭露黑暗是指导光明的先声。他深谙文学理论不同于文学创作、思想不同于形象的个中滋味。他在许多文章,特别是20世纪30年代对左翼作家与革命文学所做的犀利而中肯的批评中,都可以看到他对这一问题的良苦用心。具体来说,他是一位更注重"揭露"的作家。但他的"揭露",不是自然主义式的"暴露""展示",而是经过艺术加工和艺术处理,并还原为艺术形象的、今天称之为"现实主义"的社会剖析与社会批判过程。

茅盾的创作思维是动态而多元的。他从左拉的自然主义那里,真正吸取的则是一种近代的科学精神,并把它称之为是科学的自然主义。"近代西洋的文学是写实的,就因为近代的时代精神是科学的。科学的精神重在求真,故文艺亦以求真为唯一目的。科学家的态度重客观的观察,故文学也是客观的观察。"[12]一段时间内,我们常常对茅盾早期的"自然主义"倾向有所非议,其实大可不必。茅盾早年的文学思想倾向与他中年时期的一系列文学创作实践,并非一回事,就像左拉的"自然主义"文学观与他在主体上属批判现实主义的鸿篇巨制也不是一回事一样。其实,左拉一贯推崇的是同时代的批判现实主义大师,他在《论小说》中指出:"没有人居然把想象力赋予巴尔扎克和司汤达;他们之所以伟大,是因为他们描绘了自己的时代,而并非因为他们杜撰了一些故事。"[13]因此,对左拉的偏爱,不仅没有使得茅盾陷入自然主义的大淖之中,而且使他更注重文学与社会的联系。他不满足于"中国古来文人对于文学作品只视为抒情叙意的东西",也不满足于"五四"文学着重表现的婚姻家庭恋爱的倾向,他渴望文学能够反映更为广阔的社会内容。他认为,只有"表现社会生活的文学是真文学,于人类有关系的文学"[14]。

这一点,又可以看到泰纳的实证主义社会学对茅盾的深刻影响。他不仅强调文学的背景是社会的,而且肯定"社会环境对于文学的无可争议的力量"。"茅盾对于社会背景的强调,不仅使他和创造社的'自我表现'区别开来,而且与同是'人生派'的文学研究会的周作人的'人的文学'也构成了明显的区别。周作人的'人'是原子式的生物性的人，而茅盾的'人'则是'社会的生物'，有着复杂的社会关系"[5]。因此，茅盾对他所处的五彩纷呈的当下文坛，是充满信心的。"我们已经从事实上证明环境对于作家有极大的影响了，我们也从学理上承认人是社会的生物罢，那么，中国此后将兴的新文学果将何趋，自然是不言而喻的咧。"[15] 有论者评价茅盾是政治小说家或社会政治小说家，虽然不无揶揄之意，但也基本是准确的。就连当时为《子夜》大唱赞歌的瞿秋白也不回避这一点："有许多人说《子夜》在社会史上的价值是超越它在文学史上的价值的，这原因是《子夜》大规模地描写中国都市生活，我们看见社会辨正法的发展，同时却回答了唯心论者的论调。"[16] 正是如此，"应用真正的社会科学，在文艺上表现中国的社会关系和阶级关系，而《子夜》不能不说是很大的成绩"[17]。今天，令我们感兴趣的并不是这些，而是既被人称为"主题先行"，又是"政治小说家"的茅盾，如何在他的创作实践中进行"二度思考"，并获得了成功。

90年前的新文学发轫之初，茅盾以《小说月报》为阵地，发起一个自然主义的文学运动，周作人、陈望道、夏丏尊、沈泽民都公开表示支持。这不仅对于当时封建卫道文学是一个强烈的冲击，同时也是使现实主义思潮在中国文坛上广为传播的重要契机。如果只是简单地把自然主义当作反动的文学思潮，而对于茅盾的自然主义也不分青红皂白地一概予以否定，这显然不是历史唯物主义的态度。这一点，作为中国现当代文学的教学工作者，有必要在教学中强调之，以厘清历史上与学术上的迷雾。

参考文献：

[1] 茅盾.《子夜》写作的前前后后——回忆录（十四）. 新文学史料，1981（4）：1-18.

[2] 杨义. 杨义文存（第四卷）. 北京：人民出版社，1998：155.

[3] 茅盾. 我走过的路. 北京：人民文学出版社，2004：118.

[4] 茅盾. 从牯岭到东京. 小说月报，1928，19，（10）.

[5] 旷新年. 1928，革命文学. 济南：山东教育出版社，1998：329.

[6] 沈雁冰. "曹拉主义"的危险性. 时事新报·文学旬刊，1922（50）.

[7] 茅盾.《地泉》读后感. 上海：上海湖风书局，1932：48.

[8] 沈雁冰. "被损害民族文学号"引言. 小说月报，1921，12（10）.

[9] 谢六逸. 西洋小说发达史. 小说月报，1922，13（5）.

[10] 茅盾. 我亲历的文坛往事·忆心路/自述篇. 北京：人民文学出版社，2004：118.

[11] 沈雁冰. 乐观的文学. 时事新报·文学旬刊，1922（57）.

[12] 茅盾. 文学与人生（茅盾全集第18卷）. 北京：人民文学出版社，1989：206.

[13] 左拉. 论小说. 上海：上海文艺出版社，1992：205.

[14] 沈雁冰. 社会背景与创作. 小说月报，1921，12（7）.

[15] 沈雁冰. 文学与社会政治. 小说月报，1922，13（9）.

[16] 瞿秋白. 读《子夜》. 中华日报，1933-08-13.

[17] 瞿秋白.《子夜》与国货年上海. 申报，1933-03-12.

（《南通大学学报·教科版》2010年第1期）

逻辑与悬念

——评冯新民的象征诗

冯新民写诗的历史整整有30年。真是"弹指一挥间"。他爱音乐，更迷恋诗，把具象（中国的象形文字）的文字码成如抽象的音符一般的"诗"。他的诗艺历程恰与中国先锋派诗人的萌动、探索、鼎盛、落潮、余韵……整个诗艺探索的过程相契合，并始终苦苦挣扎在象征与"准象征"之间，在非逻辑中寻找逻辑，在非悬念中寻找悬念。就像他的那首诗："我的影子和我背道而去/影子的声音停顿在失重的水中/自然的安排错过了这些声音的传递/我抚摸着滞留过影子的水/发现双手失踪了很久。"（《独白的苍茫·悬念》）这里有"背道而去"的影子、"失重"的水、"失踪"了很久的双手，这些反常的意象在可解与不可解之间传递着某一种或某几种声音。就如鲁迅的散文诗《影的告别》一样，在不合逻辑的言说之中，隐藏着与包括"自我"在内的所有"荒诞"的存在的彻底决绝。这种貌似反逻辑的背后，其本身就深蕴着另一种符合逻辑的声音，从而构建一个难以被惯常思维所理解的新的意义系统。

20世纪的80年代之初,风起于青蘋之末,"朦胧诗"派迅速崛起,年轻的冯新民也开始了他前十年的"准象征"诗的探索。我们看到他于1982年6月写的《湖》:"我不知道你是谁不知道/你眼睛中的一湾湖泊/泊着什么//树木向远方延伸向渐深的昏暗延伸/还能瞧见吗/悄悄躲藏的无名花/梅花鹿闯入了星空的意境/和原始的温暖/睫毛覆盖起弧形的苍穹/覆盖倒影。"第一节,意思明了。第二节因为缺乏过渡,蓦然出现了"树木""无名花""梅花鹿""星空"。这些意象与"湖"有些距离,给读者造成突兀的感觉。紧接着,又出现了"原始的温暖""睫毛""倒影",这些意象又将我们拉回到"你眼睛中的一湾湖泊",倏而顿悟,从"树木"到"星空",还有美丽的"无名花"和"梅花鹿",其实都是眼睛之湖的"倒影"。只因我们乍读题目为"湖",便出于思维惯性,只顾寻找"湖",而丢失了解读"湖"的钥匙——音乐性的"意结"——抽象的诗眼符号。

法国象征派诗人和理论家瓦雷里,很有意思地将"诗人的手段与作曲家的手段"加以比较,认为音乐很容易从日常噪音中区分出"纯音",并用乐器将这些纯音材料加以调配组合起来;而诗人则要通过个人的努力,从"全部广泛的日常语言"的"杂乱无章的混合体中吸取"成分,"用最平常的材料创作出一种虚构的理想秩序"。[1]冯新民不仅以音乐入诗,而且他本人就是一位对古典音乐研究颇深的"发烧友"。在他与诗友李民族、朱友圣合著的《三原色》集子里,他的第一首献诗便是《德沃夏克第九交响狂想》:"你……就这样以圆号长笛英国管提琴/向世界致意"

- 逻辑与悬念 -

"充彻羊水的宇宙的子宫里/一颗星球逐渐混沌逐渐清晰/夏娃女娲圣经山海经有过/蛮荒的记忆放逐的记忆补天的记忆/记忆和记忆/或许诞生于同一世纪同一年月同一时辰同一概念……"

乐章终于结束

一片荒原,一个波希米亚的儿子开始华彩乐章

尔后灵魂渐渐上升

高于上帝

尔后……转入柔和的慢板

这是诗人 20 世纪 80 年代的诗作,可以看到,单句的合逻辑性与句段的非逻辑性互相结合;东西方的母题意象互相结合——大概与诗人对于本国文化更为熟稔有关。尽管如此,读者在阅读时仍需克服一些障碍——惯性的逻辑思维的障碍;同时,又使诗句著上了弹性——延长阅读过程的弹性。

这种"弹性"在过了十年之后,逐渐升级,变得更为艰涩起来。在《最后的柴可夫斯基》中,诗人精心设置了五个诗节。一、五两个诗节为序曲和尾声,中间是宣叙曲式。诗句沉郁,虽用了隐喻,但总体是可读的,而且不乏新意。只是在中间数节,诗句开始游离和跳跃。如第三节:"布置。一只独木之舟/柔板。第一乐章沉下去/快板。第二乐章沉下去/极快板。第三乐章沉下去/行板。第四乐章沉下去/b 小调坐落在苍茫的落日上/目送梅克夫人远去/辉煌和悲壮并肩而行。"(《独白苍茫·最后的柴可夫斯基》)从诗句本身来看,没有难度,但作为句段的连续,从柔板

至快板,至极快板,至行板,全部四个乐章,都以"沉下去"为唯一的释义单元。这就需要对于诗歌文本的整体把握——倒不在于非精通柴氏的交响乐不可。我们在这里只是读诗,而不是听音乐。只有通过"诗歌"之门,才能进入"音乐"之门。抑或说有"诗"的氛围,才能有"音乐"的氛围。

其实,冯新民并不首肯自己的创作属于"象征"那一族,他没有这个主观企图,他只是出于对音乐的爱好,将抽象的音符转化为文字符号而已。如上引这一节,无须更多的阐释与联想,只需将首句的"独木之舟"与尾句"目送梅克夫人远去/辉煌和悲壮并肩而行"联系起来,中间的四次"沉下去",也就无须对应"乐式"的如何变化,而成为"苍茫的落日"的必然归宿。

这种有着象征意味的诗句结构,在冯新民的诸多篇什里分布得并不十分均匀。在他所喜爱的"音乐诗"里,恰恰表现得不十分明显,这与他的激情不允许或来不及匀出更多的精力去构筑象征的世界有关。倒有不少短章,象征的意味更为浓郁些。让我们来欣赏下面几首可称为"象征"的诗:

被北风敲打的窗子与对弈者默坐在线条之外一颗子落下
一双枯树般的眼睛里下着冬天的雪
而另一双眼睛里正是午夜

——《独白苍茫·弈》

对弈者下的是"围棋""象棋"……不得而知,这就为我们对诗进行逻辑的释义,带来第一重困难。第二句"对弈者默坐在线条之外",此之谓"线条",是棋盘的线条,抑或对弈双方心理防线的"线条"?接下来,"枯树"与"眼睛"有什么联系?"雪"与"午夜",是色彩的对比,还是通过围棋的黑白棋子,影射所谓的"黑白人生"?与寒冷的"北风"又发生了什么联系?——明显的,这里只是诉诸我们一种事实判断而无意于价值判断。然而,这短短的七句小诗里,既有音乐——类似于五线谱的"线条";也有色彩——白的"雪",黑的"午夜";还有形象——"默坐"的对弈者、"枯树般"的眼睛、被北风"敲打"的窗子……"弈"之本身,已将世界从"无可言说"之状态推论到"可以言说"之状态。"象征"就是进入这一状态的一扇门。

瓦雷里曾肯定地指出:"如果一个诗人永远只是诗人,没有丝毫进行抽象思维和逻辑思维的愿望,那么就不会在自己身后留下任何诗的痕迹。"在他看来,"每一个真正的诗人,其正确辩理与抽象思维的能力,比一般人所想象的要强得多"[2]。正如美国著名批评家韦勒克一针见血地指出:"瓦雷里虽然承认某种最初的非理性的暗示……但他的全部实际重点放在观念时刻之后的理论沉思部分上,放在诗的计算,放在诗人在可能性中作选择的行为上,他对一种娱乐或游戏作富有洞察力的、有高度意识的追求上。"[3] 冯新民与我国新时期以来如"朦胧诗派""第三代""新生代"等这些先锋诗派的探索者一样,并没有去刻意追求象征主义诗学的理论武装,只是率意而为地将诗与世界对应起来,将情感与理性对应起来。正如叶芝所揭示的"象征"的内涵:"全部声音、全部颜色、全部形式,或者是因为它们的固有的力量,或者是由于深远流长的联想,会唤起一些难以用语言说明,然而却又是很精确的感情。"[4] 这种全部形式与精确感情之间的关系就是对应的象征关系。

让我们再次回到冯新民的诗歌创作中。他有一首颇令人费解的诗，题为《第四形态》。其中一节为："戴一只旧手套和名人握了握手/尴尬了细小的瞳仁/很为难看着/史前的牙齿在动物世界里/追逐蓝盔部队而丛林/希望这是一幅无人购买的油画。"全诗共三节，这是主干节。然而读后，我们仍不明白什么是"第四形态"。诚如第一节中有"诗人的钥匙总是被门反锁"，暗指通过正常之途径无法进入诗人（歌）之门。这似乎是反逻辑的。然而，我们可以在反逻辑的诗句中构建逻辑的桥梁。比如"旧手套"和"史前"相对应，暗示着"传统"；"名人"暗示权威；"蓝盔部队"暗示现代；"细小的瞳仁"暗示蔑视；"无人购买"又暗示不屑一顾。那么，我们是否可以这样来预设：逻辑与反逻辑为第一形态；平俗与盛名为第二形态；传统与现代为第三形态。而所谓"第四形态"无疑是特立于这三种形态之外的另一种形态。正如我们上面所讨论的那样，诗中无可言说的"空白"就是其诗的主旨——在这里就是它所象征的"第四形态"。再如他的另一首四节诗《惊蛰》，其中第三节为："桌子正在酣睡/疯狂的乐队退出和弦/子夜的光线起舞于沼泽的末端/阳光的种子此刻缺乏表白。"这是动与静的结合，是无声中的有声。"桌子正在酣睡"——静；"疯狂的乐队"——动；"子夜"——静；"表白"——动。同时，这些又共同在无声中传递着有声：不是自然界的声音，而是抒情主人公那心底的声音。这是惊蛰前夜的肃杀与寂静，"疯狂的乐队"与"阳光的种子"

在万物酣睡的"子夜"里蓄势待发。一声"惊蛰",即将爆响。这种"象征"意味的抒写,与比较直接地描写"惊蛰"前后大地从沉睡到复苏,春气萌动、万象开泰的"写实"意象,其意蕴不仅更为深沉而旷远,而且也能反映对象之"真",一种诗的本质之"真"。

"象征",不是虚无缥缈的"浑浊"之物,而是由象征意象构成的独特的表意单位。被称为"意象大师"的美国诗人庞德,曾明确指出什么是"意象",就是"在瞬息间呈现出的一个理性和感情的复合体"[5]。这个定义包含着意象结构的内外两个层面,内层是"意",是诗人主体理性与感情的复合或"情结";外层则是"象",是一种形象的"呈现",两者缺一不可。[6] 庞德还对意象的创造和接受做了心理分析,精辟地指出:正是意象这种复合体的突出呈现,"给人以突然解放的感觉,不受时空限制的自由的感觉,一种我们在面对最伟大的艺术品时经常受到的突然长大了的感觉"。[7]

让我们来比较一下同样以惊奇"意象"见长的,被称为台湾"诗豪"的洛夫的诗。洛夫有一首颇为流传的《与李贺共饮》:"石破/天惊/秋雨吓得骤然凝在半空/这时,我乍见窗外/有客骑驴自长安来/背了一布袋的/骇人的意象/人未至,冰雹般的语句/已挟冷雨而降/我隔玻璃再一次听到/羲和敲日的叮当声……"再看冯新民的一首《住在深山里的王维》,末节为:

他回首望了望往事那座山林外的往事
他听见一个人说过往事越千年他看见大雪封山

看见一把生锈的斧子和一棵生锈的树看见好久没有走过的山路

锈成了一段一段的唐诗

通过比较，可以看出，洛夫的诗更为好读，因为它基本属于"回忆性"的意象。而冯新民的诗则显得艰涩，主要是因为它属于将"情结"经过"象征"处理的"再造式"意象。比如"生锈"的"斧子"和"树"。虽然断开单独来读或许并不难理解，但如汇集成诗，则需要下"二度解析"的功夫，即一定的理性思维的楔入。

我们不妨再看洛夫的《李白传奇》中的第四节："你原本是一朵好看的青莲/脚在泥中，头顶蓝天/无须颍川之水/一身红尘已被酒精洗净/跨鲸与捉月/无非是昨日的风流，风流如昨日/而今你乃/飞过嵩山三十六峰的一片云/任风雨送入杳杳的钟声/能不能忘记是另一回事/就在那天下午/访戴天山道士不遇的下午/雨中的桃花不知流向何处去的/下午，我终于看到/你跃起抓住峰顶的那条飞瀑/荡入了/滚滚而去的溪流"[8]。这里的"李白"与围绕李白的意象是鲜明而生动的，虽然属于想象性的夸张，但不论分句阅读还是整诗阅读，皆无难度。这是洛夫诗能够更广泛流传的一个重要原因。然而，更倾向于象征性叙事与抒情的冯新民则走着另一条途径。我们看他写陶渊明："……一匹老马/被陶渊明挡了去路/夜色渐浓/这并非谋杀的开始"（《村庄》）；写一个无名的"场景"："谁在我的手上降落/倏然转身/前面依然是上下左右十二堵墙壁/沿墙而走/时光渐老。模糊的距离横卧其中"

(《独白苍茫·场景》);写众口相传的"民间故事":"不冷不热的庄稼/开始行走四野/沙漠的根系上站满了海市蜃楼/凤凰的歌声/手指洛水之神剑"(《独白苍茫·民间故事》);写千年的"古塔":"却不敢抬头/怕望见阔檐上远去的飞鸟/带走你的影子和黄昏一同消失/在鸽哨开辟的航空线上/有被时间撕裂的碎片纷纷坠落"(《独白苍茫·古塔》)。这里的诸多"意象"是鲜明的,然而也是较为艰涩的。其艰涩主要表现在单句意象本身的模糊性,比如"谋杀的开始""十二堵墙壁""不冷不热的庄稼""被时间撕裂的碎片"等,这些新奇的"意象",只有将之放置于诗的整体氛围中,方能穿越"象征"的隧道,进入"意义"的空间。这种语言层面的"模糊",恰恰寄寓深层的精确与本质的真。诗人"为了清楚而精确地表达他所了解的,他必须与语言做一番可怕的斗争",因此,要克服日常语言的局限性,需用新鲜的隐喻、幻想的手法。"平常的语言本质上是不精确的。只有通过新的隐喻,也就是说通过幻想,才能使它明确起来。"[9] "隐喻",虽然是"直觉"的语言,但它比日常的公共语言要"精确"。这些"象征"派的诗学观点,与古希腊哲学家亚里士多德的名言"诗比历史更真实"一样,倾向于诗的"隐喻"特征,旨在找寻言语层下面的本质之"真"。

诚如上述,冯新民30年的诗艺历程,与我国新时期先锋派诗人们的探索历程是一致的,可以看出我国那个时代的青年诗群欲与世界接轨、与现代对话的强烈愿望。这种显在或潜在的强烈愿望,谱就新时期30年文学交响的一个异常漂亮的音符。他们不恤一己之力,进行着前卫性的先锋探索,为我国诗坛的再度崛起奏响了真正的序曲。

参考文献：

［1］瓦雷里．纯诗．法国作家论文学．北京：生活·读书·新知三联书店，1984：120-121.

［2］瓦雷里．诗与抽象思维．现代西方文论选．上海：上海译文出版社，1983：37.

［3］韦勒克．西方四大批评家．上海：复旦大学出版社，1983：44.

［4］叶芝．诗歌的象征主义．现代西方文论选．上海：上海译文出版社，1983：59.

［5］［7］庞德．二十世纪文学批评．上海：上海译文出版社，1987：108-109.

［6］朱立元．当代西方文艺理论．上海：华东师大出版社，2005：108.

［8］洛夫精品·李白传奇．北京：人民文学出版社，1999：107-108.

［9］休姆．二十世纪文学批评．上海：上海译文出版社，1987：186-188.

（《扬子江评论》2009年第2期。本文获南通市文艺成果二等奖）

镜像中的理论狂欢
——现代文论话语的引进与误读

毋庸讳言,20世纪是批评的世纪,这个世纪是以语言学的革命拉开序幕的。以索绪尔的《普通语言学教程》为滥觞,紧接着从俄国的形式主义文本批评,到法国的结构主义,到英美的新批评、法美的结构主义,蔚为大观,起伏近百年的文论话语大潮。诚如维特根斯坦声称:"全部的哲学就是语言批判。"[1] 我们也可以换句话说:全部批评的兴盛与活跃,就是文论话语的产生与阐释。

一

20世纪80年代以降的20年,更是中国批评界异常活跃的时期。但文论话语的引进与误读几乎是同步而至。在大量的文学批评的文章、论著中,"文本""张力""能指""所指""语境""隐喻""反讽"等概念术语,高频率、高密度地出现。话语概念的引进，必然带来批评观念的转变与进步。然而，20年的批评实践证明，"理论的滞后"与"批评的缺席"一样，已成为不争的共识。其中原因多多。面对文坛出现的这种理论话语的狂欢，并不能带来批评实践成功与进步的怪现象，我们不可妄下断语，既不能全面肯定、褒扬，也不能全盘否定、贬斥，而应公允地去探讨分析。

比如"文本"这一使用最为广泛的批评概念，其原意是"一个有着自身结构而与社会、作家及读者没有关系的存在，坚决反对将现实或作家作为解释文学作品的起点"[2]的封闭的自足体。正如俄国形式主义批评家什克洛夫斯基所说："艺术永远是独立生活的，它的颜色从不反映飘扬在城堡上空的旗帜的颜色。"[3]这一术语的引进，在我国批评界，主要起着两个方面的作用。第一个诚如上述，是对部分文学作品进行形式主义或结构主义批评的研究符号。将"文本"作为封闭自足的文学产品的特殊称谓，自有其一定的合理之处与方便之处。第二个则是对于一般文学作品的总称，它没有内在的形式规定，在某些研究领域，类似于"文案"的称谓。应该说，"文本"话语的引进，使得我们对于"文学作品"的把握更为灵活和方便。

如果按照上述的两种解释来看，似乎"文本"的概念范畴已经确定了，其实问题并不简单。安德鲁·本尼特在解释关键词"文本"及文本与世界的关系时，这样说道："自从柏拉图在其《理想国》中宣称，诗人提供了关于现实的虚假图画因而驱逐诗人以来，文本与世界的关系已经成为文学理论与文学批评的中心问题……按照哈姆雷特的说法，文学是一面反观自然的镜子。"[4] 这里明显地可以看到，"文本"的概念比形式主义批评话语中的概念要宽泛得多，"文本"完全可以成为"作品"的代名词。

再如"后殖民主义"。它来自"殖民地"（colony）一词的概念。其词义本身，"是对父权制和农耕文明的隐喻……《钱伯斯词典》认为，'殖民地'被含糊地用来指一个国家对海外形成依赖的状况""殖民地以及由它扩展产生的主义与语言自身所拥有的殖民地能力和作用有关，还与殖民化了的语言有关"[5]。以此繁衍到19世纪后半叶，特别是1947年印度独立后，在世界范围内出现的一种新的意识和新的声音。其理论的自觉和成熟是以美籍巴勒斯坦批评家爱德华·赛义德1978年出版的《东方主义》为标志的。这样，便使得东方与西方在文化本源上有着根本的差异，并使"西方得以用新奇和带有偏见的眼光去看东方，从而'创造'了一种与自己完全不同的民族本质，是自己终于能够把握'异己者'"。但这种"东方主义者"，"在学术文化研究中产生的异域文化的美妙色彩，使得帝国主义权利者就此对'东方'产生征服的利益心甚至据为己有的'野心'，是西方可以从远处居高临下地观察东方进而剥夺东方"。后殖民主义理论在西方兴盛一时，大多采用解构主义、女权主义、后现代主义的方法，揭露帝国主义对第三世界文化霸权主义的实质，探讨后殖民时期东西方之间由对抗到对话的新型关系。[6] 这种理论以批判的眼光看待西方化的现代走向，符合风行于20世纪末的东西方实行沟通对话的全球大趋势，成为一种独特的话语表达方式。

这种话语系统汇入了作为社会文化思潮，从现代主义到后现代主义即解构主义的演变。特别是一些热衷于后现代主义和后结构主义的青年学者,通过对"新写实小说"的解读,宣扬"情感零度""冷面叙述""消解深度""削平价值""躲避价值"等,"凭借阐释手段驰骋自己的学术专长,演绎和图解解构主义的文化理念,尤其是要破除真理,拒斥理性,颠覆和瓦解一切秩序。这样的文化批评和文化思潮尽管具有一定的批判功能和警示意义,但对处于发展中的国家来说,更需要理性、稳定和合理的社会秩序,因而,将其笼统地运用于当代中国社会,一定会表现出不可忽视的负面作用"[7]。这不仅表明以"后殖民主义""后现代主义""后结构主义"为代表的并不适合中国现实土壤的"后……"类话语概念,在中国"实验"的失败,也说明闭锁已久的中国学人与文人试图用西方现代理论,解决中国文坛实际问题的热切心理与浮躁心态。对于"拿来主义"的真正领悟,是如何借鉴外来文化,并根据自己的不同情况,加以辨析、扬弃、综合、吸纳,才能真正做到为我所用,其间必然有一个消化或转化的过程。遗憾的是,我们在急不可耐的有意或无意中,将这个"过程"给斩断了。

二

应该说,20世纪西方哲学发生的"语言学转向",是促使现代文论话语充分活跃的主要原因。人们关注的对象由主客体关系或意识与存在的关系转向话语与世界的关系,语言问题成为最基本的哲学问题。而批评中对"意义"的探讨,也成为对语言本体的"追问"。"我们可以给'意义'这个词下这样一个定义：一个词的意义就是它在语言中的用法。"[8] 然而，一个国家、一个民族、一个地区，乃至一个时段，自有其源远流长、绵延传承的，适应其接受空间的话语系统，可见任何一套理论话语的建构，都与建构者自身所置身的本土话语资源有着直接的关系。有学者认为我国并不是一个"理论"大国，这是站在某一角度来说的某一个方面，抑或是被遮蔽了的某一侧面。事实上正是如此。艾略特曾经说过，中国艺术的至高境界就像一只中国花瓶，永远在静止中运动。画家莱因哈特在其《亚洲的永恒》一文中说："在世界各国的艺术中，没有哪儿比在亚洲更清楚地表明，表现性的、瞬间的、自发的、无意识的、原始的、偶然的或不拘形式的东西，是不能称之为严肃的艺术的。亚洲的艺术只有空白、完全的自觉和超然，只有作为艺术家的整一理智的心，'成名而超脱，无为而神妙'，处于和谐与规律之中；毫无变化的'人的内容'，无时间性的'至高原则'，千古不变的艺术的'普遍原则'等等。"[9] 在这样艺术的"至高原则"与"普遍原则"的照耀下，"冥极、神凝、坐忘、童心、虚静、一念心、修辞立诚、兴趣、妙悟、错彩镂金、秾艳绵密、秀远、宏丽、无言之美、幽寂、澄怀、虚一而静、天然、自然、超然……"这林林总总颇具生命体验和印象色彩的文论话语，有着充实而具体的"人的内容"，诸如"意象""兴象""肌理说""澄心静虑"等话语更是如此。这便使整个文论话语系统，具有浓郁的人性色彩。在美学风格上，中国文论特别主张拿君子"温而正，峭而容，淡而味，贞而润，美而不淫，刺而不怒"的高尚风格来加以比附映照，[10]

可见，中国传统文论话语的人性化，确实是一个很重要的内容，这与"天人合一"的中国传统哲学思想有关系；另外，也体现了中国传统文论与文学一样的"人学"特征。

相比而言，西方文论话语的科学性与实验性，与历史渊源的西方文化背景有一定联系。西方文化的基本特征之一是这样一种信仰：人之本性全然有别于世上其他存在物。人们习惯上认为，人绝不能与诸如风儿、树木、河流一类的物一样，或至少不能比作这些自然物——除作幽默地用于某些诗意的修辞形象。[11] 当然，这种"天人分离"的文论特征，与西方的哲学思想有一定的渊源关系。也许正因此，西方批评家才以"回归"的姿态，倾向于中国传统文论话语的中心解读。比如刘勰在《文心雕龙·体性》篇中，所描述的被西人看好的深刻而圆通的风格论。"夫情动而言形，理发而文见，盖沿隐以至显，因内而符外者也。然才有庸俊，气有刚柔，学有浅深，习有雅郑，并情性所铄，陶染所凝，是以笔区云谲，文苑波诡者矣。故辞理庸俊，莫能翻其才；风趣刚柔，宁或改其气；事义浅深，未闻乖其学；体式雅郑，鲜有反其习；各师成心，各异如面。"再看美国文论家 M. H. 艾布拉姆斯在其名著《镜与灯——浪漫主义文论及批评传统》中，认为文学活动的四要素是作品、作家、世界、读者。这种观点容易使人从平面上探讨文学，忽略左右文学特质和发展的诸多潜在话语。"而刘勰讨论风格时注意到了文化本身对风格的决定作用。"刘勰"认为文章是诗性的体现，才气学养不同，文章面目也必然有所不同。作家先天才情是形成风格的主要因素，而后天学习也是风格形成中不可忽视的一维。对后天学习的强调，事实上将对风格的探讨引向更深的文化领域"[12]。这种论述,有其一定的合理性。"科学重真,文学重美",其实两者是互相交错的:真中固然含美的因素;而美则追求、探索着另外一种真。中西文论话语在这里达到了浑然互补,"天人合一"也好,"天人分离"也罢,其实都是因不同的视角,观察的效果不同而已,很难绝对地判断孰优孰劣、孰高孰下。

也许正因此,我们在引进的同时,忽略甚至忘记了传承。虽然,现代语境与古代语境有着较为悬殊的差别,然而,这种差别主要表现在从文言文体向白话文体转换的表达形式上,而不同的语符系列所指涉的语义内容和心理内容仍有较多的相同之处,是可以言说,可以沟通的。故而,不应该也无必要对于传统的文论话语系统予以彻底地放弃。尽管我们在引进和阐释的过程中,可能并没有这样心理的故意,但因过于偏执地照单全收,也不问批评对象的适用功效,密集式沉浸于外国文论话语的"狂欢"当中,从而对本位的传统文论话语形成了一种无意或有意的忽视甚至颠覆。这势必造成本位文论话语的缺失。前者有失全面,后者则有失偏颇。同时也意味着对传统的本位的文论体系及话语的一种否定。其实,传统的或者是外来的一些文论,并非就是过时、陈旧的。我们是否可以这样认为:一种批评原则和方法,当它的理论形态完备以后,也就被社会意识形态接纳吸收,并化为人们日常观察文学现象、阅读文学作品时的一种无意识,一种基本的常识方法或者说一种基本定式。如果忽略了这样一个基本常识,把新的吸收与旧的承继相隔绝,那么,本位话语的缺失将成为永恒,也就无法构建自己的文论话语体系。

三

话语本身不是文论的整体，文论是包括阐释层面——话语在内的言语和语言形式存在的动态结构。一定的语境，不仅对于文本创作是必要的，对于文论的话语系统本身，也是必要的。然而，我们当下的文论话语系统被架高了。"习惯于套话连篇，空洞无物。看似大块文章，滔滔不绝，然而其信息量却几近于零。因为按照信息论的通俗表达，'信息'就是消除'不确定性'！如果某人一脸庄重，在大庭广众面前'负责任地'宣布：'太阳明天将会从东——方——升——起'，其实他这话等于没说，因为他所讲述的乃是一个完全确定的事实，在他这种故作郑重的言谈中并没有消除任何的不确定性。"[13] 这种貌似超前、实为滞后的状况，恰好是对我们当下文论话语的最好写照。这里所指责的"空洞无物"的所谓"套话"，主要是指那些从外国文论话语传统中所引进过来，只是作为装饰批评文面，却未能解决实际问题的那种高堂讲章的"学院式"批评。这就使得我们认清一个最为实际的问题，即在外国可能很实用的文论话语，一旦用来指导我国的批评实践，反而变得不怎么实用了！就如风行整个 20 世纪的现代派的文学创作，在我们中国的"实验"，并不十分理想，反而因为缺乏广大的接受群体，偃旗息鼓，悄然结束。我们大量引用外国文论话语的批评实践，也大凡如此。这确实值得我们好好反思。

在我国文学研究和文学批评的现实中，对外来文论话语的误读现象大致有这样几种类型：一是盲目的生搬硬套。20世纪80年代中后期，关于先锋文学的讨论便是如此。先是惊奇地赞叹中国文坛的现代主义作品的出现，随着文学的发展和对现代主义理论的理解，又把赞评过的作品说成是"伪现代派"。二是理论的滥用泛用。对于一种外来的理论，在没有完全理解的情况下，却匆匆地运用到文学批评之中。"新批评"是西方很有影响的一个批评学派，但其批评理论并非适用于各种文学现象。在此学派盛行的美国也如此。当布鲁克斯和沃伦运用"新批评"理论编注的《理解诗歌》获得巨大成功后，便希望"新批评"的原则和方法运用到其他的文学样式上，他们又编注了《理解小说》，结果，《理解小说》并没有取得预期的成功。这就说明了"新批评"也有一定的局限性。在我国却有泛用的趋势。神话—原型批评也是如此。神话—原型批评这种文论范式在国外文论界并没有一个众所公认的统一名称。这一批评范式的文学观和批评观起源于多种学科的整合，像人类学、哲学、心理学等。这一文论的出现，为文学的研究开拓了一个十分诱人的前景。如果说"新批评"的特点是适于"细读"或"近读"的话，特别是对诗歌的分析研究是其他批评方法无可比拟的，那么，神话—原型批评则可以成为"宏观"或"远观"，它适合把各种文学现象纳入一个文化整体中去考察。也恰恰由于这一特点，对神话—原型批评的运用有失宽泛，似乎一切文学现象中出现相似情况都属于神话—原型模式。许多人在历时性的文学发展中去找寻表面化的主题、题材、结构等，给人一种"合并同类项"的感觉，缺乏深层次的研究和批评。误读的再一类型就是对批评术语概念的误用。众所周知，

"文本"已成为一部文学作品的代名词。但在接受美学中,两者又有着不同的含义。接受美学认为"文本"只是一个"多层面的未完成的图式结构"。它具有未定性,其意义的实现必须依靠读者的阅读。读者用自己的感觉、知觉经验去填充多层面的图式结构中的空白,并使之"叠合",这才是文学作品。因此,"文本"在接受美学中并不能替代文学作品的这一概念。而它却易被人忽视而混用之。[14]

四

理论的"超前"与批评实践的"滞后",这样一对矛盾的背后,包蕴着一定的可以言说的某种合理性,诚如雷达所指出的:"如果仅就数量、口号、声势、名词、新术语、理论旗号以及从业者之众而言,当前的文学批评不仅'繁荣',简直可以理解为'膨胀'或者'过剩'了。可是,如果就思想深度、精神资源、理论概括力、创新意识、主体性、审美判断力和影响力而言,当前的文学批评就又显得十分单调、'枯竭'、软绵无力了。"这种判断主要是因为我们的貌似"繁荣""超前"的文论话语,"不能与各种丰厚的思想资源保持联系,没有整合能力,比如不善于从传统思想资源、外来思想资源、革命思想资源,甚至包括民间思想资源、少数民族文化思想资源中不断吸取精华,形成自己的思想和审美的基础。这就显得底子又很薄、话语贫乏,无法应对复杂的当今文学艺术形象了"[15]。

仍以上述的"后现代主义"的文论话语系统论为例。毋庸讳言，所谓"后现代主义"在中国的出现，既不是文化传统自然变异的结果，也不是中国这一特定的社会、历史文本的催生，"而是在一个充满异质文化并置的全球化语境中对'他者'话语的一次'借挪式'的操作。对诸如解构、异端、散漫、反讽、戏拟、模糊性、去中心、多元性、颠覆在场、拆除深度模式等后现代话语群的刻意追逐，使中国式的后现代主义带有明显的生硬拼贴和机械模仿的痕迹"[16]。事实上，"后现代主义"话语在西方，本身也是一个比较模糊的概念。利奥塔认为，后现代批评是一种对现代思想先在假设和生活方式的特殊分析形式，是一种对现代的"追忆式"反思。可见，后现代主义与现代主义之间具有逻辑上的不可分割性。甚至有的学者干脆认为，根本就不存在所谓的后现代主义。如哈贝马斯就指责说现代性工程尚未完成，后现代远未到来。[17] 我国的学者和作家也对后现代主义表示疑惑。有意思的是，作为连他自己也承认受到后现代主义影响的作家余华，在否认"使其赖以生存的土壤"的后现代主义，是"作为思潮存在"，还是"作为现象存在"；"它是更多地作为理论影响着我们，还是更多地作为某种创作实践鼓舞着我们"[18]，这种"追问"是清醒的、合理的，但如回避"使其赖以生存的土壤"，只单纯地强调一种"现象"，一种"创作实践"的操练，是不能真正进入问题的实质性研究的，顶多只能描述偶然的"现象"，却不能开掘现象背后的必然"本质"。

进入21世纪之后，学界已经开始对新时期以来外国文论话语的引进进行冷静的思考；已经开始认识到对于外国文论话语的引进和移植必然受制于接受主体的文化结构和赖以生存的现实土壤。这就要求我们应该通过文化的过滤机制以保证接受主体既接受外来新的文论话语而又不能被其同化。但是,"如果接受主体只是想当然地单向度地误读异域文化中的某些因素而不去从中发现、消化本土文化赖以生成的新质,很可能在似是而非的误读之中,既丧失了异域文化的真精神,也远离了本土文化的实际,从而在文化喧嚣的表面,掩藏着真正的文化贫血"[19]。因此,适合我们中国国情的文论话语,包括现代主义、后现代主义、后结构主义在内的社会文化思潮,"对处于发展过程中的当代中国来说,都只有借鉴、参照、补充和丰富的意义,不应从根本上取代中国独具民族特色的文化精神"[20]。

本位文论话语的缺失与外来文论话语的误读已构成我国文论界的误区。如何走出误区,我们认为在对待外来文论话语上,不应盲目崇洋、生搬硬套,不应浮泛化,而应从更深、更高的层次上去吸收、借鉴。特别是从拓展、启迪我们的思维方式,拓宽、变换我们的切入视角,以及更新、完善我们的批评观念上去看待西方文论。即使是对西方文论的具体运用上,也应多元并举,而不应尊一而废他。美国芝加哥学派的代表人物克莱因在他主编的《古今批评家与批评》的再版"前言"中曾说:"世上存在许多可行的批评方法,每一种方法都向文学客体投去不同的光束,显示出它的不同的侧面,而每一种方法都有其自身的力量和局限。""作为实践批评和文学研究的工具中的一种,它必须与其他的方法——语言的、历史的、哲学的等等——结合起来,才能被有效地应用。"[21]在综合有效应用的同时,更应注意,对外来文论话语在应用中要有一个理解、消化的过程,一个"本位化"的过程。只有如此，才能正确地解读和运用外来文论话语，并逐渐地构建起自己的本位文论话语的体系。其实形式主义文本批评也注意到了这个问题。比如"新批评"就认为如果视文学作品为自足的客体，力图排除各种主观随意性以求得对文学作品做出纯客观的说明，这只是一个奢望。恰恰相反，在文学批评实践中，解释和评价往往包容着作品与批评者之间的相互作用，本文的意义不可能固化为普通的、超历史的东西。这样，语言与历史便找到了某种程度的契合，也是我们引进并阐释外来文论话语的立足点。

参考文献：

[1] [8] 维特根斯坦. 哲学研究. 北京：商务印书馆，1992：49，52.

[2] 王先霈、胡亚敏. 文学批评导引. 北京：高等教育出版社，2005：173.

[3] 什克洛夫斯基. 文艺散论，俄国形式主义文论选·序言. 北京：生活·读书·新知三联书店，1989：11.

[4] [5] 安德鲁·本在特，等. 关键词：文学、批评与理论指导. 桂林：广西师范大学出版社，2007：27，209.

[6] 朱立元. 当代西方文艺理论. 上海：华东师大出版社，2005：414-422.

[7] 陆贵山. 中国当代文艺思潮. 北京：中国人民大学出版社，2002：407-408.

[9] 多尔·阿什顿. 西方现代绘画与东方传统，激进的美学锋芒. 北京：中国人民大学出版社，2003：352.

[10] 赵湘. 王象支使甬上诗集序，宋金元文论选. 北京：人民文

学出版社，1984：30.

[11] 让·杜布赞. 反文化的立场，福柯，哈贝马斯. 激进的美学锋芒. 北京：中国人民大学出版社，2003：288.

[12] 李瑞卿. 中国古代文论修辞观. 北京：中国传媒大学出版社，2007：135-136.

[13] 詹克明. 高架生存. 文汇报，2008-5-5（11）.

[14] 孙时彬. 本土文论话语的确实与外来话语的误读. 松辽学刊，1997（2）.

[15] 雷达. 批评：根本问题在于思想资源和精神价值. 光明日报，2008-4-25（10）.

[16] 陆贵山. 中国当代文学思潮. 北京：中国人民大学出版社，2002：348.

[17] 王岳川. 后现代主义文化与美学. 北京：北京大学出版社，1992：22.

[18] 王宁. 多元共生的时代. 北京：北京大学出版社，1993：105.

[19][20] 陆贵山. 中国当代文学思潮. 北京：中国人民大学出版社，2002：352，408.

[21] 克莱因. 古今批评家与批评. 昆明：云南人民出版社，1991：266.

（《理论创新时代》知识产权出版社 2009 年 7 月出版）

真情再现自动人

——评陈才生笔下的李敖

一

毋庸讳言，李敖是新千年之交，中国文坛最具争议的人物之一。他的强烈的社会批判意识，与他狂傲不羁的独立个性一道，被世人所注目。但又因他常常对自我进行高值评价，不论是戏谑也好，调侃也罢，仍有不少人对此产生非议，甚至不屑一顾，认为李敖是自我炫耀、自鸣得意，在炒作自己，并且对此感到"困惑不解"。其实李敖还是有自知之明的。在获悉他的小说《北京法源寺》获得 2000 年诺贝尔文学奖提名时，他曾比较认真地谈道："不是我想要这个奖，而是这个奖该给中国人了。""诺贝尔文学奖 100 年来只有 4 个亚洲人获奖，印度 1 人，以色列 1 人，日本 2 人。中国人从未获过奖。诺贝尔的其他奖，比如物理奖和化学奖，曾经给过中国人，但是他们得奖时的国籍已经是美国了。"他认为《北京法源寺》是一部合乎理想主义的小说，自己的著作超过 1500 万字，坐过 6 年 2 个月的牢，被软禁 14 个月，可以说为理想主义受尽苦难，自己有资格获得这个奖。虽然李敖当年没有获得诺贝尔文学奖，但他的自我评价还是比较公允实际的。那么，真正的李敖究竟是什么样子？陈才生先生的新著《李敖这个人》，比较系统、真实地向我们展示了这位文化怪人艰窘的生活道路和复杂的心路历程。

追寻李敖的生命历程，是陈才生塑造李敖这个人的第一步。考察李敖的"怪"与"奇"，不可回避少年时代的憧憬。那时的李敖，十分崇拜"奇人"。对凡是秉奇气、有奇能、具奇才、怀奇情者，包括那些了不起的伟人，李敖都表现出极大的兴趣并且潜移默化地受到这些人的影响。对早年李敖影响最大的是三个人：钱穆、严侨和胡适。1952年6月，年方17岁的高二学生李敖，随徐复观的儿子徐武军首次拜访当时名气颇大的国学大师钱穆。当他一进门，看到一位穿着府绸小褂的小个子老人正在院里走动，在他眼里，"他的长相似乎与他的声名不大相符，他甚至有点怀疑眼前这位是否是钱穆"。当谈话中得知钱穆不知《梁任公上南皮张尚书书》的出处时，他改变了对钱穆的看法。"他认为钱穆不耻下问的学者风度令人钦佩，但他竟不知道这封信的出处，他的学问广度令人起疑。"但"钱穆对他的影响从未消失，尤其是在治学方面"，如果说钱穆对李敖的影响是做学问的严谨，那么胡适对他的影响则主要是中国现代知识分子的"自由主义精神"。1952年10月2日，胡适到台中来讲演。头一天，李敖写了2000字的长信在台中火车站递给了他。"第二天，还特别跷课去听，结果回校后受到训导主任的警告。"他当年写的打油诗《写贻党混子》，很能说明他的这种个性："人皆谓我狂，我岂狂乎哉？是非不苟同，随声不应该。我手写我口，我心作主宰。莫笑我立异，骂你是奴才。"另一位对李敖有着终身影响的就是他高中的数学教师、中共地下党员严侨。严侨是中国近代启蒙思想家严复的长孙。在李敖眼里，"他有一股魔力般的迷人气质，举止洒脱，多才多艺，口才极好，还喜欢喝酒。尤其是他的那种疯狂气概，使人一见就易产生好奇、佩服的印象"。从小就崇拜"奇人"的李敖很快就走近了他。严侨的确是一位共产党。他的父亲严琥新中国成立后担任福州市市长。在国民党败逃台湾后，严侨志愿偷渡到台湾，为解放全中国而战斗。就在李敖被严侨说动，欲与他一同回大陆"共同参加那个新尝试的大运动"的前夜，严侨被五个彪形大汉抓走了。"几年以后，李敖听说严侨死在了火烧岛。"他为严侨的死感到难过。怀念之余，他庆幸自己能够亲自接触这么一个狂飙运动下的悲剧人物，是严侨使他具有了那种大陆型的脉搏、那种左翼式的狂热、那种宗教性的情怀与牺牲。

作为一部评传，《李敖这个人》在结构上力求以传主的思想成长与情感变化为经，以其创作实践和社会活动为纬，以此构织传主大半生的人生画卷，这是本书的主要特点。对青年李敖在学业、工作上影响更多的还有姚从吾，在思想上影响更多的还有殷海光。这些具有独特个性的人物，为之后李敖自由主义思想的锻造打下了坚实的基础。陈才生在他独具特色的评传中，不仅能够将对李敖施加影响的多种人物梳理得脉络清晰，而且对成长期间传主本人的思想轨迹也能见微知著，描述一些鲜为人知的细节和趣闻。他写道："在李敖精神的历练过程中，更多的却是痛苦之中的反思和自省。"他引用一段李敖1958年6月7日的日记："看云看天不可看世俗群，可使我愈来愈广阔。我独坐在新兴的左角，遥望远处的云山，我想到：'跟这些世俗的男女们扯，我能得到些什么呢？我一定是得不偿失的。'"1958年6月30日的日记："亲情、友情、爱情皆需距离，距离之义大矣哉！与任何人都该如此。"1959年6月22日的日记："刚毅的嘴和拳/慷慨的笑容/傲岸的睥视（眼光）/不合作的坚决（决绝）/永远没有（任何遭遇下没有）软弱无力，疲惫地被打败像头耗子没有软弱语消沉态。"同时举了李敖磨炼强烈的自制能力和坚强意志的例子：美国总统艾森豪威尔在做哥伦比亚大学校长时，脉搏突然加快，他遵医嘱，戒了烟；不久脉搏又恢复了正常，但他永不再吸烟。有人问他："如果有人在你办公室里吸烟，你是否反对？"艾氏说："哦，不会的。这样更会增强我的精神上的优越感，表示我有充分的意志力来戒烟，但是，他们却没有。"李敖最欣赏艾氏的这种意志力，"我要用艾森豪威尔这段小故事来纪律我自己，这是一种最使人感动的身教"。如果说，很长一段时间，人们更倾向评价李敖此人之"狂"之"怪"，却未能从发展源流上考察促成李敖性格的独特的生活经历和独特的思维方式，那么，陈才生的评传弥补了这一方面的不足，给了我们一个真实的令人可信的李敖。

二

李敖不是一位严格意义上的思想家或文学家，但"他是战士，是善霸，是文化基督山，是社会罗宾汉"。总之，他是一位逆时而动的叛逆者，是一片呼声中的异响，他那特殊的思维方式决定了他既爱打抱不平，又自觉为社会大众充当守门人和监督者。陈才生在《李敖这个人》中特辟一章《文星风云》，其中说到李敖批琼瑶与武侠小说的掌故。琼瑶是一位比较成功的言情小说家，美化人生的爱情理想是她作品的主旋律。她主张恋爱自由、婚姻自主、个性解放，以及家庭的民主和睦，这种温情软调的文学正好适应20世纪60年代台湾社会新兴中产阶级的需要。面对紧张激烈的社会竞争，面对人际关系的冷漠和疏离，人们寻求着心理上的逃避和平衡，尤其是那些正值青春初萌而又面临升学就业压力的少男少女，更是企盼在文学作品中寻找他们憧憬中的爱情王国。但是由于琼瑶生活天地的狭窄，作品的题材缺乏广度，思考领域缺乏深度，对读者很难产生永久的历史震撼力。面对文坛这种状况，在文化思想第一线搏杀的李敖十分不满。他尽管结识并对"亲切和善的面孔、成熟优雅的举止、沉稳智慧的谈吐"的琼瑶有着极好的印象，但仍于1965年7月1日发表了《没有窗，哪有"窗外"》的批评文章。"琼瑶女士，以她软弱的心灵、混沌不清的思想、老得掉尽大牙的观念，借她的一本又一本的小说，哭哭啼啼地把我们年轻的一代人带入一个可怕的噩梦……一个作家，如果仅仅以'媚世'的作品来取悦群众，这种做法是卑下的、可怕的。""这个世界，除了花草月亮和胆怯的爱情之外，还有煤矿中的苦工，有冤狱中的重囚，有整年没有床睡的三轮车夫和整年睡在床上要动手术才能接客的小雏妓……她该知道，这些大众的生活与题材，是今日从事文学写作者所应发展的新方向。"另外，李敖对台湾文坛武侠小说成风的现象亦给予激烈的抨击。他在《"武侠小说"，着镖!》一文中详尽评析了武侠小说产生的社会原因和"新剑侠派"的危害。他认为，武侠小说发展至今，"它的最大罪状，乃是助长了并反射了一种'集体的挫败情绪'，正好从武侠小说中，得到了手淫式的发泄，给逃避现实者机会，给弱者满足""它不但使人沉醉里面，导致追求真正知识的懒惰；并且还败坏群众斗志，造成意志上面的懒惰"。在当时，李敖从国民精神的角度来认识武侠小说，可谓空谷足音，他的独到与深刻直到几十年后仍具有重要的认识意义。

主办《文星》，是李敖作为文化战士，在思想上狠挖国民党老根的战斗白热化时期。对于这段历史，陈才生在《李敖这个人》中进行了详细的描述。李敖最后被迫离开了《文星》，他在事业上遇到了有生以来最大困扰。他在给王尚勤的信中说："不论是学术性的、普及性的，我的主旨都要坚持'经世致用'的原则，我最不喜欢逃避现实，最不喜欢'置四海穷困而不言'！"即使在李敖最困窘时期，他也不忘他思想上的导师殷海光。当殷海光身患绝症因经济拮据不愿住院时，李敖写信劝说殷海光住院治疗："您治胃病的一切费用，由我承担。我最近为香港一家出版社帮忙，有一笔小收入，所以我愿意'请客'。"其实，李敖当时哪里有钱，他说为香港一家出版社帮忙有一笔小收入，是骗殷海光的，他不愿意殷海光知道自己经济上的困窘而不安。在《漫漫长夜》一章中，作者又详细记述了李敖被捕入狱的始末。1971年3月19日，李敖被国民党当局正式逮捕。入狱之初，他不仅遭受了刑讯逼供的肉体上的折磨，更使他心伤的是他的情人小蕾离他而去。"在这房中，我历经了国民党特务们的凌辱刑囚，历经了好朋友的陷害出卖，历经了亲弟弟的趁火打劫，历经了小情人的黯然离去，历经了终年不见阳光的孤单岁月……虽然我在多少个子夜，多少个晦暝，多少个'昏黑日午'，我噙泪为自己打气，鼓舞自己不要崩溃。但当十个月后，当小蕾终于写信来，说她不再等我了，我捧信凄然，竟为之泪下。"看着自己孤零零的影子，他感觉到天要塌下来了，整个世界都已不属于自己，他的情绪一度处于低落状态。但很快他便适应了这样一种生活，并且把"大作家"与"大坐牢家"等同看待。在他1974年10月19日给他的女儿李文的长信中，明确地指出："有的人坐牢是因为做了坏事，但有的人坐牢并不是因为做了坏事，甚至有的人是被冤枉的。"然后历数世界名人，如印度开国总理尼赫鲁、印度民族解放运动领袖圣雄甘地、英国女王伊丽莎白一世、意大利旅行家马可波罗、英国作家笛福、英国哲学家罗素等都坐过牢。显然，李敖在信中不仅在向初入人世的女儿介绍世界上种种"大坐牢家"的情况，而且在文字中也渗透了是非观念和爱恨情仇。当然，也是贯穿着他对自己所作所为的自信与浩气、忧患与豪迈。

这是一个真实而本色的李敖。陈才生在《李敖这个人》中，断然指出："李敖的信仰和人格注定了他不可能与国民党同流。"却并不着意于"为什么会如此"的解读。我想，这正是作者的高明之处。秉笔直录的史传精神，事实就是最好的注脚，不需要作者再过多地对传主指三画四。可见力求评析的简约是本书的另一绮色。尽管本书传中有评，但对具有代表性的作品坚持点到即止的原则。至于详备系统的解读评析则放在作者已经出版的《李敖de灵与肉——李敖思想研究》一书中。比如对李敖的自由主义思想渊源的探寻，对《传统下的独白》《胡适评传》《北京法源寺》

等作品的阐释，对李敖杂文美与创作理念的探索，等等，以此勾勒出一个立体的李敖。

经历了《文星》沉浮和牢狱之灾的李敖，进入20世纪80年代，是他搏击鏖战的又一个时期。正如当时著名影星胡因梦在《特立独行的李敖》里对他的评析：他的"人性中最具破坏性也最具建设性的宝贵特质"便是"不满现状"。也就是在这个时期，胡因梦走进了才出囹圄、声名大噪的李敖的生活。陈才生在书中，并未为贤者讳，他直率地引用后来胡因梦在自传中对李敖的评价："在性感层面，李敖抱持的是传统未解放男性的价值观，似乎只有'性'这一件事，是优于其他多种感受的。""性带给他的快感仅限于征服。那是一种单向的需求，他需要女人完全臣服于他，只要他的掌控欲和征服欲能够得到满足，他对于那个关系的评价就很高。"这才是"特立独行"的李敖，他的自由主义思想，与他的豪放不羁的行为规范是一致的、相辅相成的。

在书中，作者还列举了能够展现李敖特性的逸闻趣事。就在李敖与胡因梦结婚的第二天晚上，李敖接到一个匿名电话。对方恶狠狠地说："李敖，我要杀你全家。"李敖笑着说："我只一个人，你怎么杀我全家？"对方说："好，那我就杀你一个。"李敖大声说："那你排队吧！要杀我的人一大堆，还轮不到你呢！"次日，李敖又接到一个神秘的电话，那时已是深夜三点钟，一个自称中视林导播的，打电话给胡因梦。李敖说："现在是夜里三点啊！"对方说："没错，我知道是夜里三点钟，你叫不叫胡因梦来听？她不来听，明天我就公布胡因梦跟我的床上照片。"李敖说："林导播，胡因梦在跟我结婚前，就开过一张名单给我，名单里没有你,可见你是冒充的。如果你有照片,那你公布好啦。"李敖的作风就是如此,他用奇特的方式处理来自周围的干扰,绝不让对方使自己怄气。李敖曾自称是个极会讲话的人,凡与他交往过的人,无不对他的灵活机智、反应快速、谈吐幽默的口才和好发"奇谈怪论"留下深刻的印象。在一次演讲会上,一位听众义正词严地质问他:"你来台湾40年,吃台湾米,喝台湾水长大,为什么不说台湾话,是什么心态?"李敖立即答道:"我的心态,跟你们来台湾四百年还不会说高山族的话同一心态。"还有一次,听众纷纷以字条递上讲台,问他问题,李敖有问必答,条条不漏。突然有一字条,上写"王八蛋"三字,别无其他。李敖立即举起字条面向听众,说:"别人都问了问题,没有签名;这位听众只签了名,忘了问问题。"听众为他的机智报以阵阵掌声。当然,他的机智与口才和他的人格历练是分不开的,他本身就不是一个墨守成规的谦谦君子,他也不屑于此。这一点在《李敖这个人》中体现得非常到位。

总体来看,李敖是以一名具有战士风范的社会批判家的面貌出现的。陈才生在对他的总评中已经揭示了这一点:李敖从惨绿少年到玩世青年,从文坛彗星到"人民公敌",从论战英雄到高墙重囚,从"笑傲江湖"到竞选总统,他与之同生,与之共恨,他在这里跋涉、驰骋、呼啸、叫战,口诛笔伐,纵横捭阖,富贵不能淫,贫贱不能移,威武不能屈,时髦不能动。这位文化思想界的孤星,在蒋介石偏安一隅的孤岛之上,在国民党一党独大的残山剩水之中,在举世滔滔、众神默默的时代,生根、滋叶、开花、结果。在《复出》章中,作者描述李敖,他此时此刻的斗争锋芒所向已经不再像当年在《文星》时那样，局限于中西文化的论争，李敖现在把矛头直接对准了社会现实，对准了国民党当局，对准了社会上的一切邪恶势力。他认真地思考着民族的过去和未来，发表自己对社会改革的见解，"以历史批判当政政党，以笔杆左右党外选情"。在他发表战斗檄文的重要阵地《千秋评论》出足百期之时，他写道："它的整个精神，就是对一切愚昧、黑暗与恶势力，表达出文字上的记录、揭发与抗议，表现出'期期知其不可'的'敢直言'的精神。"

　　作为一个立体的、现实生活中的人，李敖自有其"高处不胜寒"的孤寂和悲苦，《李敖这个人》中也充分展示了这一点。陈才生在《政治的李敖》一章中写道："李敖不怕苦难的折磨，不怕把牢底坐穿，他唯一的悲哀是不能为人民所理解。"他引用李敖的自我坦言，"作为一个来自白山黑水的人，作为一个午夜神驰于人类忧患的人，作为一个思想才情独迈千古的人，我实在'生不逢时'。严格地说，我根本不属于这个时代，就好像耶稣不属于那个时代一样"。作为作者，为了更注重评传的客观性和纯正性，一般在书中不宜直接站出来进行评述。但在本章的末尾，陈才生亦不无激愤地议论道："在与专制政权的斗争中，李敖的自负与高蹈使他不时陷入一种难言的索寞当中。他感到自己像在爬一座雪山，愈往上爬，温度愈低……他时常想起少年时代看过的一场拳王乔·路易斯的表演，这位找不到'可堪一击'的敌手的拳王在台上走动着，表情一片索寞。"其实，李敖确实是一个外表狂狷而内在索寞的战士，也许正因此，他才用一种完全逆反的方式去迎接各式各样社会和人生的挑战。在末章的《结帐》篇

- 真情再现自动人 -

181

中，作者的急促之声更是流于言外，"他率真、他自负、他自大、他凶悍、他狂傲、他好讼、他愤世、他玩世、他骂世、他勇敢、他侠义、他痛恨伪善、他树敌八面、他快意恩仇、他穷情极性、他温柔敦厚、他随缘入化、他有口无心、他放浪形骸、他穷凶极恶、他横睨一世、他哗众取宠、他怀救世心怀、他存烈士肝胆、他与时代颉颃、他大难来时不皱眉、他打碎牙齿和血吞……"

陈才生的《李敖这个人》给我们勾勒出一个全面的李敖、真实的李敖、实现其价值的李敖。李敖在浴血的抗争中，发出生命的豪歌，撕破一切黑暗与邪恶的假面，甚至也撕破自身逐渐社会化了的假面。最后用金延湘在《我爱李敖》一文中的总评作为本篇评论的结尾："李敖是台湾文化界的一颗'星'，一个'现象'，一个'奇观'。很难想象，这20年的台湾文化圈，如果没有李敖，是个何等单调、寂寞的场面。当然，作为一个文人，造成这种'李敖现象'的，不是他的学问造诣，不是他的大胆见解，更不是他的人格风范，而毋宁是他的特立独行、奇峰突起的表演……试问：李敖当年提出来的让保守派人士视若蛇蝎的那些观点，有哪一点不是在20年的社会变迁中一一兑现的？李敖就是李敖，你不能把他划为哪一类，不能把他归为哪一格……因为，李敖是个不能用正规方法或传统观念加以定性分析的文化人。李敖批评了他的时代、他的社会，他同样也是他所属的社会和时代的集中表现、戏剧结晶。打破这些框框，我们才能平心静气欣赏他的表演，看出他的表演术所带动的社会变迁的力量，而且，有时也会惊异地发现，这些阻碍社会变迁的根深蒂固的力量，往往就是一代又一代地潜藏在五千年文化习染形成的中国人的头脑里面。于是我们才真正看出，同阿里一样，在这种看似疯癫狂妄的行径后面，李敖还是有一个始终如一的战斗对象。只不过，阿里的对手，是根深蒂固的白人优越感；李敖的对手，则是势力更为强劲、内容更加盘根错节的中国传统封建包袱。"

(《华文文学》2004年第6期)

丑、滑稽、幽默与喜剧精神

笑的喜剧效应

无疑,丑、滑稽、幽默是构建喜剧理论的重要基因。现在摆在我们面前一个重要课题:什么是喜剧精神?它与丑、滑稽、幽默之间的关系如何?

作为喜剧性的三基因:丑、滑稽、幽默,其形式指归是以"笑"为载体的,从而传达一种独特的审美效应。喜剧精神包含各种不同性质的笑——那么笑又从何而来?自柏拉图到柏格森,众说纷纭。其中黑格尔的观点,颇有可取之处。他说:"任何一个本质与现象的对比,任何一个目的与手段的对比,如果显出矛盾或不相称,因而导致这种现象的自我否定,或是使对立在实现中落了空,这样的情况就可以称为可笑的。"[1] 即本质与现象之间以及目的与手段之间的矛盾,必然引起滑稽可笑。因为本质一旦呈现,丑恶事物就原形毕露。动机卑劣而又不择手段,在其目的实现过程中必然处处碰壁,贻笑大方。莫里哀《伪君子》中的答丢夫,妄想霸占奥尔贡的家产和他的妻子,尽管用尽心机,到头来落个可耻下场。在果戈理《钦差大臣》中,百般逢迎赫利斯达柯夫的市长和家属以及当地官吏等,最后听说真的钦差大臣即将到来,才知自己上了大当,哭笑不得。

以社会矛盾为基础,组成了丰富多彩的喜剧冲突。亚里士多德指出:"喜剧以下劣的人物为模拟对象",然而"下劣,不是指一切恶而言,滑稽不过是丑的一种,滑稽的事物是某种错误或丑陋,不致引起痛苦或伤害"。当然,喜剧中的矛盾,还可能包含着性格内部的不协调及自我矛盾。正如车尔尼雪夫斯基所说:"丑强把自己装成美的时候才是滑稽。"这种"丑假装为美"的不协调,乃是"否定事物"的一种表现形式。而在另一方,喜剧中的肯定人物身上,其性格中也不乏不协调的矛盾,如李逵自以为成竹在胸,实际上却是犯了错误(《李逵负荆》)。在这种矛盾中包含着性格内部的矛盾:正直、勇敢、果断而又偏信、鲁莽和粗率。《乔老爷上轿》的主人公是一个举人,满腹学问,却又是一个十足的书呆子;刚直豪爽,却又迂腐笨拙。

喜剧效应的出现,固然与丑、滑稽、幽默三基因所产生的"笑"是分不开的,但这种笑是有着鲜明的社会意识和审美意识的,从而构成所谓的"喜剧精神"。法国戏剧家博马舍在他的《费加罗的婚姻》里,站在被压迫的费加罗和苏珊娜一边,赞美他们坚定的反抗精神和机智的斗争艺术,讽刺伯爵机关算尽,自己反倒落入陷阱,从而构成一组生动的喜剧情节,使观众为费加罗和苏珊娜的胜利而欢笑,同时嘲笑枉费心机和丑态百出的伯爵的狼狈态和尴尬相。

滑稽的喜剧特质

西方美学家常把喜剧的要素之一"滑稽"当作喜剧的同义词。车尔尼雪夫斯基就把"滑稽"纳入喜剧的范畴。他认为"丑乃是滑稽的根源和本质",但"丑"并不一定就是滑稽的,"只有当丑力求自炫为美的时候,那个时候丑才变成了滑稽"。根据此逻辑,他又指出:"一切无害而荒唐之事的领域,就是'滑稽'的领域,荒唐的主要根源,在于愚蠢、低能。因此,愚蠢是我们嘲笑的主要对象,是滑稽的主要根源。"其实质是讽刺,将之称为"讽刺喜剧",用来针对那些危害社会的各种弊病,揭露那些丑恶的、反动的、腐朽的社会现象。我国的传统,就没有把滑稽作为引起喜剧效果的唯一因素,没有把滑稽等同于喜剧性。"滑音骨。滑稽,流酒器也。转注吐酒,终日不已,若今之阳燧樽。言出口成章,词不穷竭,若滑稽之吐酒。"(崔浩语)"滑稽犹俳谐也。滑读如字,稽音计也。言谐语滑利,其知计疾出,故云滑稽。"(姚察语)[2] 虽解释不一,但都强调言语善辩之意。

刘勰的《文心雕龙》已经将滑稽与具有喜剧性的诙谐做了明显区别。他列出专篇对"谐隐"进行系统论述,把滑稽主要理解为形体外表的可笑性,充分肯定其作用。鲁迅对滑稽的描述更接近于我国的传统。他说:"譬如罢,有一件事,是要紧的,大家原也觉得要紧,他就以丑角的身份而出现了,把这件事变为滑稽。"[3]

那么,"滑稽"的主要审美特征是什么呢?它与喜剧性有什么关系呢？其实，滑稽作为喜剧形态，它不像讽刺、机智、幽默那样含有较多的理性意蕴与审美主体的心理烙印。但是，它的审美特征仍然体现了主客体之间喜剧结构对应关系激活的基本特质。一方面，无论审美主体欣赏滑稽情境，还是创作主体创造滑稽情境，都或多或少地激发审美主体与创作主体的某种意志与感情。没有情感的审美与创作是难以想象的。另一方面，审美客体的滑稽对象或多或少地与一定的社会意蕴有联系，或多或少地与对象的内在性格有联系。否则，滑稽仅仅滞留在可笑性上而不具备喜剧性，也就称不上具备所谓真正的喜剧精神。

柏格森在《笑》中引用了大量滑稽形态，以论证他的"生命机械化"说。康德曾举出印度人惊讶啤酒冒泡沫的例子，来论证其实是期望突然落空的理论。里普斯举出大人戴小帽，小儿戴大帽，来说明笑来自大、小的悬殊。这些都具有滑稽性，但都是喜剧的初级形态，没有多少深刻的意蕴。如果把它们与卓别林某些滑稽情景对比，更可以看到这一点。《摩登时代》里夏尔洛在厂里的工作是永不停地拧紧一颗颗螺丝帽，神经紧张、疲劳过度，走在路上竟把行人衣服上的纽扣当作螺丝帽去拧，结果被送到疯人院。这里，滑稽的深处蕴含着极其深刻的社会意义，滑稽已经与讽刺、幽默等喜剧形态融合在一起了。

幽默的自我超越

16 世纪末，英国著名剧作家本·琼生将幽默带进艺术领域，并从人性理论上加以阐释。一百年后，英国威廉·邓波儿爵士在

《诗论》中，不是单从生活结构着眼，而是从社会环境、自然条件和民族特性等方面，来阐述幽默的意义。1927年，弗洛伊德写了一篇《幽默》专论，试图从心理分析的角度研究这一喜剧因素，他认为幽默态度来自超我与自我的控制，就像父母对于孩子一样，幽默家对于人间的苦恼，有时也像大人对待儿童。他说："我们如果承认幽默态度的根源在于幽默家已将自我的专注移置在超我身上，那么我们就可以得到关于幽默态度的动态解释。超我经过这样充实和光大之后，就会觉得自我渺乎其小，而自我的利益也就微不足道。"

把幽默作为喜剧形态研究的论说很多。别林斯基评论果戈理时谈到有两种幽默，一种是"苦辣的、恶毒的、无慈悲的幽默"，这实质上是讽刺；另一种是"平静的幽默，在愤怒中保持平静，在狡猾中保持仁厚的幽默"，这才是真正的幽默形态。车尔尼雪夫斯基指出，幽默的人天性委婉，富有激情而又善于观察，正直而又善于自嘲。这是因为，他自身的弱点"妨碍他成为一个真正的人"，无非是因为在他看来，"它们是与一般的人类尊严相矛盾的"[4]。英国美学家梅瑞狄斯认为："幽默之所以不同于它所属的喜剧性，是因为当我们看到某种可笑的乖讹之处时，幽默在我们身上激发起来的是同情的感情。"[5]

幽默之所以成为构建喜剧精神的深层内涵，是因为它是一种超脱而潇洒的人生态度。幽默的人在观察世界时从理性出发，但更带有丰富的感情；他遇事都要设身处地，在严肃中蕴藏着宽厚仁爱；心胸博大，处逆境而泰然自若；在嘲笑别人荒谬愚蠢的言行时，同时嘲笑自己的缺点错误；常存悲天悯人的心情，又有积极乐观的精神。他并不鄙视别人身心的缺陷弱点，所以显得豁达乐观。幽默并非单纯的滑稽或荒谬，虽然引人发笑，却在笑中蕴有更大的社会意义，令人浮想深思。

幽默与滑稽的对应关系在于，如果滑稽以"肯定的事物"的方式出现，形成无害的荒唐（如《李逵负荆》），那么这种"滑稽"并非就是"讽刺"，它的表现主要是"幽默"。"讽刺喜剧"和"幽默喜剧"虽然都以"滑稽"为特征，但后者不是针对反动、腐朽的丑恶现象，而是或对生活现象中某种局部性的缺点进行善意的嘲笑，或表现人物的目的和行为方式的矛盾、人物性格内部的矛盾，这些矛盾现象也可以构成"滑稽"，显得荒唐可笑。简括地说，"幽默"中往往渗透着更多的同情心。不过"嘲笑性"的"幽默喜剧"也往往被列入"讽刺喜剧"的范畴。比如我国作家丁西林的喜剧风格，素以洗练明净、机智幽默著称。他的作品不以热闹的情节取胜，而以隽永的语言见长，他所要求的效果不是哄堂大笑，而是会心微笑。从他的《一只马蜂》到《妙峰山》，他对剧中人物并非没有爱憎，但是他的正面人物既无丰功伟绩，他的反面角色也不罪大恶极。他常常是理智胜于情感，冷静多于热烈；虽歌颂而有节制，虽讽刺却不辛辣，加以他的喜剧结构严谨、语言机智，因此他的作品就给人以明快之感和幽默之趣。

从严格意义来说，幽默是喜剧诸因素中最基本的元素，不论讽刺也好，嘲笑也好，或是调侃、自嘲、怪诞等，幽默之本身正是俯瞰这喜剧世界的审美心态，其目的如马克思所说"人类能够愉快地和自己的过去诀别"。

审丑学发凡

喜剧从它诞生之日起,就同"丑"结下了不同寻常的亲缘关系。丑很早便悄悄叩开艺术美的大门,显示出它独有魅力。丑是什么,却像幽灵一样扑朔迷离。亚里士多德说:"滑稽是丑的一个分支",滑稽性的丑"不致引起痛苦或伤害,现成的例子为滑稽面具,它又丑又怪,但不使人痛苦"。[6]

正如里普斯断言,"丑"只是一种"美"的陪衬而已,这虽有一定道理,但毕竟过于单一,并未能揭示出"丑"的美学内核。雨果也同样表述了类似的观点:"古老庄严地散布在一切之上的普遍的美,不无单调之感,同样的印象总是重复,时间一久也会使人厌倦。崇高和崇高很难产生对照,于是人们就需要对一切都休息一下,甚至对美也如此。相反,滑稽丑怪却似乎是一段稍息时间,一种比较的对象,一个出发点,从这里我们带着更新鲜、更敏锐的感觉朝着美上升。"[7] 一般说来,作为畸形、缺陷的断臂伤残人的形体是不美的,而维纳斯由于那断臂反而形成了难以言传的美。东施并不丑,西施之颦无疑是美的,"东施效颦"的两者不谐调组合却呈现出丑。只有将丑放在主客体的社会实践关系中考察,才有可能使探索沿着正确的路线,逐步接近真理。如把丑放在特定的关系中考虑,可以看到丑与美的相互转化不是偶然的,而是潜藏着某种必然性。莱辛说正是阿芙洛狄特这位司掌着全部感情的美神,挥动着自己的美臂,化腐朽为神奇,化肃杀为蓬勃,化苦痛为欢乐,化激愤为微笑……一句话,化丑为美。歌德宣称:"我们称为罪恶的东西,只是善良的另一面,这一面对于后者的存在是必要的,而且必然是整体的一部分,正如要有一片温和的地带,就必须有炎热的赤道和冰冻的拉普兰一样。"[8] 所以歌德的文字,就反映了人类感情心理两极的共存,虽然"美与丑从来就不肯协调",却又"挽着手儿在芳草地上逍遥"。

值得我们思考的是,现代"审丑学",已不仅限于简单的美丑对立关系,它远远突破了喜剧理论的一般概念,以其哲学和宇宙的沉思、多元和开放的创作,为我们重新组合了"喜剧精神"的内核。流行于西方的表现主义艺术、存在主义文学、黑色幽默小说、荒诞派戏剧等,往往更富于喜剧性,其人物都往往滑稽地类乎丑角。当然,由于象征手法的广泛运用,这里的喜剧都是一种广义的象征主义喜剧,因而它所讽刺的,不是什么典型环境中的典型性格(具体),而是普遍环境的普遍性格(一般)。

毫无疑问,现代艺术家们出于他们的逆反心理,在那个被他们认为是颠倒了的世界上,把自己的艺术注意力也颠倒一下,反古典之道而行,怀着悲愤的心情与努力重建人类的审丑力。他们要借着这种审丑力,把所体验到的被认为是本质意义的丑在诗行、画布、乐谱、舞台……上突出地反映出来,从而创造出一种完全不同于传统诗情、画意、乐思、剧情的丑诗、丑画、丑乐和丑戏剧,总而言之,丑艺术!现代西方的艺术才情,恰恰表现在敏锐的审丑力上。他们决不愿意囿于"美的圈"(鲁迅),而偏要把注意力集中在传统以为不可以表现的鼻涕、大便、癞头疮、毛毛虫上。这样,"丑"的概念就具备了历史积淀于其中的丰富内

- 丑、滑稽、幽默与喜剧精神 -

涵,这个词在很大程度上是对迄今为止西方感性心理的总结。

正因为有了这种满眼皆丑的目光,现代艺术家们怎能不把他人看作地狱(萨特)、把自我看成荒谬(加缪)、把天空看作尸布(托马斯)、把大陆看作荒原(艾略特)呢?他们怎能不把整个人生及其生存环境看得如此阴森、畸形、嘈杂、血腥、混乱、变态、肮脏、扭曲、荒凉、苍白、孤独、空虚、怪诞和无聊呢?正如尤涅斯库所说,《秃头歌女》作为喜剧,表现的是不常见的事物,"在这样一个看起来是幻觉和虚假的世界里,存在的事实使我们惊讶。那里,一切人类的行为都表明荒谬,一切历史都表明绝对无用,一切现实和一切语言都似乎失去彼此之间的联系,解体了,崩溃了;既然一切事物都变得无关紧要,那么,使人付之一笑之外,还能剩下什么可能出现的反应呢?"[9] 荒诞的戏剧家亚达摩夫在自杀前不久,曾惨淡地说:"一切人类的命运同样是徒劳无益的。无论断然拒绝生活或是欣然接受生活,都要通过同一条路走向必然的失败、彻底的毁灭。"正是这种毁灭感、末日感,使得人们在不同路上殊途同归,因而使得悲剧与喜剧殊途同归。正是西方现代心灵中荒诞的现实,导致了这种荒诞的戏剧家对戏剧的荒诞认识,导致了这种为审丑学所独有的悲剧性的喜剧、喜剧性的悲剧。

走近喜剧精神

凡是丑的艺术作品,都可以说是广义的象征主义作品,是从西方现代的、悲观感性心理中流露出来的"异化"世界的贴切象征。包含丑的喜剧形象的审美本质不是丑，也不是丑与喜剧精神的简单之和，而是丑与喜剧精神融合而成的新的有机审美形态。喜剧精神是使丑显现出喜剧美的火光，没有它，丑只能在美的阴影下徘徊。阿 Q 头上的癞疮疤只有在鲁迅的喜剧性精神的照耀下，才能在文学史上放射出喜剧性的光辉。否则，癞疮疤不论生在谁的头上，总为人所嫌弃和厌恶，更谈不上引起世人的注目，起到令人惊醒、感奋的审美效果。

诚然，喜剧精神是人类智慧的高度显现，人类智慧的发展与人类自我意识紧密相连。智慧是喜剧精神的必备条件，这正是世界上众多理论家把喜剧与智慧放在一起论述的内在逻辑。喜剧精神只在人类之间相互交往的活动中产生。人类在那异常艰苦的人与自然斗争的社会实践中发展着自己的聪明才智，孕育着自身的喜剧精神。

只有喜剧精神，才能将丑、滑稽、幽默三者有机地统一起来，只有喜剧精神才能真实揭示客体对象的丑与环境的关系，使丑显示出喜剧性，就如罗丹所说的，喜剧精神是点"丑"为美的"魔杖"。旧社会遗留下来的污泥浊水，吞噬人们心灵的腐朽意识的霉菌，那种自大与自卑、排外与媚外、麻木与狂热、贪婪与自私……无疑都是与社会主义阶段的生产关系、意识形态不相容的丑恶现象。同时，又是人类从旧社会脱胎而进入新社会所不可避免的现象，善于认识自我、解剖自我的喜剧精神能够揭示出这些丑的灭亡的必然性。客观的丑就不再是孤立的存在，而是在与世界历史发展变化趋向的联系中显露出可笑的喜剧性来。

只有喜剧精神，才能使创作主体的审美理想渗透在丑的对象之中，让丑的否定与理想的肯定统一起来。丑的客体经过创作主体加工而成的喜剧性的形象包含着创作主体的审美理想、爱憎褒贬，或溢于言表，或深藏底层，使人感受到丑的衰亡与理想实现的必然。出卖耶稣的叛徒犹大的灵魂令人战栗，表现在达·芬奇的名画《最后的晚餐》中，叛徒侧身后倾，右手紧握钱袋，神态惊惶、畏缩。作家的审美理想如聚光灯一样将丑笼罩，丑的形态在强烈理想之光的烧灼下失去原先的恶之力，丑被鞭挞得体无完肤，永远钉在人类的耻辱柱上。丑的否定与理想的肯定使主体的心灵得到"美"的升华。

只有喜剧精神，才具有无情的自我否定力量。喜剧精神不仅要求人类对自我的认识从低级向高级不断发展，还要求人类对其本身存在着的一切丑的无价值的东西，进行无情的剖析和否定。巴尔扎克所同情的对象是他隶属的贵族阶级，但对于这个阶级暴露出来的腐朽、丑恶，他敢于正视，把它们撕破公诸人世间，并以"喜剧"的名称给予尖刻辛辣的嘲笑。鲁迅不遗余力地扫除积淀在民族心理上的污垢，纵横恣肆地刺破生长在人类肌肤上的一个个脓疮毒瘤，又时时毫不留情地解剖自我。这就是伟大作家所具备的无情否定自我的喜剧精神。只有否定自我，人类才能向自己的过去诀别；只有否定自我，人类才能真正获得自由。

参考文献：

[1] 黑格尔. 美学. 北京：商务印书馆，1991：291.

[2] 任二北. 优语集·意说. 上海：上海文艺出版社，1981：3.

[3] 鲁迅全集. 北京：人民文学出版社，1982：272.

［4］车尔尼雪夫斯基论文学．上海：上海译文出版社，1979：94-95.

［5］近代美学史评述．上海：上海译文出版社，1980：222-223.

［6］诗学·诗艺．北京：人民文学出版社，1962：16.

［7］西方文论选．上海：上海译文出版社，1979：185.

［8］欧美古典作家论现实主义和浪漫主义．北京：中国社会科学出版社，1980：282.

［9］外国现代剧作家论剧作．北京：中国社会科学出版社，1982：168.

(《河南师大学报》1997年第2期)

理性烛照下的艺术感觉世界

——新时期文学一面观

作为文艺创作心理活动的两翼，感觉是契机，是启动艺术思维的原力，是文学家心灵的折光；理性是调节和指引感觉的重要环节，在某种意义上，它稍晚于感觉的光临，但随着感觉世界的逐步深入，它即与感觉并辔行进，如一盏神灯，烛照感觉活动，把握艺术创作的航向。

新时期文学创作中一个引人注目的现象便是出现了许多以描写感觉为其主要内容的小说，在这些小说中，现实生活在作家笔下成了感觉化、情绪化、心理化的现实，作品中所反映的人与自然是作家主观个性的感觉与体验的投影。这些小说较之传统小说不同的是：它已冲破了传统小说中性格、情节、环境是创作的三大支柱的规范，对它们进行了改造或重铸；它们不再着意于刻画人物性格与个性特征，而是在人物心理轨迹、心灵感应、主体感觉上进行描绘；它们不再关心故事情节的因果联系，不再追求有头有尾、循序渐进，而是经常出现无故事情节，或虽有故事，而追求连续性中断的自由模式；它们不再在典型环境的描写上精心安排，或仅仅把环境描写作为人物性格的衬托与渲染，而是常用作抒发感受、表达情绪之网，以期获取弦外之音，环境描写不是为了交代背景而存在，而是有着自己独立的审美空间与象征意蕴。这些感觉小说的出现是文学把握时代生活的思维方式变更的结果，这一建立在感觉把握上的表现方法，适应了紧张、复杂的现代生活的内容与方式，满足了现代人的骚动不安的审美心理要求，与时代的发展是相一致的。

文艺创作的感觉世界，对于新文学来说，基本呈现一种开放而多元的姿态。尽管如此，它仍与西方及我国20世纪三四十年代的"新感觉主义"有明显的不同，自有着独立的特色。首先在于努力捕捉瞬间印象，强化主观独特感受。这表现在一些作家以主观的感情色彩与个性的感觉、体验作为描写的依据，来追求诗的氛围，散文的神韵与空灵意识。何立伟在《白色鸟》中描写一个热辣的夏天，在苍凉而空旷的河滩上，两个少年在玩耍，忽然传来的锣声及"今天下午开斗争会"的喊声，惊飞了两只水鸟，破坏了宁静如画般的境界。作品正是通过两个少年欢快的情绪被突兀的锣声、喊声所击碎，反映"美的瞬间的破坏与毁灭"，折射出时代、社会的动荡，作家主体感受与感情色彩都是十分强烈的。作家莫言的个性感受似更敏锐、独特与强烈，在他笔下有着许多超越寻常的感觉描写。如《金发婴儿》中紫荆的情欲是由那只金光闪闪的大公鸡引发；《球状闪电》中的蝈蝈，终身为少年时代尿炕所带来的耻辱压抑着；《爆炸》中的"我"可以穿透墙壁看到另一间屋中的产妇在分娩；《枯河》中的男孩能伴着树枝慢悠悠地落下来。在莫言的感觉小说中，狐狸有了自觉意识，刺猬可以与人交流感情，鸭子有了同情心，狗能通人性……正因为主体的直觉，使观察对象发生了外在的变异，从而大大拓深了作品的内涵，强化了撼人的艺术效果。

注重感觉，在表达上更注重整体象征的方法，以展示多重意蕴与丰富内涵。这种象征描写，通常采用夸大、变形的方法，因而给人带来奇特、诡谲、荒诞之感。韩少功是善于描写动物的，在《诱惑》中，小动物在体积上被大大地夸张、放大了：一条蚯蚓有数尺之长，一尾蝌蚪有核桃般大，一只蜘蛛有拳头样的身躯。这些带有神话倾向的描写，显然与作家独特的艺术感觉相联系，寄寓着某种象征意蕴。作家莫言说过这样一句话："没有象征和寓意的小说是清汤寡水。"这是因为它难以调动接受者的强烈的主体意识和再造意识。因此，莫言的许多小说都不放弃通过对物象与物态的夸张、变形描写来寄寓象征内涵。红萝卜流动着"活泼的银色的液体"（《透明的红萝卜》），黑夜的人变得影子似的"漂浮起来"（《枯河》），隔着厚厚的墙可以"听到产妇肌肉撕裂的声音"（《爆炸》），割下耳朵盛在瓷盘里可以"跳动、打击得瓷盘叮咚叮咚响"（《红高粱》），这些都是作家主观精神的外化。同时，通感艺术手法的运用、审美感受的完整传递，把五官感觉沟通起来，进行交错使用，以便使一种感官所获知的印象转化为多种刺激，更逼真地表现心理化了的多彩世界与生活，是感觉世界的另一特征。女诗人傅天琳在《田野》一诗中写道："灯火，蛙叫和干草的气息，展开一个朦胧又清晰的传说。"这里诗人把作为光线的灯光，作为声音的蛙叫与作为香味的干草气息汇聚一起，使色、声、味诸感觉合成一个"传说"展开。莫言在《枯河》中，有一段对小虎死亡的描写，把视觉实体的"太阳"比作听觉形象的音乐，再变成触觉形象的温暖，最后回归为视觉中的火苗："在这沉默中，太阳冉冉出土，耆然奏起温暖的音乐，音乐抚摸着他伤痕斑斑的屁股，引燃他脑袋里的火苗，黄黄的，红红的，终于变绿变小，明明暗暗，跳动几下，熄灭。"这里的感觉一再挪移，十分微秒，隐秘地表现了小虎临近死亡时的感觉与氛围。

也许出于作家对生活精致、独特的艺术感觉，在语言使用上有着强烈的创新意识，他们往往不拘一格地追求反常规的语言，追求语言的音响与色彩，有时表面上看起来虽然显得粗糙、随意，不讲究修辞以致佶屈聱牙、残缺、艰涩，但有着内在的张力。莫言在《爆炸》中有这样的语句："父亲的手缓缓地举起来，在肩膀上方停留三秒钟，然后用力一挥，响亮地打在我的左腮上。父亲的手上满是棱角，沾满成熟小麦的焦香和麦秸的苦涩，六十年劳动赋予父亲的手以沉重和崇高的尊严，它落到我脸上，发出重浊的声音，犹如气球爆炸。"这一记耳光，不仅打出了动作姿态，打出了声响，还打出了气味。

注重感觉，必然追求一种自由、散漫的文本结构。在叙事过程中，经常采用与传统小说直线、完整的结构相悖的反传统的叙述方式，没有中心事件，打乱时空顺序，不注重人物来龙去脉，无意交代事件前因后果，无拘无束地抒写心灵轨迹与意识流程，并经常把互不连属、片段零散的细节、事件随意加以组合，形成散状交叉或立体环状式的多层次的结构形式，呈现出跳跃脱节、支离破碎、杂乱无章的现象，以表现人在认识世界与自我中的种种感觉与心理外化。以迪斯科节奏步入文坛的女作家刘索拉，似乎一直以跳跃式的快速节奏来写她的小说，在《你别无选择》中，就常出现"疯狂的脱节"，如："贾教授当众宣布了考试时间，科目，又是十门。一下课，马力就嘟哝了一句'×'。从此身上老带着一盒清凉油。"仅仅几十个字，把三种时域里的三件事一下子延展到未来，而下边的情节又跳跃到眼前。作品中蒙太奇的快速节奏代替了惯用的传统的转换手法，适应了表现弥漫在音乐学院里的"不和谐"的音符与气氛。诚然，作为传达某种思想的载体，文学作品"不容纳抽象的哲学思想，不容纳理性的思想，它只容纳诗的思想"。因此，作家主要是运用他的艺术感觉力所感觉过的特征细节来进行思维的。譬如张抗抗在小说《爱的权利》中写道："他立在晴朗的夏日，带着他们姐弟去松花江游泳，在白玉似的沙滩上拉琴，让琴声和江水一起流入大海。"又如肖洛霍夫在《静静的顿河》中写到葛利高里抱着阿西尼亚的尸体，抬头一看，看到了一个黑色的太阳。这里描写的"和江水一起流入大海的琴声"和"黑色的太阳"，都是带上了艺术感觉色彩的细节，同实际生活相比，是变了形的。然而正是这样的直感性，作品才产生了惊心动魄的艺术力量。在艺术创作中，强调艺术感觉的重要性，有助于克服概念化、类型化的现象，以不断丰富和发展创作个性。长期以来，我们的文学创作中存在着单纯、过分地一味强调丰富生活经历对艺术创作的重要，忽视艺术感觉在创作中的意义和作用，艺术感觉受到人为的禁锢，呈现萎缩状态，导致艺术成了思想、观念的传声筒，失去了自身的独特功能及个性品格。曾有一些文学艺术家十分热情地泡在生活中，有着较为丰富的生活经历，仍未能创作出很好的艺术作品，其中，缺乏对生活的敏锐、丰富、独特的艺术感觉，正是一个主要原因。契诃夫在读了高尔基早期短篇小说《草原上》之后赞赏说："你的感觉很出色，你善于雕塑，那就是说在描写事物时看见它，用手摸到了它，这才是真正的艺术。"(《契诃夫论文学》) 诗人艾青说："诗是由诗人对外界引起的感觉，注入思想感情而凝结为形象，终于被表现出来的一种'完成'的艺术。"何立伟也说："我不擅思辨，乃重感觉与情愫。"(《关于〈白色鸟〉》) 实际上，文艺家在进行创作时发现与捕捉生活的美，并不是先进行分析、推理，判断是否美与为什么美后再进行取舍的。他们往往凭着艺术感觉，一眼就猎取生活中那些异乎寻常的东西：不论是无形的或有形的，具体的或抽象的，凝固的或流动的，从中构筑起奇妙的艺术殿堂。虽然其中内在的意蕴还来不及去理解，需要依靠文艺评论家进行阐发，但并不妨碍作品形象的铸造与独特风貌的形成以及具有深刻内涵的包藏。因此，艺术创作中的思维，主要是依靠作家的艺术感觉与艺术直觉，运用生活中摄取的特征性细节，通过能够联结和化合这些感觉与细节的艺术实践活动来完成的，整个创作活动自始至终保持着对感性材料的直接把握。

但是，人的感觉与动物不同，它是在人类改造世界的长期实践中发展完善起来的，哪怕人的一个很简单的感觉，也包含一定的抽象和概括，渗透着理解能力。所以马克思说，人的感觉简直能"直接在实践中成为理论家"。同时，人的感知活动总是在现有的"心理定式"的基础上进行的,当人在感知一个对象的时候,他所获得的感觉内容,是在他过去的物质生活和文化生活所造成的全部心理功能、精神追求、文化素养的指引与参与下,综合而得的产物。正如席勒所言:"无意识加上理智即造就诗人艺术家。"因此,在艺术创作中,理性精神的导引,可以使作家、艺术家居高临下地审视社会、人生,以便获得总体感觉;帮助作家、艺术家确定方向、拓展思路,从宏观上把握创作主旨与构思基本轮廓;可以获得思维的"光亮",使文学艺术家的生活与艺术经验得以凝聚。文学艺术家面对的是丰富、复杂、变化多端、骚动不安、宏大无比的自然界与人类社会生活,只有借助理性之光才能洞幽烛微、辨优识劣,获得对生活的巨大穿透力,以凿钻人生、社会、历史文化的坚硬岩层,揭示出富有深邃题旨、寄寓深广意蕴的东西,使之超越具体本相,向更高的艺术境界飞升。理性精神对艺术感觉的重要,还在于它能帮助作家、艺术家对所感觉到的杂乱的生活素材、原材料进行过滤、筛选、检审、组合、加工、升腾,以凸现生活感受,获得构筑现象体系的能力,使作品获得深度、广度、高度与力度。可以说,理性思想是文学艺术创作与作品的魂魄所在、命脉所系。这也是古今中外文学艺术巨匠之所以愿意付出心血不断追求它的原因,并使其作品虽经漫长时间淘洗而流传不朽,以其思想与艺术魅力征服一代代读者;这也是很多大文学家同时也是大思想家的缘故。

剖析文艺创作的感觉世界,我们不难发现,艺术形象中所表现的现象形态,已不是生活的"原生态",它已使生活现象中彼此相异、互相独立的杂多,转化为具有内在联系的多样性统一,成为一种复合的存在，饱含着作家的思想感情和理性光辉。巴尔扎克在小说《无名的杰作》中举过一个例子：将你恋人的手拓个石膏模型，放在面前，会看不到一点相似之处，这只是僵死的手。而后请雕塑家来做，他不提供精确的复制品，却传达出运动和生命。这是因为雕塑家完成的不只是手的印象，而是抓住了事物的灵魂、意义、性格面貌，通过这只"手"的作品，传达了一种生动的思想。在艺术感觉的全部过程中，抽象思维和理解帮助形象思维权衡着感性材料的意义，指导着感性材料的取舍和缀合，提炼着情感的性质和力度，启迪着想象的方向。王蒙在构思《眼睛》时，原本打算写一个著名的模范人物去借书，感动了乡村图书管理员的故事。随着写作过程的展开，忽然考虑，如果那个女主人公不是有名气的模范人物，事情又会怎样呢？难道她的行为就不那么光彩照人了吗？当然不是。人的价值、人的行为的价值应在于人和人的行为本身，而不在于人的名气、称号、身份。当这个思想明确之后，作家有一种狂喜的心情，只有不把她写成著名人物，才有意思，才有新意，才能有一串真真假假，既象征又现实的情节。在他的形象构思和感觉世界中，抽象思维的推理和判断，没有削弱形象的力量，相反，给予了形象思维以启示、灵感和认识的飞跃，充实了感觉世界的内在意义。

不可否认，确实有一些艺术家感觉十分独特，并以夸张、变形、荒诞等手法表现出来作品，但其间却包孕着深刻的哲理因素，诸如王安忆的《小鲍庄》、阿城的《遍地风流》、朱春雨的《橄榄》、谌容的《减去十年》、马原的《冈底斯的诱惑》、何士光的《似水流年》、贾平凹的《下棋》和《二月杏》、韩少功的

《爸爸爸》和《女女女》等，多用变形、夸张、荒诞手法，同时也获得理性因素的加强。也有些作家在创作中尽管仍以艺术感觉去获得素材的掌握，但其理性意识很清醒强烈。古华由于有着"通过一个小社会来写大社会，来写整个大的变动着的时代"的理性意识，写出了具有深度的《芙蓉镇》。老作家茹志鹃在谈她的创作体会时也说道："我喜欢从生活中发现那些有寓意的，有深刻思想内容的东西。"（《漫谈我的创作经验》）作家萧马以理论家的眼光扫描着历史，透过生活现象深入探索人生，思考过去，并以历史意识把今天、昨天与明天联系起来，把个人遭遇与民族命运沟通起来，概括时代精神，领悟事物底蕴，正是这种自觉的理性思想使他创作出《钢锉将军》《晚宴》《纸铐》等佳作。王蒙在谈到艺术感觉与理性判断关系时也说："不应该把感觉、印象、联想与思考、概念、判断截然对立起来"，也不应"把心理与生活和社会对立起来"。（《关于"意识流"的通信》）正因为作家对现实的反映是一个完整的知、情、意三者相互联系、相互制约、相互推动的过程，因此，在艺术创作中，一方面，作家的理性渗透在他的感觉世界中；另一方面，他的感觉世界、他的想象中也包含着判断的因素，他的情感中包含着认识的成分，两者整合成一个有机的整体，一个"有意味的形式"。

同时，我们也应该充分认识到，艺术形象所蕴含的思想内容和理性精神，不是照搬理论写作中的论断，加以形象解释的结果，而是艺术家用艺术触觉去感受，用满腔热情去体验，用赤诚的心去探索得来的，是与创作中艺术家的巨大欢乐或者痛苦一起诞生、一起生存在饱满的形象体系中的。它绝不像抽象逻辑形式的理论思想那样概括、那样客观、那样清楚，它与诗性同存，与魅力共生。这样的"理性"，靠纯粹的抽象思维是创造不出来的。因此，强调理性精神，绝不是以牺牲艺术感觉、降低艺术要求为条件与代价的，而是强调理性的烛照，特别是现代意识、现代审美方式的透视，而这种理性意识的注入是与作品中的人物、情节、情感、结构、情绪、语言等因素水乳般交融在一起的。在有才能的文学艺术家笔下，理性精神与艺术感觉、思考与直观总是互相渗透、融合、贯通着的，存在着互补共进的包容关系。它们往往结伴而行，虽然有时一个呈现潜态，另一个呈现显态。新时期文学中许多有影响的作品，常以其理性烛光的照耀而显示出主题的深邃性，这表现在作品形象中灌注着的哲理思想的加强与阐发。随着作家主体意识的不断强化，这种理性精神的高涨，还表现在作品中象征意蕴的推进与简化抽象的运用。如张承志的《北方的河》《大坂》对人的个性精神的呼唤；邓刚的《迷人的海》，体现出人的进取精神与生命意识；郑万隆的《老棒子酒馆》观照了生命力量与人格强度；陈村的《死》以死亡意识宣泄了对生命价值观的激烈情绪；李玉林的《鼠精》寄寓着"在战胜敌手的同时战胜自己"的哲理；贾平凹的《古堡》揭示了改革的历史动力与民族出路在于革除落后和愚昧的深刻哲理。

毋庸讳言，理性一旦纳入形象思维的轨道，进入有血有肉的感觉世界，就能变成艺术家必不可少的敏锐的感受力和穿透力，使作品成为具有永恒生命力的超越性的艺术。

(《北方论丛》1996年第4期)

作为小说环境的背景地及其审美内涵

一

小说主要是写人,但人并不是在真空里生活。"人要有现实客观存在,就必须有一个周围的世界,正如神不能没有一座庙宇来安顿一样。"(黑格尔)所以作家必须用细节来为人物的活动创造一个具体的环境(包括地点、时间、气候、自然环境、社会环境以及生活气氛等)。没有这样一个具体的环境,小说中的人物本身就会变得很抽象,从而失去他的现实性和真实性。作为小说要素的环境描写可以非常细致逼真,使人"如临其境",如《红楼梦》中生活环境描写真切到使人可以仿造"大观园"的地步。小说也可以描绘出宏观的时空氛围,如《战争与和平》中波澜壮阔的战争场面、奢华做作的宫廷情调以及战前到战后沧桑巨变的历史感等。小说还可以"具体""客观"地描写非现实的环境,如《西游记》《格列佛游记》等,都是从虚幻的前提出发(即假定存在这样的非现实世界),而环境细节则依据人们的常识经验与逻辑描写，因而造成真假迷离的特殊效果。

不同风格的小说对环境描写的方式不同。"一分钟小说"就很难设想有什么具体描写。一般说来，现实主义（尤其是19世纪批判现实主义，如巴尔扎克、狄更斯等人的作品）强调再现性，因而特别注重环境。巴尔扎克对法国社会的经济、政治、风俗乃至具体环境（如《高老头》中的伏盖公寓）的重视超过了对情节事件的重视，他自称是"风俗研究"而不是讲故事。所以恩格斯在《致玛·哈克奈斯》中说："在这幅中心图画的四周，他汇集了法国社会的全部历史。"这样的小说就是凯塞尔所说的"空间小说"。

既然小说这种艺术样式较之其他艺术样式有其内在构成上的复杂性和成熟性，那么小说中所设定的背景地，也是其产生复杂性的重要因素之一。作为小说环境的重要构成因素，背景地主要指小说所刻画、描绘和叙述的人物及故事活动和发生的包含着美和文化意蕴的空间。或许，我们可以把它称为"自然环境"，但这个术语并不十分准确，特别是"自然"二字，很容易使人产生理解的歧误。在新时期小说创作中，作家们对小说背景地的追求是极为刻意的，我们至少可以列出比如陆文夫的"小巷"、贾平凹的"商州"、李杭育的"葛川江"、郑万隆的"异乡"、莫言的"红高粱"、刘绍棠的"大运河"、何士光的"梨花屯"、朱晓平的"桑树坪"、肖亦农的"黄河"和马原的"拉萨"等背景地来加以证明。应该说，小说背景地在它的语言符号的体现上是简单明了的，是不变的，有着较强的"恒定质"。然而，由于它与小说中人物、故事的相互投射和相互作用，它的内涵就变得有些复杂了。特别当我们了解到如上所提到的不少作家都刻意"塑造"

一个背景地或不厌其烦地描述它的时候，任何接受者都会更敏感于小说背景地的重要和复杂。

对于这个问题的探讨，我们首先必须认识到，既然小说中的背景地是典型环境的有机组成部分，都是作家艺术虚构的产物，是不能把它与实际生活简单对号的，因此我们有必要看一看在具体文本中，典型环境所呈现出的种种不同的表现形态。这大致可分为写实环境、假托环境和虚幻环境三类。

写实环境是比较接近现实生活的确指环境。这种环境所呈现的人物的具体生活环境和社会环境，都与人物所处时代和社会的世态人情、时尚习俗等比较切合。以真实地、细密地、典型地反映生活见长的现实主义作品中的环境多是实境。如批判现实主义大师巴尔扎克的很多作品中的环境，就是写实环境。作者对人物的服饰、居室、活动场所，对各种复杂的现实关系等，都描写得非常真实、精确，因而作品有很高的认识价值。在这种典型环境中的背景地，不论是巴黎生活场景，还是外省生活场景，都因过于写实而缺乏提领主题旨趣的独立意义，不能称作是典型的背景地。

假托环境是比较接近现实生活的虚指环境。这种环境中具体生活环境的描写和历史趋势的揭示都比较符合生活的逻辑，但又并不确切地实指某一具体的历史时期和地方，而是虚拟或假托一个朝代或地点。有时戏剧作品更能说明问题。如莎士比亚的著名悲剧《哈姆雷特》，作品的故事最早出现于10世纪，原为斯堪的纳维亚的传说，16世纪被法国作家译成法语，而后又被英国剧作家以悲剧的形式搬上舞台。莎剧即直接取材于这个流行的复仇悲剧，但作者的改编赋予它新的灵魂。剧中身为王子的哈姆雷特，其实是一个满怀着人文主义理想的青年,他所处的罪恶而腐败的"丹麦王国",只是一个虚指的环境,也不能简单地归结为影射当时的英格兰,它具有深广的概括性,真实地映现着"一个颠倒而混乱的时代"。在主人公与这个虚指的环境的冲突、碰撞中,闪出了人文主义思想的火花。再如布莱希特的《四川好人》,通过主人公沈黛欲为善而不得的故事,表现人的善良性格与行为不容于人剥削人的社会制度这样一个具有普遍意义的主题。故事虽然说是发生在中国的四川省,但它并不是以中国事件为题材的剧作,这不过是一种假托而已,它所表现的主题适合一切存在着人剥削人现象的地区和国家。可见,能够折射现实、体现时代精神的假托环境,也能恰到好处地成为文学作品中的背景地,并且更具概括性和典型意义。

虚幻环境是一种非现实的环境。人物的具体生活环境完全超出了生活逻辑,远离现实,但其中处于特定艺术情景中的人物关系,却合乎情理逻辑,并在更高层次上,映射着深广的社会历史内容,具有普遍的现实指向性。如《西游记》一类浪漫主义作品中的环境,《城堡》《万能机器人》等西方现代主义作品中的象征性环境,貌似荒诞不经,而又高度真实,达到了对现实生活一种形而上的概括,因此也是一种文学作品中的"颇有意味"的背景地。

二

作为小说环境的背景地,其基本功能主要体现在两个方面。首先是空间的实在感。一部完整的小说作品是不可能没有背景地的，即便是微型小说也有背景地。或许在某些小说里并未直接描写，但作为一种"虚化"的存在，背景地也还是镶嵌于作品中的，使人物的活动能够得以凸现，这里的背景地实际上就成了一种"底色"，人物则成了被突出的色彩，而两种或两种以上色彩的映衬、对比、调和，才产生了真正意义上的让人有所触动的图画。"六要素"中的"地点"，在小说中如能与人物、故事相互渗透、影响和作用，就可能成为真正意义上的小说背景地。尽管写作的"六要素"里时间被放在第一位，然而有趣的是，现代主义小说家却要打破甚至否定时间因素，而事实上他们已在相当程度上做到了这一点。这是因为"现代主义小说家都把他们的对象当作一个整体来表现，其对象的统一性不是存在于时间关系中，而是存在于空间关系中"，所以"正是这种统一的空间关系导致了空间形式的发生"。从这里，我们得到的启发是，不论现代主义小说如何扑朔迷离，在其文本中，它所"展示"的一切，总是"依附"于某一空间——背景地上的。

因此，小说的背景地在"时间流逝，空间依然"和"相辅相成，相得益彰"道理的作用下，给小说文本的构成和接受确立了一个基本的"位置"，使小说构成的空间具有了实在感，也使接受者对文本的解读有了一个基本的、实在的阈限。比如《阿Q正传》里的那个"未庄"、《红楼梦》里的那个"大观园"、《老人与海》里的那片"大海"、《汤姆·索亚历险记》里的那条"大河"、《鲁滨孙漂流记》里的那个"小岛"和《小径分岔的花园》里的那座"迷宫"等。

其次是故事的确定性。无论是"展示"还是"讲述"，一部小说总是具有一个或一个以上的小说意义上的"故事"或者情节。小说的作者和接受者，都期望着故事的"可信性"，能让人在一定程度上"相信"它，并有某种特定意义的"震动"，给人以某种"真实感"。将故事放入一个实在空间中"统一调和"起来，无疑是一个行之有效的方法。小说背景地在这一点上具有独到的作用，它通过自身的恒定质可以对故事加以"定位"，使故事有一种确定性而不散乱无章；或者看似散乱无章的故事"碎片"，通过背景地的"有机"定位，也可使故事产生确定性。为了追求故事确定性的效果，不少作家煞费苦心地对小说背景地加以千锤百炼。前所列举小说中的背景地，看似随手拈来，顺理成章，其实大有讲究。如果我们把"未庄"与"大观园"，"大海"与"大河"来个置换，就会发现，小说文本里的故事将受到极大的损害，变得极不可信，令人难以接受。因此，小说背景地具有故事的确定性的功能，在于它与故事相依相存，是一个实质上的整体。近些时候的一些新写实小说作者，他们倾向于以一个具体写实的、现今存在于行政区划和版图上的某个空间地点作为小说的背景地，以期使故事具有确定性。然而他们之中成功者极少，所描写的地点并未成为小说的背景地，而是一个显而易见的赘疣，其不成功的重要原因之一就是他们未能很好地理解背景地与故事的关系。

小说的背景地具有"空间的实在感"和"故事的确定性"功能，基础是建立在人与环境是密不可分这一原理之上的。人与环境的关系历来为人们所重视。在研究领域里，有的人侧重于人对环境的作用，而另一些人则强调环境对人的作用。前者如"人定胜天"的说法，后者如"息土之民"和"环境决定论"的说法。

而实际上，人与环境的相互作用才是最根本的东西。因此，作为环境构成中最重要的一个组成部分——体现在小说写作中的背景地，也就不仅是"地"，同时也是"人"了。它极受小说大师们的青睐，也就不足为奇了。比如巴尔扎克就不厌其烦、不惜篇幅地描述了他的小说作品的背景地之一"伏盖公寓"，他认为人的任何行动都会在环境中留下痕迹，通过这些痕迹，我们对人和社会的了解会更加全面和清晰。

恩格斯关于"典型环境"的论述，对我们理解小说背景地的功能是极富启发意义的。1888年，恩格斯在看了英国女作家哈克奈斯的小说《城市姑娘》以后写信给她，批评了小说的不足之处，"您的人物，就他们本身而言，是够典型的；但是环绕着这些人物并促使他们行动的环境，也许就不是那样典型了"。这里实际上指出了小说背景地的选择和描写在一定程度上的失败。小说成功的背景地，无论怎样都应该是"典型"的，应是与小说中所描写刻画的一切浑然一体并有着独到的审美、文化意义的"存在实体"。

三

小说背景地对于小说的空间和故事的强有力的作用，使它在小说的内在构成上产生着独特的审美效应。首先，背景地可以渲染小说的艺术气氛。许多小说作者在这方面有着积极的、自觉的追求。比如美国的"西部小说"，其背景地刻意于荒僻、险恶和奇峭的描绘，无疑使小说的那种趋于冷峻而热烈的艺术氛围得以突现；再如琼瑶小说，其缠绵悱恻的艺术气氛，与小说背景地多以庭院、别墅等趋于狭小的空间为主体不无关系。相较于三毛作品的背景地，我们更能体味出琼瑶小说背景地对作品艺术气氛所产生的影响。又如小说《呼啸山庄》和《热爱生命》，其背景地的选择和描绘，对小说的整体艺术气氛的渲染烘托作用，也是显而易见的。

其次，背景地可以推动故事情节在充满艺术的意味中发展。有些故事，只有在特定的背景地才可能发生并具有艺术的意味；在一定条件下，离开某种特定的背景地，不仅事情不能发生，难以推动故事情节，而且绝无艺术意味可言。在莫言的小说《红高粱》里，那片背景地"红高粱"在推动情节发展，生出艺术意味上具有举足轻重的作用。如果不是那无垠的、深而密的高粱地，我们难以想象"抢亲"这一情节的展开并展开得如此有滋有味；如果不是那高粱地提供了特有的场所和氛围，我们则难以想象那"野合"之事的发生并发生得如此令人震撼；如果没有抢亲和"野合"，自然就不可能有作品中"我"的出现。在张承志的《心灵史》中，那荒凉、贫瘠、恶劣的背景地，简直就是促进故事产生、发生和人物性格成型的最重要的动力之源。而对小说《老井》来说，为了推动情节发展，专门设置了一个背景地——悬崖半山里的一个洞穴（在电影《老井》里，则设计为井塌后余留的空间），让男女主人公做成"好事"，推动故事高潮的到来。

第三，背景地可以为人物提供展示其性格的可能性条件。在某种意义上，这一点是最为重要的。特定的背景地对于特定的性格展示来说，就像是"电"与"灯"的关系，有"电"才有"灯"的"光"，有"灯"的"光"才可以显现其"电"的存在和价值。特定的性格只可能出现在特定的背景地，而特定的背景地才有可能展示那特定的性格。比如我们读巴尔扎克的小说，其中一些主要人物的阴险、奸诈、忘恩负义和唯利是图等性格特征往往表现得淋漓尽致，这无疑与小说的主要背景地——繁华虚荣、灯红酒绿的"都市"有非常密切的关系。再如读马原的大部分小说，其人物的诡谲和神秘的性格特征也展现得相当充分，这与其背景地——"西藏"的联系，当是不言而喻的。另如张承志的小说《黑骏马》里的人物，那粗犷豁达的性格显现，则与背景地——"大草原"是密不可分的。为了写人，作家还可以超出客观的生活逻辑，运用种种非现实的手法为人物设置一个特定的背景地。这在西方现代主义的一些作品中表现得尤为明显。如卡夫卡的小说《城堡》，通过城堡这个象征着虚幻世界和官僚政治的特定环境，表现主人公的虚幻感和无能为力感。再如加缪的小说《鼠疫》，通过一个因鼠疫蔓延而与外界隔绝的封闭城市，表现了人物面对这个环境所做出的不同选择。正是这种特定的背景地，人物对社会人生的种种感受、体验和理解才得到了深刻而充分的揭示。至于现代主义作品中象征性的貌似荒诞的背景地，也无不与作者所持的创作倾向和意图密切相关。作家通过艺术形象所要表现的，是他对人生的审美感受、体验和理解；人物与背景地的描写，不过是作家传达审美意识的方式和手段而已。后者，才是文学作品的深层内涵所在。

　　小说背景地产生审美效应的基础，从理论上看，与"审美空间形式里的每一个单位，它们都综合地发生作用"这一论题密切相关。作为小说审美空间形式要素之一的小说背景地，总是与小说中的其他要素一起综合地产生着艺术魅力。它的魅力不是单一单向的，而是综合的。这意味着小说背景地的魅力并不单纯为背景地本身拥有，而是在小说作品的整体之中，生发出远远大于它本身所具有的魅力。这里的深层次显示，无疑要在文化蕴含与文化的独特性中去寻找答案。

四

优秀的小说作品，总是有着独特的文化意味，能让接受者通过作为环境因素的背景地而体会领悟到特有的文化积淀和文化特色。根据阅读理解的一般原则和小说作品表现背景地的侧重点差异，在分析小说背景地的文化蕴含时，从以下两个问题入手，也许是最能说明问题的。

首先，不同的背景地具有不同的含义。不同文化传统里的不同背景地，文化含义自是各有特色；即便在相同文化传统里的不同背景地，其文化含义也各有差异。比如中国古典小说《红楼梦》，其背景地用一个字概括，可称为"园"。人物和故事展开的活动空间，皆在这个"园"里。作品中的这个府那个府，无不是围起来的"园"。实质上，"园"即是家，集中地体现着农业文化围起来的安稳的心理意识和文化特色，其本意在固定一隅，以不变应万变。这个相当封闭的"园"，经由人物刘姥姥的三次"透视"，才变得有些活动；而最终贾宝玉的"出逃"，使得这个"园"的樊篱不那么牢固可靠，从而表达出对"园"的一种批判态度。而在美国小说《老人与海》里，背景地"海"则体现着另一种文化含义。人与自然对峙，渴求着在与自然的搏击中一次次展示人的精神的辉煌。这里揭示的文化心理意识侧重于非稳定性的奋斗的过程。在马克·吐温的小说中，最突出的背景地是"河"，它的流动不息、无根可寻，体现着一种"在路上"（on the road）的"漂泊流浪"的文化含义。马原小说的"西藏"背景地，其藏文化意味甚浓；何士光的"梨花屯"背景地，有一种"火塘"文化特色，"今不见明天见"，塑造着一种特殊的人际关系；而陆文夫的"小巷"背景地，则独具农业文化中"重人事"的文化特色，"小巷"的融合力和同化力非同小可。

其次，同样的背景地具有不同的含义。在不少小说中，可见到大的分类背景地相同的情况。然而尽管相同，文化含义则不一样，这可以从作品内涵的不同侧重中看出。比如小说背景地同样是"海"，海明威小说《老人与海》着重于人与自然关系的刻画；而与之不同，邓刚小说则是偏于人事关系的描写，二者的文化蕴含大异其趣。再如同样是"河"，马克·吐温着重于人生的寻求；肖亦农的"黄河"则偏重于生活的思考；刘绍棠的"大运河"则是生活的认同，它们的文化含义在各自的侧重中自是各展其意。再如同样是"园"，《红楼梦》的"园"着重于"园"内的纠葛，而《重返伊甸园》的"园"则侧重于进"园"、出"园"、反"园"的纷争，二者包含的文化意蕴各呈风采。当然，小说背景地所透射出的深层文化意蕴，是隐藏于它的美学内涵中的，通过审美创造，使之相互依存、相得益彰，并互渗地生发作用，从而使小说的深层艺术魅力得以最大限度的发挥。

（《中州学刊》1996年第1期）

超越自我：从清纯走向澄明

——追寻李洪程的诗艺历程

20世纪50年代就登上中国诗坛的李洪程，已经走过了将近40年的诗艺历程。20世纪70年代，一部长篇叙事诗《斗天图》流播全国。他作为作者之一，此后经过一段艰苦的新的探索，逐渐从体现清纯诗风的放歌时期向进入澄明诗境的沉吟时期过渡。1993年，诗集《人生乐天图》由百花文艺出版社发行，标志着他继叙事长诗之后的又一个高峰。李洪程是一位有着相当思想深度和艺术修养的严谨诗人，从他进入新时期以来所创作的诗歌短章里，可以明显看出诗人怎样奋力紧追时代步伐超越自我，将其质朴而隽永的诗风融进更广阔的大自然怀抱，并自觉地带着对人生的深层思考，去追求一种天人合一的至情至美，终于从"斗天图"迈进一个新的充满诗意的"乐天"世界。

一

诗人的天职决定了诗人必须有艺术美感，善于艺术地感受生活、表现生活。李洪程就很注重把生活提炼为独特的审美意象，并力求在艺术的陌生化与生活的平易性之间保持适度，特别是在感受政治生活时也是如此。他在经历了政治风云激荡的岁月之后，重新调理自己的歌喉，即使在带有政治抒情意味的诗篇里，也努力突出审美感受。

赴上海，他看到"一大"会址正在整修，不由得怦然心动，高声唱道："我来兴业路，瞻仰'一大'会址，见高高的脚手架，托起一团霞日。敬礼！党啊，时代的建筑大师，请接受我递上去的一片砖石……"（《写在党的脚手架上》）在南京的莫愁湖边，他怀念去世不久的周总理，而且将六朝莫愁湖的故事与当代伟人的风采有机融合起来："我听出了您那故事的真谛，你意在论今，我何须访古？一千五百年间赞美莫愁的歌赋，怎抵你长笑一声，豪情尽抒！"（《莫愁赋》）浓郁的政治抒情意味中包含着诗人对历史的追问、对人生的反思。而对于变得愈来愈遥远的年代，他异常冷峻地自省着因为时间所造成的种种缺憾："莫非仅仅失去了你／失去了本可以不失去的／也许失去的后面正是得到的／但愿得到的不要再失去。"（《假如原来没有你》）在一唱三叹中，低回旋转着他那执着的心声，"如今既然失去了你／可叹我的忆念未失去／最好我的忆念也失去／假如原来就没有你"。

新时期已经催开了他那迸射的勃勃诗情。他曾是河南省四届人大代表,当他庄严地执笔在大红的选票上,实行人大代表的神圣权利时,那看似平平常常的一笔圆圈,蓦然在他的眼前变成"雨后晴空的太阳。光影满轮的月亮。绿叶上的朝露。蚌壳里的珍珠"。他无比深情地呼唤:"我们画圆——圆心——人民利益。圆周——有限与无限的空间。民主集中制的果实。共和国国徽的光环。"但是,诗人的思绪不仅仅停留在热烈的抒情上,他更是将一系列象征、比喻,用诗歌的语言,把"圆"的嘱托和期望尽情唱出。

　　李洪程的诗品与他的人品一样,他将自己的一颗诗心奉献给永远鼓励他生活的现实社会和养育他的劳动人民。早在1957年,年仅19岁的李洪程创作了《春晓》,在这首稍带朦胧意味的诗里,一颗年轻的心与太行山的早晨交相融合:"树梢挂起炊烟缕缕,一只雄鸡在山头高歌漫步。我正要问一声:太行,你早!阳光已注满千万条山谷。"这里,雄鸡的形象被放大无数倍,构成特写镜头,造成美妙的意境。选择一位少年在经过战火的洗礼迎来和平幸福的春晓里,向太行问早这样一个特定的画面,虚实结合,情景相生,传达了新中国成立初期一种蓬勃向上的时代气息。随着时间的推移,到了20世纪80年代初期,正是李洪程诗歌风格的转折期,他歌唱金秋,钦佩农民的劳动和智慧:"我真佩服老农,打一个比方,就浓了千顷诗情!"(《大豆摇铃》)当他在夏夜看到"露水闪"这"城里见不到的奇妙夜景"时,就"撩起衣角,且煽去一襟暑热,真想在田埂上坐到天明"。(《露水闪》)乡村文化室也勾起他浓浓的诗情:"我的诗是采莲盆儿,荡漾在荷塘的新秋。"(《乡村文化室印象》)诗人是那样执着于牵襟动怀的乡土风，而这正是构成他放歌人生、乐对长天的情感基调和思想底蕴的一种重要因素。

二

诗再造语言，语言的诗性使用造成一个特殊的真实。语言使诗坚实到足以切开感觉。过去，我们看到太多对西方现代哲学的某种食洋不化和对老庄学说中关于"言""意"之辩证观点的食古不化。如何在充分吸收这种有益营养的基础上，构建我们自己真正意义的诗学理论（而不是哲学的或语言学的），是当前诗歌语言意识强化过程中需要重点关注的问题。总体来说，李洪程是一位以抒发山水豪情见长的，而且具有深厚理论素养的诗人，他不刻意追求诗中所谓哲理的玄奥和空灵的禅机，而是在纵情放歌山水之间或是在自然美景的大写意中，去捕捉随机而来的顿悟和灵感。他喜爱引用一段很精彩的话："中国的政治诗之所以不流于口号式，原因之一是由于山水诗的发达促进政治抒情的形象化、多样化；中国山水诗之所以情景交融、意蕴深厚，原因之一是由于政治诗的发达赋予山水诗以社会内容的寄托。"李洪程的诗艺路程最早起步于山水诗，那绵延起伏的太行山就在他的家园的北部和西部，抬头可览晴翠，劳步可登云峰。他极爱跨乡过县，结伴壮游。最令他神往的是红旗渠之行，他置身人造天河，恍若幻境，迤逦沿渠盘山，尽览三千华里工程宏图。正如他曾深情地谈道："我生于平原，也热爱大山，平原养我以坦荡、平和、宽厚的心性，大山启我以奇崛、变幻、立体的美感。"（《人生乐天图·后记》)这些正是他的诗歌深植于生活沃土的力量源泉,他离不开大地,即便在他的一些浪漫诗中,从那跳动着的字里行间仍可嗅到浓郁的最初与恒久的山河之恋。

他的诗第一次和读者见面的时候,就表现出神往而专情于他的母亲山——太行山。"对于你,如花的太行,我应该表示怎样的爱恋!我愿爬遍你所有的山岭,让每一块山石都留上我手心的温暖;我愿访遍你所有的峡谷,喝那如蜜的泉水,让每一条溪流都流进我的心田……"(《放歌太行山水间·我愿走遍太行山》)30年后,他对太行山那缠绵的爱和依恋的情仍然没有丝毫消逝。他无比深情地歌唱太行山,"化不开的凝思/抒不尽的眷恋/日夜守着大山总是缠缠绵绵/藏着吨吨春雷/藏着条条闪电/藏着无数神奇无数梦幻"。山之情、山之威,尽在对太行山的烘托中展示出来。

跨过时间的界河,横穿历史的烽烟。八百里太行曾是"火的宣言",三千里红旗渠曾是"水的壮歌",而这一切都聚成了"无数新的词汇正进入新的生活/同大都市对话向世界远播"。(《山语》)此"词汇",此"对话",把无限扩展的时空留在了诗外。那歌咏仿佛是拂晓的一片朦胧,跳跃的旋律变幻出山河间一派生息吐纳,物物对话的无边声响与诗人的心灵交汇,闪烁着充实而瑰丽的生命之美!

在《大野秋色》里,诗人面对"不是描眉画目的小家子气/而是让天地增色的大手笔"般的漫天秋色,联想到"红色曾被西洋称为帝王的颜色/黄色曾在中国象征皇帝的颜色",而"大野秋色绝非单一色/秋色属于我们大地上的众生"。大野雄浑,秋色多姿，情与景得到有机统一。笔染时空，纵横挥洒。在另一首《大平原写意》中，诗人更是将历史融入现实，将豪放汇于执着，尽情讴歌中华民族的黄土之魂，使大平原的壮阔和雄浑尽在笔下，诗情旷达而超脱，意境幽深而宏远。诗人热爱大平原与他热爱大山一样，都与生活劳动、生命的创造联系在一起。当他纵情歌颂平原日出之后，便将大自然的壮美和劳动场面的优美融为一体。"村里的鸽群起飞了，总爱向朝霞升起处飞个自在。乡亲们的车马下地了，正和旭日撞个满怀……"（《平原日出》）这些诗歌语言并不令人费解，不需要再次解读，但在诗情画意中，无不蕴藉着日常语言难以达到的力量。我们生活在现实社会中，而现实生活的结构就是一个语言的结构，人也无时无刻不在一种语言（日常语言）的制约之中。而诗人之所以不同于一般的人（海德格尔称之为"常人"），则是因为诗人极力以诗的语言来对抗普通日常语言。诗人创造性语言之重大人类学的意义，正在于此。它打破了人们日常的感觉思维方式，把人从某种散文化的现实世界的麻木状态中解放出来，在其中展示一种新的、使人得以诗意地栖居的"陌生化"的艺术世界。李洪程的诗歌语言并不讲究奇崛险怪，但他对待诗艺有着一种苦心推敲，宁可不写也决不粗制滥造的执着精神。所以，在他抒写山水的诗篇里，一颗真诚的心与闪电般的灵感一经契合，便迸射出耀目的火花。

三

当然，现实主义的创作不等于对生活的模仿，将对生活的所见所闻直接搬到作品中去。诗人的创作是根据自己原有的知识和经验,对世界形成的认知结构、对现实生活进行选择的结果。尽管客观世界的一切均外在于我们的主观世界,但诗人所看到的只是自己想看到的,是他对自身发现的一种解释,而读者也是依据自己的认知结构对诗人所提供的文本做出创造性的读解。毋庸讳言,李洪程的诗歌语言中,对天工造化的尽情讴歌中,无形地流淌着一泓富于辩证哲理的血脉,尽管不是他所刻意追求的,却是他经过沉思过滤的诗中气象使然。在他的《时间》《认识你自己》《对语石》《反差》《半山亭》等清新隽永的哲理短诗中可以窥见一斑。就是在他或明丽柔曼或大气磅礴的抒情诗章里,也时而能让人体悟到一种超脱尘俗并令人解颐的顿悟之美。比如他在歌唱春天之余,没有忘记"春天有温暖/也会有寒流/春天有欢乐/也会有烦忧",因为"识透春天的辩证法/就妙于运筹"。(《贺春辞》)他同时也歌颂秋叶,"成熟的还有你叶子/你脱落了/果实似的脱落了""你翻转着/旋舞着/嗒的一声/大地也微微一颤/而你的飘落/使秋树进入返老还童的过程了"。这里的秋叶不仅是寄托一般思想的象征物,体现了成熟和丰收,而更不同凡响的是诗人寄之以"返老还童"、生命复始的新意。"更令人惊奇的是/你几乎所有的秋之落叶都背面朝天(不知朋友们是否都有此发现)/你面向大地/默默地/热切地"(《秋叶》),最后点明题意。但因诗句中的能指与所指恰到好处地间隔,使人在领悟中顿生一种回肠荡气的感觉。细读李洪程的诗,可以看出他几乎对四季都有偏爱,很难分出伯仲。但他不停留于四季的表面特征,往往能够从一般的思维中发现令人振奋的理趣。

每一位为生活而歌的有真情的诗人,并不想纠缠诗歌起源于何时,他们所确知的是自从有记载的诗歌史以来,社会便把一种道义职责委托给了他们,让他们描述、表达和评价社会现实,并以此构成对社会缺陷的补偿,对各种有损于社会健康的社会现象加以纠偏。正如约翰·罗尔斯在《正义论》中说:"正义否认为了一些人分享更大利益而剥夺另一些人的自由是正当的,不承认许多人享受的较大利益能绰绰有余地补偿强加于少数人的牺牲。"为了那些弱者,那些被不均等的机会所排斥的少数人,那些收入和财富地位迅速下降的小人物,诗人必须重新深入生活、深入社会,重新表现生活、表现社会。一名正直的诗人,为现实、为人民立言,是他的首要责任。李洪程的诗歌,不论是写普通劳动者,还是写一代伟人,都能调遣独特的诗歌语言,构塑一种顶天立地的伟岸气质。他写乡亲的脊梁:"脊梁上照人,比镜子还亮。脊梁上滚雷,不摇不晃。""挺起来——为撑起一颗正直的头颅,不为撑起一件衣裳……"(《乡亲的脊梁》)他写鲁迅与西湖,虽然"柳浪闻莺。白堤。苏堤。曲院风荷。湖山宜晴宜雨",而"他面对湖上景色,只说是'平平而已'",并且"以为湖光山色,也会消磨人的志气"。问题并不停留于此,而是用一个补缀,通过反衬来展露鲁迅人格的伟大:"谁不知——一个不为西湖所陶醉的人,却在艰苦卓绝的一生中,创造着美,捍卫着美……"(《鲁迅与西湖》)怎样使政治倾向与诗歌语言巧妙地融合,李洪程用他的创作实践做出了最好的解答。他认为政治思想性是不言而喻的东西,要追求诗歌的意境,就必须用独特而充满魅力的语言艺术来表现。优秀的诗歌与鲜明的政治倾向是不矛盾的。

四

既然现实主义不是模仿和照搬，那么我们就要提问，为什么现实主义诗歌可以起到对现实生活的参照作用？我们认为当代分析哲学大师维特根斯坦的"图式说"对这个问题做了较好回答。他说："作为图式的一个命题要求，（1）命题中包含的名称必须与被描绘的事实中包含的对象个体相关；（2）它们共同构成的命题必须彼此相互处于某种特定的有意义的关系之中，有一定的逻辑结构，表现为一定的逻辑形式。"正是这样诗意的逻辑同构与事实的逻辑同构，才能将诗歌中的"图式"与现实生活中的情境联系在一起，起到相对照作用，即语言与世界的对应关系。维氏的"同构"理论不能仅仅看作是解析现代派诗的钥匙，同时也对一切标准的（典型的）诗歌语言起作用。

李洪程诗歌的风格，受古典诗词影响较大，他的作品之所以雅洁凝练，气韵贯通，读来朗朗上口，在很大程度上与此有关。这种语言风格体现在他的山水风物一类的题材上，可以说，二者相得益彰。他在《无声的月歌》里长吟道："你可以随时走进这歌的画面（但要小心碰响这一片天籁）/让喧闹着的一颗现代心/姑且净化在这无声的月歌里。"这种追求静谧和谐的韵味，恰与讲究空明灵秀的庄禅美学有了"历时"的"同构"关系，可以在无为无不为的清幽淡雅之中，去品味妙若天成的意趣。

同时，李洪程又是一位在诗艺上兼收并蓄的开放型诗人。他注重创作实践，又兼顾理论探索。他善于反思自己的实践，把在创作实践中积累起来的经验上升到理论的高度。他的创作始终是在清醒的理性的引导下进行的。再加上他善于和乐于对人生进行多方位的思考，他的作品表现出明显的理性特征。他认为当代诗歌"应以融合今天为主，但在空间的远距离融合上，有时对诗歌的发展也可以起到决定性的作用，甚至可以放出奇葩"。比如他的山水诗大都体现一种人格化的力量，而且很注重通感的运用。他20世纪五六十年代的早期诗作里，就有"山歌挂满枝头"和"屋头飞不起半湿的炊烟"之类的诗句。在《伊河涉足》里，他将涉足者和伊河的情态融为一体，很难分出彼此："经谁一声提示/便有十几双脚踏进琼瑶/伊河水霎时改变了音韵/龙门山笑倒在碧波里。"他因登临匡庐而联想到古代的诗人："新修的如琴湖蓄满春水，真像一路琴声，弹出花径山门。来听吧，白司马，你是知音，这比那浔阳江上的琵琶声，更撩你诗魂！"（《白司马花径》）他放舟东海，当他不由在沙滩上题赞美之诗句时："不料海潮涌来，似有意和我嬉戏，水摇沙平，一下子抹去了字句。大海呀，大海，你美丽又如此谦虚！"（《海滩题诗》）一景一物和寻常的旅行，皆着上了不平凡的感情色彩，给人以开心益智的启迪。李洪程不太注意于诗外追求技巧。他认为技巧绝不是外饰的小玩意儿，它是诗本身。没有技巧不称其为诗，只是一堆儿"想法"，正像没有烘烤的面包只是一堆面团。因此，读他的诗，特别是读他的那些吸地阴之气、饮天阳之精的山水诗，无形中有一种飘然欲仙的感觉，如沐浴甘露，胸中尘俗涤荡一空，怡于神、美于心、畅于体，虚无纯净，如梦似幻，俨然步入一种物我两忘的极乐天地。

"白了少年头，痴情仍未了"，李洪程近 40 年的诗艺历程，横跨了当代中国社会的不同时期，而真正使他焕发诗人青春的是令人振奋的改革年代。我们感到正如一首诗所描写的那样："当我的左脚/踩住右脚的鞋带/我的身子就倾斜了/原来自己也能/把自己绊倒。"他一直在艰苦的跋涉中改变自己，充实自己，磨砺自己不老的诗情。尽管他自己并不认为他是一位具有超前意识的诗人，但他特别热爱与那些具有创新意识的青年作者交朋友。作为一位新中国培养的当代诗人，他是一个非常沉着的人，燃烧的情感和缜密的理性既给他创作的热情和灵气，又在某些方面或多或少制约着他，使他始终在顽强地自审，沉潜于自己的世界。在他的全部诗作里，我们很难找到像通常诗人那样直露的爱情描写。但是我们可以在他的压轴之作《白发与缘鬓》中窥见他那一颗被人间真情所激荡的心："我半生为诗所累，毕竟到今不悔。纵然诗运坎坷，终生不愿分袂。既然与诗有缘，就敢向白发挑战。白发不为己生，权当诗的桂冠！"

磨砺诗情上碧霄。诗永远伴随着他，成为他生命中的精魂。在这日益物化的纷繁尘世里，李洪程怀着淡泊而清纯的心境，走向一个大气包举的澄明境界。

（《河南大学学报》1995 年第 4 期，本文全文收录于《中国人民大学报刊资料中心·中国现当代文学研究》1996 年第 1 期）

"寻根文学"及其历史使命

一

新时期文学从"伤痕"开始,历经"反思""改革"等波澜壮阔的阶段,到 1983 年左右,"寻根文学"——从某个角度看,也可称为"回归文学"——开始在文坛初露端倪,到了 1984 年—1985 年间,这种由文化寻根意识所导致的创作现象已经蔚为大观,呈现了新人辈出、名篇似锦的昌盛景象。自《北方的河》起,张承志硬健的雄风展示了对现代都市文化的顽强对立,他的《残月》《黄泥小屋》《胡涂乱抹》等篇章,不但为动荡的现代文化中注入了不和谐的因素,而且超越了现代时间的具体性,常常显示出抽象的历史背景,又展示出无尽的未来,现代与历史的对立,都市与自然的对立,西北宗教与东北世俗的对立,成为张承志文化寻根的出发点。另一位具有独特风韵的作家阿城,以《棋王》《孩子王》《钟王》等作品展示了完全不同的文化世界,身居北京的阿城,摆脱了从老舍到邓友梅的北京市井文化小说的痕迹，直指中国文化的内核。"棋""字""树"都是中国文化中人格的象征，讲气韵，讲精神，游于阴阳之间，全符合中国文化传统的谱系，再加上写实、生动的世俗风度，正与张承志那凌厉躁动寻求文化之风相反。不能说阿城、张承志就可以代表"寻根"文学家的全部风格，但"寻根文化"意识在他们的作品里确实可以窥见一斑。

"文化寻根"小说的兴起，无不反映着现代人对自身历史、自身社会的哲学的、伦理的、道德的深层次的思考，通过对传统文化意识、心理积淀的追寻，力图表现内在的哲学意识。"作为一个天生具有才能的人，他与一种碰到的现存的材料发生了关系，通过一种外缘，一个事件，或者像莎士比亚那样，通过古老的民歌故事和史传，通过这一类事物的推动，他自觉有一种要求要把这种材料表现出来并且因此也表现他自己。"如阿城《棋王》等系列小说，探讨在矛盾中如何表现心智的平衡。小说所表现的主人公执着与超脱的平衡，成为我们民族心态的超稳定性，它是自身得以延续、得以避免精神危机的缩影。而陕西的贾平凹早在1983年即发表笔记体《商州初录》，其中渗透着秦汉文化的精神；湘西的韩少功写出怪丽奇诡的《爸爸爸》《归去来》等，力图重现楚文化的生命魅力；江南的李杭育提出"吴越文化"的口号，熔士大夫的清雅孤高与越民的机智狡黠为一炉；郑万隆、乌热尔图等人孜孜不倦地挖掘东北地区的文化宝库；孔捷生以《大林莽》展示了海南地区的色彩；再有新疆、甘肃地区的西部文化与西藏地区的魔幻现实主义，使"文化寻根"文学不仅仅是几个作家的偶然之作，或一时间的标新立异。特别是以《透明的红萝卜》走上文坛，更以脍炙人口的《红高粱》名噪一时的莫言，以他那奇瑰多变的笔法勾勒出一幅展现民族精神、民族文化的深层画卷，并向我们张扬着一个力图引起共振的哲学思考。实际上，这里所表现的哲学意识和哲学思考也是一种浓郁的当代意识，是20世纪80年代的人们对生活的观照和反思所形成的意识。它探讨的是中国历史的走向，包括在现代化过程中社会心理的走向，在当代意识冲击下，中国文化意识是否已经断裂，以及这种文化意识在今天的适用性问题。这些新时期的作家已尝试着用小说来做出回答。

二

　　文化之根反映了一定民族精神的内核。按照广义的解释，文化发展确实离不开时间的意义。所谓文化之根，只能是时间的逆向运动的结果——越是原始的，越接近文化之根。如按照狭义的解释，文化复兴只是一种由朴到繁，再由繁至朴的无穷演化，时间无意义。如果从这个意义上来看待"寻根文化"，更可以看出其新鲜、活泼、富于生命力的因素。有些评论家谈阿城的《棋王》，津津乐道于老庄的无为和空禅，这有些过于局限了。如果《棋王》所阐扬的文化精神于现代生活有益，古代也即现代；如果于现代生活无益，纵使老庄再生也无意义。从人类精神现象阐释文化寻根者所寻之根，应该是最富于现代感、最有益于现代生活的内核，而不是老庄、孔孟或者《易经》、诸神。

　　考察"文化寻根"意识，我们是否可以归述其主要特征来：

在文学、美学意义上对民族文化资料（古代文学作品、古代宗教、哲学、历史等）的重新认识与阐扬；以现代人的感受和现代人的思考去领略古代文化遗风。比如考察原始大自然，访问民间风格与传统，对当代社会生活中所存的旧文化因素的挖掘与批判；比如对国民性或民族心理深层结构的深入批判等。当然，对国民性或民族心理深层结构的深入批判也是"五四"以来新文学的主题之一，是鲁迅终其一生投入的文化事业。这种对中国民族文化惰性与阴暗面的批判，直至新时期，始终有极为重要的意义。"文化寻根"意识毫无疑问地与"五四"文化传统有着密切的联系，不仅在思想内涵上，同时也表现在艺术方法上。如从韩少功笔下的人物可以看到阿Q的影子；叶蔚林的作品浸染着沈从文的气韵；何立伟淡雅的意境也可见废名风格的陶铸。但是，如果"文化寻根"意识仅仅是重复了"五四"文化传统的主题，只是换上新名词，那它也不会有多大的生命力。现阶段的"文化寻根"意识，既然是应运于祖国在建设现代化的进程中，就必须对本民族特性进行重新反思，以及对其积极精神再度弘扬。作为审美形态的文学，也应该更多地对民族文化的阳刚之气与蓬勃向上的精神予以研究和发扬。这当然并不排除这批作家对民族文化中封建性因素的否定与批判。唯有两者的结合，才显示出这一文化意识的新质。这正是"寻根文学"的历史使命和其真正的意义所在。正如别林斯基所说："如果艺术作品只是为了描写生活而描写生活，没有任何发自时代的重要思想的强有力的主观冲动，如果它不是苦难的哀歌或热情的赞美，如果它不提出问题，那么这样的艺术作品就是僵硬的东西。"

三

当代人的"寻根"意识，具有历史和思想的渊源。我们知道人类历史发展到 20 世纪，高科技时代的来临，打破了人类曾经固守和崇尚的理性精神，西方文化便有了反理性思潮的泛滥。有意思的是，反理性的结果也许比传统的理性精神更糟。理性精神一旦被抛弃，便造成了失落感。科学文明造成了人与上帝的疏远，导致西方人在精神上的信仰丧失，思想家们于是倍感孤独地思考着人类的命运、人类的出路、人类的终极归宿这些永恒的话题。现实世界中的人们在哪儿才能找到灵魂的安放之巢？或者说，我们何时才能找到回家的路，让我们这漂泊的心灵有回家的期待？每一个孤独的个体，看到这异化的世界，人与人之间的沟通已变得如此困难，难以实现，于是人们，当然也包括我们的"文化寻根"的艺术家们，便期待在艺术中，尤其在文学作品中去寻找作为个体的人内心的虔诚、怜悯、同情等高尚的情感，去寻找作为整体的人类的良心。于是便向人类的童年进发，去探索寻觅自己种族的起源、民族的精神，这绝不是人类简单的复归，而是人类在新的意识上的觉醒。

当然，"文化寻根"意识不可避免地要有一些外来思想、外来文化的浸染，问题在于影响是多方面的。比如苏联一些少数民族作家关于异族异风的创作（诸如艾特玛托夫、阿斯塔菲耶夫等），以及拉美魔幻现实主义作家关于印第安文化的阐扬。这些对中国的年轻作家无疑是有启发的。那些作家都不是西方典型的现实主义作家，而是"土著"，但在表现他们所生活于其间的民族文化特征与民族审美方式时，又分明渗透了现代意识的精神。在马尔克斯的《百年孤独》中，有两点值得深思：（1）作家对拉美文化悲剧——"孤独"的把握，是基于对全人类文化形态及其发展的把握的；（2）在现代创作中，空间的意义越来越让位于时间的意义。马尔克斯将拉美神话般的历史和野蛮的现实用特殊的语言艺术（顺应拉美的思维方式）内在地联系起来，表面看来充满魔幻和荒诞，内里却蕴含着觉醒的理性之光。马尔克斯的获奖（诺贝尔文学奖），至少表明了一种古老民族文化被现代世界的承认，表明了世界多种文化之间的沟通、交流以及平等互渗的可能性，这毋庸讳言是对雄心勃勃的中国年轻作家的一种强刺激。阿城、何立伟、韩少功等人在阐释自己学习民族文化的目的时都提到了世界性的意义，他们在孜孜追求民族"文化之根"时，潜在的目的性制约着他们的追求，并为他们做出某些规定性：要求他们在追求"文化之根"的同时，必须注重与世界沟通的重要手段，那就是现代感。

毋庸讳言，这是一种高格调的文学的自觉，这与艺术家们的丰富学识和深厚修养是分不开的。他们深厚的功力和对文学的自觉得以在作品中比较娴熟地对民族文化精神的内核进行发掘和张扬，使之处于对民族文化中封建性因素批判否定的新文学传统完全对等的地位上，构筑当代文学对文化传统的双重认识与双重态度，这就是我们阐述"寻根文学"的真谛所在。

四

生活在现实中的小说家，宿命般地被现实缠绕着，一时一刻也摆脱不了现实对他所有思想及行为的决定性。要说他还可以凭自由意志说出"这得由我来决定"的话，那么这只是说，当他面对现实想说些什么时，在具体的语词、语序、语气、语调和语境、语义的设置与实施方面，可以行使自己的选择力。这就要求阅读者有力地穿透小说家为了维护自己感觉和经验的独立性而有意无意地设置在句法层面上的屏障，突入它内隐的语义结构，以便在"陌生化"的过程中敏锐感受到一些因为习以为常而失去了的新鲜感，并由此淡漠了的或视而不见的东西，获得某种前所未有的感悟，并据此做出新的抉择。"寻根文学"作家们力图在这一方面做出新的探索，这不仅仅是一个艺术方法和表现手段问题，关键是宣告了对长期以来文学创作思维形态上的重大突破。如韩少功的《爸爸爸》《归去来》《女女女》及王安忆的一些篇什，就是带有这方面意义的探寻。我们不能简单地把丙崽认同于70年前鲁迅笔下的阿Q，作者是通过他的奇妙、荒诞的主人公象征了人类顽固、丑恶又充满神秘色彩的生命自在体。丙崽那两句谶语般的口头禅已包括了人类生命创造和延续的最原始最基本的形态，以此来对民族传统中积淀得极深的某种小农社会文化遗存物的蛮性和盲动，集中穿透以理性批判的眼光，由此弥散出一股非常浓郁的由现代意识激起来的忧患意识。

　　从艺术的角度去分析，我们不难看出"寻根文学"在许多方面受到现代派的影响。作为现代社会的文学本体，这是合乎情理的事情。随着审美空间的拉大，语义的层面愈来愈展现出能指与所指的分离。所以有时在阅读"寻根文学"的作品时，读者会感到有些困难，但我们不得不承认，"文化寻根"意识引入当代文坛后，小说结构的因果模式和线性思维的传统遭到猛烈挑战。因果律本来是最有利于用来说明社会意义与政治宣传的，然而多维复合思维的出现，从根本上改变了这一单一指向的文学意义，象征主义、神秘主义、感应关系以及其他非因果性的关系将会导致人们对多重世界的多种解释，以丰富人们的思想和文学观念。我们不能简单地说"寻根文学"的艺术方式和思维方式代表了当代文学的主流，但必须肯定：因果思维模式及其地位的动摇，正是人们冲破对传统科学水平的盲目自信，向新的科学领域探索的标志。

在当代中国，"寻根文学"的出现，是一件非常有意义的事情，与其说"寻根文学"选择了民族文化，毋宁说民族文化选择了它们。在新时期的社会主义建设中，人们迫切需要在现代科学发展的基础上重新认识民族力量，重新挖掘民族文化的生命内核。这不知是否是"寻根文学"作家们的主观动机，但当我们感觉到，我们正肩负着民族历史的重担，与小说家一道，走近潜埋于中国大地的生活本性和生命实体，去亲吻故土的芳香，去感应时代的气息，这不是一件极富魅力的事情吗？

（《河南师大学报》1991年第3期，本文收入《新华文摘》1991年第4期"目录索引"）

小说的"卡尼"分配

——王履辉的长篇小说与其"时代"情结

一

60年前的王履辉怎会想到他将成为一名小说家,而且是一名长篇小说家呢?可事实上,正是如此。

1958年,18岁的王履辉赴扬州求学,恰逢扬州工专的大炼钢铁与教育改革运动。年轻的"理工男",精细、沉稳,怀着科学报国之梦。事实证明,作为事业有成的建筑工程师的王履辉也确实如此。然而,他出身于教育世家,幼时便耳濡目染于诗书典藏之中,自然对文学也情有独钟。特别是爱不释手的《红楼梦》,不知翻阅了多少遍。这也为之后他奋战于工程和文学两条战线奠定了基础。机会总会来的。不久,学校因配置师资而选派他到扬州师院进修文科。1960年,他结业回学校,在语文学科教研室任教。当时,每周六节课。课余,年轻教师王履辉萌发了创作欲望,写了数十万字的小说草稿。后来,全国裁并高校、中专,他又续读"工民建"专业，暂时搁下了小说创作。

他双栖于建筑与文学两个不同领域，并为最终实现"文学梦"而做好一切准备。20世纪60年代后期，他在繁重的工作之余，一鼓作气，创作了五十多万字的长篇小说《高楼深院》。这是我国较早精细描写大学生活的长篇。1972年初冬，上海文艺出版社函告王履辉，提出"稿中的爱情与男女关系，几乎成为这部稿件故事发展的主要线索之一，似不妥"。1973年初夏，出版社对修改稿进行二审后又约谈王履辉，请作者再改。三稿终因工作繁忙拖延了时日，几经修改定稿时，中国已进入了翻天覆地的历史转折期——王履辉的第一部长篇小说就此流产。

历史潜行至20世纪80年代，厚积薄发的王履辉一发不可收。他既是一名颇有建树的建筑工程师，又是一位以写他熟悉的各种"建筑工程"见长的小说家，比较有代表性的是三部长篇《情满波斯湾》《沧桑梦》和《天道酬正》。

二

《情满波斯湾》曾在《文汇报》发表故事梗概。在第三届全国书市前，出版社在《解放日报》上做了郑重推荐。小说描写改革开放之初的华建公司，奋战在波斯湾的异国他乡，在激烈的竞争中，出色地完成了400栋住房的承包任务，取得k国的免检信誉，在国际市场站稳了脚跟。小说通过公司内部的和同国际资本主义的矛盾冲突，以及异国风土人情的多方面描绘，塑造了宗英、朱泽君、王付贵等工程技术人员和工人群众的形象，也细致描绘了他们为创外汇的艰苦劳动生活和曲折爱情生活，从一个侧面反映了中国建筑工人走向世界劳务市场的崭新风貌，颇有现实意义。但其意义不只如此。小说中还具体描写项目女经理宗英，力排众议，践行"分队包干"责任制。这在那个年代的涉外工程中是破天荒的大胆创新与改革，无疑为这部作品着上了一层浓浓的时代气息。作者不仅写时代，也写人情。主人公宗英是事业上的女强人，也是一个内心丰富的多情女子。她虽身在异国，心里却日日思念着丈夫和孩子。当她得知丈夫被重疴将要夺去生命时，其形象又增加了几许悲剧色彩。沙岚是改革开放的新一代女大学生，她吃不了苦，整天将自己困扰在情与爱的蛛网里，在她的个性里，有着年轻女性的爱慕虚荣和惰性。而同样是女大学生的邓霞，天真活泼机敏，经受了艰苦环境的考验，并与李华因共同工作，产生了真正的爱情。这些不仅加强了小说的感染力，而且将人情、人性这些细微的"小故事"与改革开放、国家形象这些恢宏的"大故事"水乳交融，结合得恰到好处，同样是这部小说倍受欢迎的重要原因。

20世纪最后一个元旦后，王履辉赴启东接父母来南通过春节。就在那次相聚中，老父亲第一次与王履辉谈及自己的人生，谈他1940年初担任大生学校校长从事教育，至1975年底离休的从教情结，谈他战乱中的教学和日日倥偬的上海岁月，谈他后又调任育才学校校长的从教生涯。老父亲林林总总的人生故事、教海探索，为王履辉酝酿已久的长篇《沧桑梦》，提供了不少历史素材。

近50万字的《沧桑梦》，卷帙浩繁，描写长江边城千氏家族三代人，在1949年后60年间的沧桑沉浮。上部《三十年在河东》，围绕江海工学院的创办与停办到复办，叙写了干兴莫、干兴伯、夏之怀等人的命运沉浮，以及众位小辈的感情纠葛，再现了建立新中国的欢愉、社会主义改造的轰烈以及那段动荡的岁月。下部《三十年向河西》，通过江海化工厂合资项目的进展，描写了干军、白碧霞、田耕宝的弄潮下海，欧明丽、开雅雅的回归投资，侯步成对姓"资"姓"社"的质疑，成怀宁、郭文达等人的贪婪沉沦，孙辈的爱情悲喜剧，刻画了1978年后社会观念的转变、经济转型与体制改革的阵痛以及随之而来的人性的变化。正如著名批评家陈辽所评价的，作者是一位"有思想"的中国作家，他认为《沧桑梦》"既艺术地回答了'新中国60年评价'的问题，又探索了新中国60年间喜剧、悲剧、丑剧的成因，并在情节、场面里自然流露了他的思想倾向"。一个甲子，是新中国从诞生到成长、成熟的无比波澜壮阔的发展期，是一个对于作家来说最宜于创作的"大时代"。

王履辉的"时代"情结，往往能够将有思想深度的意识之经，与能够展现时代风貌的行动之纬，恰当恰切地结合起来。随着中国改革开放的逐步推进，鱼目混珠，泥沙俱下。在诸如土地批租、中外合资、投资融资等新生事物面前，"苍蝇蚊子乘虚而入"，一干人马亦纷纷登场。老子曰："天之道，不争而善胜，不言而善应，不召而自来，坦然而善谋。天网恢恢，疏而不失。"故王履辉的新著，便名之曰"天道酬正"。《沧桑梦》与《天道酬正》，全方位地描述了从计划经济向市场经济，从封闭向开放嬗变的大洗牌、大动荡的过程。

- 小说的"卡尼"分配 -

《天道酬正》这部别具一格的长篇小说，以老子"天道"思想切入当下现实，是社会大转型时期的"百相图"。三欲公司老板马冲浪，与老城开发委主任华之虎，房地产开发商仲天降，税务征管员冯波波，银行信贷科长楚一生、郝巴毛，以及毛大康、苏丹丹、郎亚琴之流，在颠倒狂乱的梦想中演绎着诸多荒诞人生的故事。小说的结尾，华之虎、郝巴毛锒铛入狱，楚一生、苏丹丹劳教，冯波波被开除公职，马冲浪投江自尽。而老城开发委新主任马列行，江海公司老板劳天助，他们的事业则大获成功，律师牛大卫与师冰情终成眷属……小说既有悲怆的人生故事与凄美的爱情故事，也有与时俱进、共创辉煌的赞歌。小说在宦海、商海中沉浮，在人生的悲喜剧中扬善惩恶，善者天助，恶者天诛。这与"天网恢恢，疏而不失"的反腐主题不谋而合。

三

是玄奥的偈语吗？是有冥冥上苍和无可确指的命定吗？有些人世间的万丈红尘，无论从微观，抑或宏观看，虽现出不同的效果，但大江东指，大道无垠，最终是要"酬正"的——这或许是王履辉诉诸文本的形而下之具象所蕴藉的形而上之抽象。在《沧桑梦》的封底，可见一段似总结非总结，似觉悟非觉悟的"偈语"，曰：

虚构故事杜撰人，
荒诞情节假亦真。

河东河西梦相生，
历履沧桑是过程。

其实已是十分明白，却仍有些许不明白处。这些需要从王履辉的小说艺术上下些功夫。作者在塑造人物、勾勒历史画卷时，很注重历史素材的取舍，并以取材的简明，贯通全篇的历史脉络，又在历史脉络的把握中塑造人物，展开故事。上部《三十年在河东》，那三十年历史是一个运动衔接着一个运动，是由一条总线始终贯穿着的历史。小说在书写这条历史总线的同时，又写出了人物在运动中跌宕沉浮的命运。而下部《三十年向河西》的构思明显不同。由于改革开放是摸石头过河逐步推进展开，作者审视到这一现实，因而采取了横向构思，以一个特定的合资企业展开叙写，并兼顾到横向层面的延伸，以旁及其他领域。长篇小说《沧桑梦》正是用一纵一横的全方位的艺术构思，对历史做了形象化的真实还原。

启东，襟江抱海，地处长江入海口的北端，有"沧海日出，以启东疆"之意，与上海崇明隔江相望，甚至部分"飞地"还保留该岛之北。乡民所操语言虽属吴语，却与毗邻的上海有诸般不同。此种现状导致启东人有雄健在侧，必当趋之的执着和坚韧。王履辉所取素材当然与大多作家的"故乡情结"相类，擅写故乡干氏家族的沧桑历程。作品中对故乡的民情风俗描述甚多，笔下的"大生校"，也是启东"二厂"的学校。启东文化中的干练与精明，一旦与执着、坚韧相遇，其创造性是不可小觑的。王履辉的创作道路，似乎也向我们展示了这一点。是的，他在文学创作上属大器晚成，而且又出身工科。但他有学习中文的经历，而且早在学生时代就开始潜心文学创作。所以他的处女作、成名作、代表作，几乎三位一体。这一点与跨学科且晚成的作家非常相似。鲁迅对"国民性"，即人性的深刻剖析，不能不说与他早年学医对人心抑或"病态"人生的好奇和熟稔有关。说王履辉出身于工科，成名于文学，或并不十分贴切，他是双栖于建筑与文学两个不同领域的作家。他在"工民建"工程领域一直工作至退休，而且打造过多项名牌工程。同时他又是一位名震遐迩的"业余"律师，为工程问题打过不大不小几次小有名气的"官司"——这为他准确而深刻地剖析人性之善恶，亦不无裨益。他擅写人，擅写故事，而且他擅写"人"中的群像，擅写"故事"中的小故事、发展中的故事、铺垫中的故事。因此，他的小说好读，耐读。他的很多拥趸或曰"粉丝"，喜欢他，并非奔着所谓的微言大义而去——尽管他写出了一个置于转型时期的伟大时代，而是奔着他笔下美丑、悲喜的诸般人物和或乡野或荒诞或戏谑的珠联故事而去。小题材、小场景、小氛围，恰到好处地衬托和展现了大题材、大场景、大氛围。这就是王履辉小说的高妙之处。用他建筑工程的行话说，谓之"卡尼"配置法。

四

"卡尼"分配，是王履辉运用工程力学原理解读小说，特别是长篇小说的创作技巧与方法。如同宏伟壮观的建筑，有各具功能的空间组合，艺术大厦也应有相应的结构构思才行。从某一角度审视，小说也是一种结构艺术。王履辉从工程设计中体悟到小说的构思与框架的力的传递有着类比性。设计大厦，首先要搞清楚楼面上存在哪些力，譬如楼面上有会议厅、餐厅、藏书室、办公室等，不同设施有不同的力。活动其中的人员行动不规则，其力的大小也不同。而且，这些力与力之间还会相互影响。苏联建筑界曾有一种"影响场"理论，观点是力在楼面上，它的力的影响场会相应其力的大小扩散。所以说（楼）面传递给横线（梁）的力，是一种已经互相交错、互相重叠、互为扩散、互为影响的力。

如是小说创作，首先要了解社会层面不同的人，与他们之间原就存有的小矛盾。小说开始后，作者有意识地对人物与故事进行渐进式的铺垫。这种铺垫一展开就会显露出矛盾（"影响场"理论）。各种矛盾推向横线（梁）时，会带来新矛盾、新冲突，推动着小高潮的出现。

在设计中，横线（梁）的力再传递给纵线（柱）。这时，在梁与柱的节点上，就会出现必须解决的力的不平衡。于是设计师们在手工计算年代，就是依照卡尼法之类的计算规则，根据近端与远端不同的力分配系数，顺次对力做出再分配，以达到力的再平衡，解决整栋大厦的力通过柱全部传达地基梁下的桩群上，完成它的力传递。

小说创作中，有矛盾与冲突的横线（梁），再向纵线（柱）推进过程中，就会发生新的矛盾冲突，那些小高潮会把故事推向大高潮。或在哪融合，或在哪激化。这就需要作者在这个环节上找到平衡点，或说是转折点（相当于对力做再分配）。然后，一

- 小说的"卡尼"分配 -

条条故事纵线再融于主题这根大线（相当于地基梁），以完成作品的构思。

这就是"卡尼"作业法，是王履辉爱用建筑工程的行话所说的小说构思法。对于短篇小说，他说如同木结构与混合结构的力的传递，是清晰明确的，其屋面和楼面所受到的力（相当于小说中的一组矛盾），都由梁传送给木柱或砖墙而直接到达大地。因此构思短篇小说，要求情节精练，人物集中，围绕一组矛盾，一两个主人公来展开故事铺叙。

王履辉以写长篇小说见长，得益于他熟稔的"卡尼"配置法。长篇小说因其篇幅长，人物众多，情节复杂，需通过不同历史时代具有重大社会意义的复杂事件、具体的社会环境和众多的不同性格及人物形象的描绘，广阔地展示一定历史时期的社会风貌，所以它反映的生活内容，往往有很长的时间跨度和很大的空间广度。长篇小说有着完整而细密的类似于框架的结构。

"卡尼"分配法，虽然谈的是结构力学，但对于用心的王履辉，更能带活其长篇小说的创作。结构是可见的框架，力是源；有了力的源，方能合理地调布框架。然而此刻，摆在王履辉面前的，并不仅是如摆在建筑师面前的力与框架的组合，而是摆在小说家面前的力与心灵——看不到框架的框架组合。如果说建筑师需要科学的精准；那么小说家不但需要科学的精准，还要诉诸形象，还原生活的文学的精准——用生活与人性的原生态，揭示生活与人性的本质与规律。前者运用的是理性思维；后者运用的是形象思维。前者要求精准，以完成一个既定的目标；后者不仅要精准，尤其要深刻，以揭示现实生活遮蔽下的另一种新的应该的现实生活。

依照物理学定律，万物运动的本原，其实可以追溯力与结构的关系。根据各个关系点受力的不同，物质的结构也要随之发生相应的变化。草蛇灰线，伏脉千里。王履辉深知其中的机关与奥妙。有论者对他自如运笔，胸藏丘壑，特别对他小说中的大故事套小故事，小故事又套人物性格的多种变化……种种非技巧的技巧赞叹不已。一句话，为什么他总有故事可讲？如果用他深谙力与结构的关系这一点来切入探赜，固能使不少写作者可以从中悟出些许虽不特别奇崛却十分有用的启示。用王履辉的话说，就是去寻觅故事外的故事。随着他小说用笔的日渐老到，他的长篇小说的开篇多是以讲故事开始，轻松自若，娓娓道来。在他的《沧桑梦》的上卷、下卷，及《天道酬正》的开篇，皆是如此。与现代许多鸿篇巨制开篇从细腻描述环境与景物入手，或详述本事的历史沿革与变迁予以导入，还是有所不同的。这一点与擅讲故事的赵树理有些相仿，只不过一个是"以农民的语言写农民"，更擅长农村题材；而另一个则率领工程"铁军"开辟一个个新的战场，更擅长异域风情和大都市题材罢了。而以叙事代描写，以行动细节蕴心海波澜，则又呈现出同工异曲之妙。不论选择题材与所置场景如何纷披殊异，而考察和剖析其写作攻略的内在结构，不能不随处看到中国章回体小说的影子。尽管诸元素是经过"包装"的变异呈现——其小说"更像小说"的接受魅力或正在于此。这不能不归功于他作为"理工男"既注重科学又不乏艺术思维的内在导向。

王履辉就像一位聪明的建筑设计师，按照"卡尼"法的计算规则，精细到对每一个方向、每一个节点都做出力的再分配。他认为，在长篇小说创作中，首先要清楚人与人之间的纠葛与矛盾所在。尤其在矛盾与冲突出现高潮时，需要找到平衡点或转折点。王履辉在小说创作中，并不着于遣其主要人物粉墨登场，也不急于将故事陡然间推至高潮；从序幕到开端，到发展，到高潮，到结局，到尾声，往往形成一个完满自足的"情节链"。读之，亦感行云流水，不温不火。比如《天道酬正》的开篇，写师冰情与牛大卫、毛大康，进而带出与马冲浪的多边关系，既世俗化、平民化，又张弛有致地推进故事，带出人物，不仅显得自然流畅，更是开场即抓眼球、吊胃口的开明之举。

五

中国传统文论中，对"结构"论之甚少。西方文论，特别是"叙事学"的诞生，使结构理论得以系统和完善。一般认为，作为话语系统的叙事作品，可以分为"表层结构"与"深层结构"。前者遵循着历时性向度，"根据叙述的前后顺序研究句子与句子，事件与事件之间的关系"；后者遵循着共时性向度，"研究内容各个要素与故事之外的文化背景之间的关系"（童庆炳《文学理论教程》，高等教育出版社 2004.248-249 页）。中国传统小说或许更擅长事件之间各种联系的"表层结构"。这种结构尤利于大众阅读，甚至直接诉诸听觉反应。当听觉反应优于视觉反应之时，王履辉擅长的"卡尼"配置法，将更能发挥前台作用。这也是他的长篇小说，虽卷帙浩繁，却令读者耐读耐看的重要原因。

有论者认为王履辉小说属中国传统小说的"章回体"。虽不至于完全赞同，然细思之，却有几分道理。且不论其长篇注重外部描写与叙事，仅看回目，也能嗅出"章回"的余香。《情满波斯湾》中提炼主旨的"四字格"；《沧桑梦》中以人代事的"八字格"；《天道酬正》中则更为成熟，变成双人双事对举的"十六字格"，如"师冰情沐浴为洗澡，恨浪子荒唐无处告""江北是灯红酒绿醉，江南却孤寂心欲碎""失落爱真情互倾诉，同林鸟单栖异国树"……不仅古色古香，而且趣味顿开，让人萌生曲径探幽的欲望。当然，仅重视表层结构，缺乏对人心及各种特殊生存环境的深刻思考及深刻开掘，有可能陷入"因果报应"的叙事怪圈。毋庸置疑，人性及所赖以生存的社会生活，是复杂多变、非人所愿的。中国传统的章回小说中"因果报应"的模式，只是反映读者心声，代百姓立言的一种美好的愿望及理想，与西方美学中"悲剧"的"宣泄/净化"作用，有着不同的理解。这一点，也是从另一角度判断王履辉属章回体小说或有着章回体因素的理由之一。在老庄哲学那里，"天之道"与"人之道"永远是相逆相悖的。"人之道"只有向"天之道"的最大限度无限逼近，才能导致现实向理想的无限逼近。这或许是"卡尼"配置法难以精准测算的。

因此，进入小说创作高峰体验中的王履辉，能在构思行文的"起承转合"中，合理而适度发力，将头绪纷繁的故事与人物，在随其自然的行进中，或收或放，全凭描写对象的自然流程。尽管其小说中人物杂陈，多线索并进，却毫不显纷乱，且行文流畅，运笔从容。甚至在情节陡转，人物命运发生剧变时，也不觉石破天惊,一切都好似在讲故事者的掌控之中。有论者曾指摘王履辉小说中人物命名的"意识形态化"——即人物命名是对人物性格与命运的某些暗示。比如马冲浪、郝巴毛、仲天降、马列行、劳天助等,无论是正面的、反面的,大都是如此。其实,这种戏谑化的处理,在很多大家名作里都有表现。这并非王履辉的简单化、影射化,或曰"意识形态化",而是对笔下并不完善完美的社会人生的一种调侃式的解读。同时,这还是一种舒缓式的"着力",恰是小说文本的章法之一,给予阅读者一种超越式的阅读指向。

这些都传承着中国传统小说的"讲史""说书"的艺术传统,当然也借鉴了西方结构力学的轻重用力、徐缓有致的"卡尼"配置法。然而"卡尼"的配置还有一个应引起当代作家深思的问题,即"大时代"与"小时代"的关系。如果说"大时代"是微言大义,是小说反映的接受效果,那么"小时代"则是现实场景,是小说描绘的具体生活。只有将潜在的目标与追求,转化为现场乃至是细节的描写,才有可能实现自己的文学梦想。"卡尼"配置法,对我们的启示,或许还不仅仅是以上诸点。如精深思考,什么是文学?什么是小说?这类浅显的话题,其实还在侵扰着我们致力于从"高原"攀登"高峰"的文学家们。文学,当然包括王履辉擅长的长篇小说,是用另一种方式向世界发言,通过文学家非凡的想象力打造的一个我们既熟悉又陌生的新世界。其用"力"是徐缓的、渐进的,是涓涓细流而最终奔向大海的。

尽管怀揣"史诗"情结,要做"时代"的歌手,但文学毕竟不同于工程学。是的，不论曰"工程学"，抑或曰"文学"，其实最终都指向探究事物的事实和本相的"科学"。但两者还是有所不同的。王履辉的长处在于能够游走于严谨的理性思维与浪漫的感性思维之间。特别是后者。在他的创作心理的至深处，其实已不着边痕地将所谓"卡尼"转化为对"社会/人生"的浪漫想象和对"正义/邪恶"的激情冲动。这种可贵的想象和冲动，不是显在的，而是潜在的，是深潜、依附、缠绕于笔下的各类形象、各式性格（人物）之中的。然而，不懈思索与进取的王履辉绝不会止步于此。他幼时秉父命读《水浒》，读《三国》，但他更青睐的是《红楼梦》。尽管他颇具影响力的长篇小说，写出了一个时代，一个人或一群人的心路历程，但他还是夙夜兴叹，耿耿难眠于那实现与未实现的美好之"梦"，甚至有创作"108个梦"的宏伟规划。这一创作规划，之所以时时鞭策着他，感动着他，使他坐卧不宁，寝食难安，倒不是顾盼于一个创作工程的即将启幕，而是它将以完全不同的姿态，催发作家"衰年变法"，将作家的"工程小说"向内转——转向一个更精微、更隐秘的"心"的世界。有了这份"初心"，或许可以成就他那至纯至净的文学之梦。

小说大家陈忠实曾誓言，要写一部对人生有所交代的"压枕之作"，厥有《白鹿原》。就像"不想当元帅的士兵不是好士兵"一样，有志有才的作家也都有一个抒写时代风云的"史诗"之梦。陈忠实的小说正是如此。"作家们将历史当作意念中的历史，按自己的理解篡改历史，充分发挥想象之能事以虚构历史。历史变成一个标志一个符号，一个作家们虚构故事的借口，它的真实

- 小说的"卡尼"分配 -

249

性不复存在。这类历史故事就是理论家们所说的'新历史小说'。"王履辉以写现代题材为主，却不乏"三十年在河东"的历史回溯和"三十年向河西"的现代视角。抑或这些，对于痴迷于创作"梦系列"的王履辉并不十分重要。无论是"历史"还是"当下"，他用赤子般目光所倾注的仍是与国计民生相呼应的"时代"——历史，是当下回溯的历史；时代，是用历史眼光解析的时代。就像那位 60 年前离开故乡，奔赴"烟花扬州"的英俊少年一样，新的"时代"在召唤着他。

(《文艺报》2019 年 7 月 22 日，2020 年 2 月 28 日)

眼底的迷惘　心中的光亮

李新勇的中篇《黄河大合唱》（载《长城》双月刊2012年第4期）是一篇在形式上有所创新、在思想内涵上有所发现的小说。小说通过一条奔跑在寻找主人刘一刀路上的看家狗"曹公公"的视觉，记录并考量了一个让人眼底迷惘而心头依然充满光亮的，复杂多变却时刻闪烁着希望星光的世界。

"曹公公"是一条通人性的狗，也是这篇小说的视觉圆心。它来自西部农村。在主人刘一刀跟村子里其他人一样打工并逐渐在城市里获得立身之地以后，它的"看家狗"身份一下子被降格成无人认领的"流浪狗"。这都不是问题的关键。它奔跑的起点是在狗类性的"原欲"能力受到挑战之后的逃避，它寻找主人的起因之一，是它在逃避过程中迷路了，需要主人刘一刀把它带回张家坝；之二是希望从刘一刀那里获得重振狗类性的"原欲"的支撑。这样的叙述是符合狗这个群类的自然特性的，也是小说情节合理展开的基础。

作者的巧妙在于，他通过"曹公公"在一个有目的却没有方向和目标的奔跑中,记录西部丘陵地区的农村因为村民外出打工离开之后,凸显出的农村文明的跌滑、农业文明的颓萎,以及尤其重要的人心的畸变。刘一刀在农村就是能人,离开家乡以后又是个成功的老板,由于教育、思想意识等诸多素质的缺憾,他道德沦丧、忘恩负义,已经彻底"蜕变":他只认得钱,儿子老婆都是无关紧要的,声色犬马是他的至高追求。具有御膳房风味的名店秀水包子铺的经营者胡大峦,生意清淡,百无聊赖,拿卖不出去的肉包子打狗,攒下几个钱就进城赌博。两个一心一意要考公务员的大学生村官,身处农村,却不明白农村到底怎么了,面对"公考"模拟试题中有关农村的问题,只能隔靴搔痒、纸上谈兵,真替他们将来要从事的岗位忧心。而农村里的留守老人,人少了,关系却近了,从过去的仇人变成了相互关顾的亲人,孩子成了天不收、地不管的孩子,他们无追求、无目标、无作为……一切的一切,都是社会变革时期的阵痛。这一切,放在眼底,是迷惘的,但人们并没有因为迷惘而停止前进的步伐——我们在没有做任何准备的情况下开始奔向未来,我们又不得不在奔向未来的过程中手忙脚乱地做一些"马后炮"式的准备,因此,不可避免地要为那些匆忙、无序、混乱、堕落、沉沦、蜕变付出代价。

　　李新勇善于讲故事,在一个中篇有限的篇幅里腾挪跌宕、开合自如,扣人心弦。作家善于在小说开头埋线头,每一个线头都预示着小说情节可能发展的趋向。作家的高明之处在于利用好这些线头:控制好主要线头,不浪费任何一条辅助线头,让小说始终紧紧抓住读者。李新勇的小说语言一贯干净而富有弹性,亦庄亦谐,阅读过程中,能够感受到作者翘起嘴角的"坏笑"。他是个讲究叙述策略的作家,他的叙述又是那么富有节奏感,有时候牵着读者跑,有时候像汽车导航中的"惯性导航"那样,有意识地让读者跑到前面,在读者都快找不到方向的时候,再不动声色地回来,跟读者一起跑完全程。

更重要的是,李新勇是一位具有独立思考精神的作家。小说必须是故事,但它之所以应该叫"小说"而不叫"故事",是因为小说的叙述是有精神力量的,是有思考的。《黄河大合唱》把增值的物质世界与贬值的物质世界交织起来,于摇曳生姿的叙述中,将外部的狂欢与内在的悲怆、失落表现得发人深省、令人振聋发聩。前瞻很美好,现实很无奈。这就是当下。人性与狗性并存,有时候人性不及狗性来得高贵。这也是当下。小说不是寓言,但小说必定有隐喻。隐喻不是对现实的否定,而是对社会人心的考量,借助他物反思人类自身,使人在困顿中保持清醒,更好地呵护心中始终不曾泯灭的希望。

(《文艺报》2012 年 8 月 6 日)

小小说理论三题

　　小小说是一种较为晚近的艺术，它是一种与我们日常生活非常不同的东西，它刺激我们的想象，骚动我们的热情与好奇心。但是它所描写的又都是我们日常生活中的凡人琐事和七情六欲。通过小说作家们的笔触和印刷技术的处理，它变成了一种远离日常生活的神秘的东西，一个被称作情和美的世界，一个陌生化的现实。而现在的实际情况是：诗化小说、散文化小说、纪实小说、网络小说乃至反小说，都在不同程度上冲击着"小说"的传统观念，并试图在"小说"的边锋去寻找一种新的奇趣与感动。小小说就在这样一种情景下应运而生，短短 20 年，席卷神州，蔚为大观。也许正因其"小"，那些"巨无"才忽视了它的存在；也许正因其"小"，它才能够在文林艺海之中左冲右突，如入无人之境。但这都不是问题的关键，问题的关键是：现代社会的复制化、现代文化的快餐化，使得小小说可以以其短小灵活，以其不受因袭传统的束缚，以小胜大，以变制变；现代物化社会重荷下的接受大众，更乐于在"一分钟"或几分钟内开怀解颐，触发瞬间感悟，从而领略人生硬旅中的一道新景，如从理论的角度来解读小小说现象，我认为小小说兴起的原因有三。

平民艺术。这是小小说编辑家与实践家杨晓敏为小小说下的定义。他借用鲁迅的话："至于小说，我认为倒是起源于休息的。人在劳动时，即用歌吟来自娱，借它忘却劳动；则到休息时，亦必以一种事情以消遣闲暇。这种事情就是彼此读论故事，而这种读论故事，正是小说的起源。"这种观点确实有一定道理，不仅小说，就是所有文学艺术的产生都是生产力达到一定程度后，人们利用闲暇余力的一种游戏。朱熹在《诗集传·序》中道："凡诗之所谓风者，多出于里巷歌谣之作，所谓男女相与咏歌，多言其情者也。"班固在《汉书·艺文志》中也认为，中国小说源于民间传说："小说家者流，盖出于稗官，街谈巷语，道听途说者之所造也。"可见包括小说在内的所有文艺形式均来自大众、来自民间。当然，后来的发展，不论是"寓教于乐"也好，"文以载道"也罢，均使文学艺术肩了过多的负荷，使其原始的"大众品格"逐渐向"精英品格"攀升。刚刚步入 21 世纪之交的中国，生产力再一次达到高潮，以绝大多数"平民"为对象的小小说便成为文学的骄子。但小小说只是一种形体，而不是内容。虽然内容不必去局限，但小小说之所以比其他小说文体具有另一番诱人的魅力，不仅因其"小"，更因其清风朗月，因其柴米油盐，而产生另外之奥妙。小小说的接受者是平民，其浸润于字里行间的也是一种典型的"平民风格"，可以用平民的姿态、平民的心境、平民的视角，走进平民的世界。走进小小说，就是走进自我。在逼仄的现代物化环境的重压之下，人们已不愿再去做另外一种也许并不轻松的劳作,那就是解读艺术的痛苦。由于精神的疲惫,而变得愈来愈懈怠的人们,更乐于皈依于自己的感官世界。即便是诸多篇幅较长、规模较大的作品,也开始有意无意地趋向"小小说化"。倒不是说其故事不连贯,而是说整个小说创作的过程更加随意化和主观化;不是说生活要我怎么样,而是说我要生活怎么样;不是说叙述什么,而是说怎么叙述。这样,"元小说"的骨架又开始呈现出来,它以与传统小说观念对立的态势出现。小小说就肩负着这样一个开路先锋的责任。它是未曾戴着"前卫"面具的前卫派,它在行进中穿过现代派,甚或后现代派,在不动声色中迈进了最起码在今天看来可称为小说世界的一个"澄明之境"。它将呼唤小说成为真正意义上的"小说",成为"平民文学"。于是,它的大众化的魅力也就呈现出来了。

别开洞天。有人说小小说是一种"快餐文化",这不是贬义词。当代快节奏的生活方式,"快餐文化"是与之相匹配的,"快"正体现了小小说的一大特色。除此之外,还有一"新"。也就是说,以"新奇"取胜。此"快餐"能不断变幻花色品种,每顿"用餐",都能给急不可耐的接受者以别开洞天的"惊奇"效果。杨晓敏说小小说的一个特点,是它的"新闻性"。有趣的是新闻把重要的内容放在"导语"里,小小说则善于在"结尾时再揭示谜底罢了"。新闻性在于其短小,信息容量大,反映社会生活之直接之迅疾,易于发表。而事实上,我们看到报章上发表小小说的数量甚至没有长篇连载的多。而小小说又多是历史的追忆、怀旧的叙说,抑或是哲学的天使、梦幻的精灵、悬念的大师。可见小小说的一个很重要的迷人之处就是它的被人称之为

"欧·亨利式的结尾",出乎预料之外,又在情理之中。传世的小小说相当部分属于此类。小说需要铺垫,特别是"螺蛳壳里做道场"的小小说,在非常有限的篇幅里,需要上下腾挪地表演一番,其心计之"工",想是甚于其他中篇或长篇。问题是如何去"工"。"欧·亨利式结尾"无疑是一种表现方式。比如他的《麦琪的礼物》,或更短一些的《最后一片叶子》,其结尾呈现的"缺憾之美",都会给人一种惊奇的阅读效果。而这种奇效与前边场景的布排、语言的设计、伏线的埋藏,都有着至密的关系。

小小说的"别开洞天",除了悬念的设置、情节的精巧之外,营造小小说奇趣的策略还有很多。比如打破常规推理的陌生化效果——这是使日常生活中习以为常的事物重新获得新鲜感,从而更新人们对生活的经验和感觉的一种方法。以一匹马的眼光来看马的一生,从而折射出它生存的人的环境,或以初次眼光看每天都会重复的动作,以非军人的眼光看军事、看战争,以乡下人的眼光看城里人的生活……初进大观园的刘姥姥正是如此。杨晓敏曾说"小小说是一种机智的艺术""小小说作家大都聪明率性"。这里的"机智"与"聪明",都要求小小说作家有较高的操作文本的能力,这一点大概比操持长、中、短篇还要重要。也正因为其短,才更需要在小小说的创作中,不论语言也好,情节也好,氛围或意境也罢,都应达到不同于或超越于长、中、短篇小说的一种新奇的审美效果。但"新""奇",又需以大众接受为原则,这一点,小小说尤为敏感,其通俗性也甚于其他体裁的小说。即便有哲理,也需读者一"顿"就"悟",而不能埋藏过深,长久难解。这也是不少哲理式的小小说类似于寓言的缘故。解决好

"新""奇""俗"三者的关系,就仿佛拿了开启别有洞天,欣赏斑斓至境的金钥匙,我想其间肯定有一个牵一发而动全身的"扣子"。比如契诃夫的小小说《万卡》中只署"爷爷收",而不署地址和姓名的信封就是如此;欧·亨利的《警察与赞美诗》中流浪汉想重进监狱而不得,想做好人却被无由抓进监狱的结尾处理也是如此。所以,小小说作家的"机智"与"聪明"并不一定尽显于外,完全可以悉隐于内,在不动声色中表现出一种既含蓄又直言的率性与通脱。

言外之旨。对大众文学颇有研究的南帆曾明确指出,大众文学的精致主要是在趣味性方面下功夫,但它还要和"适当深度"相结合。"适当深度"当然指的是意义层面。也就是说,小小说并不回避事实上已经演化了的意义蕴含。那么,作为大众文学的小小说能够达到"精致"的主要指标有哪些?不外是"紧张的情节,曲折的故事,令人欲罢不能的悬念,释卷之后的洞悉谜底的快感以及毫不含糊的价值判断"。这里所说的"毫不含糊"是指直观的,一目了然的,与社会大众心理所组合、所联系着的;而"价值判断"也只是一般的社会道德与伦理判断。既然大众文学的内核在于其故事和情节,当然也在于其氛围。其语言我们仍然认为前提是其趣味性的主要基因。因此,它不需要或不必要去做严密的逻辑推证、深刻的哲理阐释,以及繁复的二度解析,从而使艺术接受变得更加随意,更加直观。这当然是从接受的视角来看。小小说就是小小说,不能用对待一般小说的创作原则和手段去对待它,它自有其符合一般平民审美心理的规律和特点。比如清风朗月、随意漫游,与刻意求新求奇、一波三折,这看似矛盾的手法与效果,其实都可以在小小说理论的整体框架下得到统一。这就说明小小说是一种最为宽容的艺术。

小小说可以是"一雕梁、一画础、一盆景",可以以情节取胜,也可以以意境超出。关键在于此情节、此意境,皆不是单一的情节和单一的意境,而是有蕴含、有潜台词、有画外音的情节和意境。在小小说的文本里,其言语层与蕴藉层的反差甚于其他小说文体。而此反差不仅来自哲理,也来自言语本身的反差,从结构层面到生活表现层面,都有着一种悖谬中的反差。这林林总总的反差与现代主义文论的"二度解析"又大不相同。因为小小说的"大众化",就决定了这种反差不能加重小小说接受者的解读负担;恰恰相反,由于反差所造成的"言外之旨",只能通过小小说作者的组织安排,把正常的逻辑中的生活现象和话语现象,经过扭曲变形式的重组,结果是只有在接受者全部完成对文本的解读之后,才能豁然开朗,达到怅叹后的愉悦、惊奇后的肃静。因此,小小说对人生现象的展示只是表,而现象背后的无限况味才是真。可见,"言外之旨""寓意深刻"似乎更适合小小说。小小说的创作,是极从容,又是极不从容的。谓其"极从容",是因其篇幅之"小",可以豪思纵横,烂熟于胸,展卷搦管,一气呵成;谓其"极不从容",是因其一克镭要由一千吨煤来提炼,生活的经验、广博的学识、灵变的智慧、叹为观止的技巧,都需要在尺寸之地、盈握之中去一展风流。这千字左右的篇幅,可谓是举重若轻、举轻若重。所以,要作好一篇小小说,决不可等闲视之。这也大概是小说作家不少,小小说作家不多,而成功的小小说作家更为罕见的缘故。小小说难为,可我们还要

- 小小说理论三题 -

"为"好，因为老百姓喜欢、社会需要。在当今社会，以篇幅短小、寓意深刻见长的小小说跃登文坛，走进百姓的心里，也就成为必然。

纯正意义上的"文学"何在？这种担心在法兰克福学派的阿多诺和霍克海默那里早已预示过。遗憾的是他们过于悲观！其实大众是一个非常活跃的群体，他们有能力也完全可以逾越大众文学的作者预先设定的主题。所以我们可以认定商业意义上的成功不一定意味着文化意义上的失败。近20年来，小小说在我国文坛的兴起，就有力地说明了这一点。我们对它进行纵深的理论解读，其目的不仅仅说明现代社会需要它，更重要的是，从小小说的内部潜质的角度来考察和掘进，证明它的兴起完全符合时下大众接受心理，是文化市场运作中的成功范例。

(《文艺报》2002年6月18日)